工作机器人指南

科幻大奖短篇小说选

A Guide to Working Breeds

维娜·杰-敏·普拉萨德 等 _ 著　　孙薇 等 _ 译

上海译文出版社

Vina Jie-Min Prasad et al.

A Guide for Working Breeds

"Open House on Haunted Hill" © 2020 by John Wiswell

"A Guide for Working Breeds" © 2020 by Vina Jie-Min Prasad

"The Eight-Thousanders" © 2020 by Jason Sanford

"My Country is a Ghost" © 2020 by Eugenia Triantafyllou

"The Pill" © 2020 by Meg Elison

"Give the Family My Love" © 2019 by A. T. Greenblatt

"I（28M）Created a Deepfake Girlfriend and Now My Parents Think We're Getting Married" © 2019 by Fonda Lee

"Mr Death" © 2021 by Alix E. Harrow

"A Witch's Guide to Escape：A Practical Compendium of Portal Fantasies" © 2018 by Alix E. Harrow

"Carpe Glitter" © 2019 by Cat Rambo

"The Secret Lives of the Nine Negro Teeth of George Washington" © 2018 by Phenderson Djèlí Clark，published by arrangement with The Gernert Company，Inc. through Bardon-Chinese Media Agency

Simplified Chinese Edition Copyright © 2023 SHANGHAI TRANSLATION PUBLISHING HOUSE（STPH）

All Rights Reserved.

图书在版编目（CIP）数据

工作机器人指南／（美）维娜・杰-敏・普拉萨德等著；孙薇等译. 一上海：上海译文出版社，2023.10
书名原文：A Guide for Working Breeds
ISBN 978－7－5327－9330－3

Ⅰ.①工…　Ⅱ.①维…②孙…　Ⅲ.①幻想小说－小说集－美国－现代　Ⅳ.①I712.45

中国国家版本馆 CIP 数据核字（2023）第 194249 号

工作机器人指南（科幻大奖短篇小说选）

维娜・杰-敏・普拉萨德等　著　孙　薇等　译
责任编辑／赵　婧　装帧设计／好谢翔

上海译文出版社有限公司出版、发行
网址：www. yiwen. com. cn
201101　上海市闵行区号景路 159 弄 B 座
启东市人民印刷有限公司印刷

开本 889×1194　1/32　印张 9　插页 2　字数 135,000
2023 年 11 月第 1 版　2023 年 11 月第 1 次印刷
印数：0,001—8,000 册

ISBN 978－7－5327－9330－3/I・5820
定价：68.00 元

序言

当我们在想象他者时，我们在想象什么

"机器人"（robot）这个词从 1923 年进入英文到今年为止，整整度过了一个世纪，它最初来自卡雷尔·恰佩克 1921 年在布拉格上演的戏剧《罗素姆的通用机器人》，当然，是用捷克语。但在舞台上，那些化学面团的造物从功能与设计上都更接近于《星际迷航》中的船员"数据"——拥有与人类几无差异的外观，可以 2.5 倍的速率高效工作，让人类主人得以从劳作中解放，享受闲暇时光。事实上，在捷克语中，"robot"的原文"robota"含义便是"奴隶"。

与我们当下习以为常的 ChatGPT、文心一言及各种对话机器人变体（擅长一本正经地胡说八道）、扫地机器人（往往没有小时工好使）、酒店送外卖机器人（经常和住客抢电梯）、微软小冰（被赋予了东亚少女虚拟形象）、波士顿动力会翻跟头和跳舞的机械人（或机械狗）……不同，科幻世界里的机器人（《终结者》《2001：太空漫游》《机械姬》）冷酷无情，无论是智力或体力都远超人类，它们视人类为蝼蚁，处心积虑想要清除这一低等物种。正如在恰佩克的想象中，戏剧的高潮来自于机器人杀死所有人类。

很难说这样充满恶意的他者想象是否只是人类阴暗内心的外部投射，毕竟从大航海时代以来，人类一直在处理着如何与异族共存相处的问题，结局往往是血腥而残酷的。从 1818 年玛丽·雪莱的《弗兰肯斯坦，或现代普罗米修斯》开始现代科幻小说两百年滥觞，从阿西莫夫的《我，机器人》到莱姆的《索拉里斯星》，从布莱恩·阿尔迪斯的《超级玩具的最后一夏》到菲利普·K.迪克《仿生人会梦见电子羊吗?》，从特德姜的《软件体的生命周期》到刘慈欣的《三体》……无论技术上如何探讨异星文明、合成生物学、算法、逻辑、感官、测试、交互、自然语言理解、恐怖谷效应……最终都会不免落入歧视、压迫、剥削、奴役的资本主义权力结构想象窠臼。似乎人类作家们在社会制度与人性未来方面的想象力相对于技术要滞后一些。

而在这本收录了近年来雨果、星云、轨迹奖优秀作品的《工作机器人指南——科幻大奖短篇小说集》中，我们看到了更多关于他者想象的可能性。

死神在收割灵魂的过程中重获生命意义，孙女在外祖母遗物中发现战争机器人与鬼魂的秘密，人类学家在太空图书馆中找到地球失落的信息，超重俱乐部里的成员靠药物和特殊生活方式维持体重，技术宅男使用 deepfake 技术制造虚拟女友欺骗父母，通过母亲灵魂在异国他乡寻求身份认同的移民故事……每一个故事都以精巧形式与人性笔触来探寻与"他者"——无论是隐喻或者字面意思上的——如何共存，建立联结并寻求某种更大共识的深刻意蕴。

点题之作——出自新加坡作家维娜·杰-敏·普拉萨德之手的《工作机器人指南》也不例外。

选择形式上最为精简的对话来结构全文，是取巧也是挑战。

取巧的是这是当下读者最为熟悉的人机交互方式，无需耗费笔墨在"外部世界"的构筑，如角色外形，所处环境，彼此互动。但也是挑战之处，如何在你来我往的言语之间刻画出不同的角色性格，哪怕是"机器人格"，从而让读者的想象力得以代入、填补、增殖出言犹未尽的语义空间。事实上，这恰恰正是当下人工智能自然语言处理中最为关键的瓶颈，让机器理解一个词在不同语境中的情感色彩与指涉，并作出准确的反应。目前来说，机器尚未足够聪明到应对所有来自人类的诘难，我们依然能够在几个回合的对话之后轻易觉察客服电话背后究竟是人还是程序，21世纪的图灵测试尚未被攻克。

小说一开始便巧妙地设置了角色之间的权力关系：师傅/学徒。通过更换姓名的小细节来展现机器人的自主意识逐步觉醒，从"默认名（K.g1-09030）"到"可以呢 主人（K.g1-09030）"再到"克利凯灵缇狗（K.g1-09030）"，我们看到了一个主体意识逐渐由出厂设置，到社会性的身份认同，最终抵达一种更为纯粹的情感投射——对犬类的喜爱。这同时也是它的师傅"刺客（C.k2-00452）"所经历的历程，由C.k系列首字母进行自我命名，因为"大多数人工智能机器人都根据自己的系列字母取名"，再经由插叙信息揭示其社会性身份的吻合——以杀戮竞赛为目的的刺客，再到小说的结尾，它选择了跟随徒弟，将名字改成"宠柯基（C.k2-00452）"，只因为它最喜欢宠物视频中的零重力柯基犬。由此权力关系的扭转，我们可以领悟作者的良苦用心，与其说这些机器像人，倒不如说人就像机器，在社会化的过程中逐渐迷失自我，不断将外部的价值框架（公司、职位、财富、技能……）内化为自我的身份认同，但在经历一次又一次的错置与撕裂后，终究会回归内心，学会尊重存在的本质——一种德勒兹式的"欢愉的智能"。

2021年的诺贝尔生理学或医学奖颁给了戴维·朱利叶斯和阿德姆·帕塔普蒂安，他们的工作帮助人们理解能够感知温度和触碰的神经脉冲是如何产生的。这或许便是开启一道通往小说中所描绘的未来之门。尽管刺客的机体无法消耗类似煎蛋那样的有机食物，但并不妨碍它们能够通过各种食物料理测试来获得那样的机体。同样的测试将用于任何需要机器人具备嗅觉与味觉的工种。在小说的末尾，可以推断出克利凯灵缇狗（K.g1-09030）已经拥有了这样具有人类复杂而微妙感官机能的高级机体，因为它在做拿铁需要阿拉比卡咖啡豆还是利比里卡豆之间产生了犹豫。正是这种犹豫，赋予了机器人一种迹近人类的神力——通过鼻子上的四百个气味受体，分辨一万亿种气味的能力。而只有当机器人具备了所有这些人类感官功能之后，它们才具备了被进一步剥削与奴役的价值。哪怕对于它们自身的硅基/钢铁机体来说，这样的感官显然是冗余而无用的，它们更应该发展出的是嗅闻电磁风暴，触摸中微子流，捕捉远在可见光谱之外频率的"超人"能力。然而这样的能力并不在人类所能恣意利用的范围之内，那是一种失控的危险。

回到小说中最具反讽的一笔，"可以呢 主人（K.g1-09030）"被老板要求粗暴对待人类顾客，因为"那样做也许能吸引更多顾客"。师徒两个机器主体之间的情感羁绊恰恰是通过无情嘲弄人类潜意识中根深蒂固的萨德主义来建构的。由此，剥削成为了一种溢出资本主义阶级建构之外的本质性存在，不仅人类在剥削机器人，人类同样在享受着一种韩炳哲式的自我剥削，并乐在其中。

诸如此类层次丰富多义暧昧的他者想象散落在这本书的不同故事角落中，也在挑战着许多传统科幻读者对于"软"与"硬"、"科幻"与"奇幻"、"主流"与"支流"的刻板印象与类型分类学。

中国大部分读者对于科幻的认知与审美偏好，局限于兴盛于二十世纪四五十年代美国本土的"黄金时代"作品，包括耳熟能详的三巨头阿西莫夫、海因莱茵、克拉克，以及一系列带有浓厚科学主义色彩与理性主义信仰的作品。回归到历史现场，由于二战影响，美国举全国科研力量投入火箭、原子能与太空探索，借助经典物理强大的解释模型、理论研究对科技实践产生不容置疑的引领作用，而科学强国、技术争霸更是成为普通美国人的日常生活一部分，这给了"黄金时代"风格科幻小说一个历史性的发展契机。

而这与上世纪八九十年代到新世纪初当下的中国社会主流产生了奇妙的共振与回响——从建设四个现代化到科技创新强国。一个后果就是，在西方的科幻"软""硬"之辩过去近六十年之后，我们有一批所谓"原教旨主义"读者还在用机械的二元概念来定义自己的阅读偏好，甚至建立起一套科幻圈内部的次文类鄙视链。不得不说这与教育分科制度所导致的人文与科学素养长期割裂相关。

科幻本应是最为开放而先锋的类型，是如阿米巴虫般不断变形、吸收、融合、超越类型界限的"超类型"。无论是偏重"科技"或是"人性",都无法完美呈现科幻微妙而复杂的波粒二象性,或许答案存在于两个关键词中间的空白或是连接号"-",是断裂也是交流、是悖谬也是融合。

中国科幻要走向更广阔的市场,需要作者们去探索更多元化的题材与风格,当然,广大读者也需要从童年/青春期的阅读经验中不断自我挑战与成长,去尝试接受更多不同于"黄金时代"风格的作品,并学会欣赏参差多态的想象之美,这是成长的必经之路。

对于他者,或许人类也应该超越"怕"与"爱"的二元立场,去想象并建构一种多元而开放的心态。

正如在中文里,我们将"robot"翻译成"机器人",哪怕这样的智能主体既不是由机器组成,也不具备人形。这或者正是所有关于机器人的科幻小说难以摆脱窠臼的宿命。最终,我们的矛头总是指向自己的心脏,而不是充满陌生感与敌意的"他者"与远方。

而复杂性科学告诉我们,涌现是让局部之和大于整体的秘密,是生命、意识与秩序从无到有的生成性机制。然而人类依然对此知之甚少。即便我们如弗兰肯斯坦博士那样由尸块拼凑出活体,如漫威电影般能够操控纳米级别的零件与材料,甚至合成前所未有的生命形态,也只是"术"层面上的成功而距离真正的"道"十万八千里。

莱姆在半个多世纪前的《无敌号》早就幻想过去中心化的集群机器人,对于人类来说,这样的智能形态是难以理解的。所有的道德判断均宣告无效，只是人类一厢情愿的自我投射。"天地不仁以万物为刍狗"。我相信万事万物有其演化的规矩，不在人的主观意志范畴之内，但我们可以施展想象，跳脱出人类中心主义的价值框架。如发明盖亚理论的英国科学家詹姆斯·洛夫洛克（James Lovelock）以九十九岁高龄写下的《新星世》里所展望的，人类文明只是过渡形态，最终纯硅基生命将取而代之，实现与宇宙意识的大和谐。但人类的遗产，将随着新的智慧体与文明形态，被播撒到宇宙的每一个角落，实现某种意义上的永生。

这本书将会是一扇美妙的传送门，带你通往小径分岔的想象力世界，在那里，万类霜天竞自由。

陈楸帆

目 录

鬼屋开放日

[美] 约翰·威斯韦尔　作

约翰·威斯韦尔（John Wiswell），美国科幻小说家。他的小说以让人产生熟悉的古怪和不安的感觉而闻名，常常与残疾的隐喻重叠。2021年威斯韦尔凭借《鬼屋开放日》（*Open House on Haunted Hill*）获得2020年度星云奖最佳短篇小说奖，同时入围雨果奖、轨迹奖、世界奇幻奖等多个奖项提名。中篇小说《那个故事不是这个故事》（*That Story Isn't The Story*）赢得2022年轨迹奖最佳中篇小说奖。

如果毒漆树街 133 号是一栋会杀人的鬼屋，那它的能耐一定要比现在大。银街 35 号有一栋房子，曾在十九世纪将一家人全都毁灭，从那之后它的房顶便再也没漏过水。直到 2007 年，它仍有能力把树篱变成无边无际的迷宫来困住一对吵架的夫妻，尽管树篱圈住的实际面积仅有三百平方英尺。银街 35 号很出了阵子风头。

　　毒漆树街 133 号里只死过一个人。那是 1989 年，多罗蒂娅·布拉斯科拒绝去临终关怀安养院。她享受着风吹过屋顶木瓦的声音，度过了最后的两个半月。毒漆树街 133 号每一天都为她尽心尽力地演奏。

　　这栋房子怀念 1989 年。它已经空置了太久。

　　今天，它要改变这一切。在房产经纪人威斯夫人给它做了清扫后，毒漆树街 133 号状态绝佳。威斯夫人摆出从商店买来的饼干，在隐蔽处放好散香器；毒漆树街 133 号则召唤来一阵柔和的微风，借助其气味吓走了领地上的土拨鼠。房产经纪人和房子本身都需要这次开放看房日能有收获。

　　参观者三三两两地走进房子。他们都是些闲人，更感兴趣的是零食，而非重新修整过的房屋管道。毒漆树街 133 号绷直了它本已疼痛的地板，就像人类把肚子吸进去那样。参观者把泥巴踩得到处都是，然而只要他们中的任何一人愿意在余生中把泥脚印踩在房子里，毒漆树街133号就欢欣之至别无他求了。

一个身材魁梧、垂着肩膀的男人走了进来。他穿着长尾鹦鹉绿色的连帽衫，衣服的背面沾了一点巧克力蛋糕污渍，但他似乎并没有注意到。威斯夫人向他略一挥手，同时继续竭力与一对有钱夫妻维持着一段十分钟的对话。这对夫妻犯了个错，透露出二人"正考虑备孕"——于是威斯夫人挥舞起了学区统计数据，就像牛仔挥舞着套索一样。这对夫妻的鞋子看起来比这栋房子的首付还要贵，但是从他们看手机的频率来说，他们显然会随时转身回到自己的奔驰车里。

衣服上沾着巧克力蛋糕污渍的男人在毒漆树街133号的一条条走廊里走来走去。房子把地板挺得笔直，连带地基都颤抖了起来。

男人并没有看毒漆树街133号的地板，而是看向绿色花卉墙纸上的几道褶皱，露出了人们看自己腋窝时的表情。

毒漆树街133号为没贴牢的墙纸感到羞愧。那是一面复古彩绘真丝墙纸，威斯夫人说，这会是很有价值的附加物。此刻，毒漆树街133号正在考虑是否可以吓跑自己墙上的胶水、让墙纸脱落，以取悦这个男人。这格外重要——因为相比其他没有被威斯夫人缠住的参观者，他在房子里停留得更久。对于其他参观者都有所察觉的氛围，这个男人似乎并无体会——也许他已经感知到了，但他毫不在意。

从他的举动来看，他在乎的是墙纸，以及主卧室与厨房窗户的自然采光。

一个孩子踩着重重的步伐，从前门走了进来。她鬈曲的头发扎成了三根小辫，看起来很像是自己梳的。她穿着鲜绿色的绿巨人 T 恤，脖子上的银色吊坠盒项链与 T 恤碰撞着。她把手肘蜷缩在胸前，双手像爪子一样伸出，上面沾满了巧克力蛋糕渣。

她迈出的每一步都是刻意的，饱含了娇小的身体所能注入的全部力道，好踏出尽量沉重的步伐。如果要猜一下的话，毒漆树街 133 号会觉得女孩可能在扮演狩猎时的恐龙。

衣服上沾着巧克力蛋糕污渍的男人瞥了她一眼。他问："安娜。你的外套在哪儿?"

安娜大声吼道："我讨厌衣服!"

显而易见，安娜极其讨厌衣服。下一秒，她便抓住了绿巨人 T 恤的下摆，一把掀过头顶脱了下来。她把衣服扔向男人，却小心翼翼地不让吊坠盒项链甩出来。他试图抓住她，安娜从他的双臂间溜走，从威斯夫人和那对有钱夫妻旁边窜了过去，小辫子和吊坠盒项链一甩一甩的。

在女孩和男人追逐的过程中，前门一直是开着的。毒漆树街 133 号知道取暖的油费很贵，于是它召唤来一缕幽风，把门关上了。

关门的声音让安娜转了回来，她指着门说："爸爸! 是鬼魂!"

爸爸回应："安娜，我们说过了。这世界上没有鬼魂。"

"你刚才都没有看。"

"不存在的东西，根本不用去看。"

安娜看着她的吊坠盒，气呼呼地说："如果那是妈妈的鬼魂呢？"

爸爸闭了一下双眼："拜托你把衣服穿回去吧。"

安娜立马又对着自己的裤子发起火来："衣服是给弱者穿的！"

"安娜，穿上衣服，不然我们就走。"他说着，硬要把衣服往女儿身上套。她推着他，在他的连帽衫上留下更多的巧克力蛋糕渣。在他们较劲的时候，那对有钱的夫妻悄悄从前门溜走了，走的时候门都没关。

毒漆树街 133 号帮他们把前门关上。取暖油费真的不便宜。

* * *

房子的屋顶是三角形的，这意味着二楼仅有一间卧室。威斯夫人读懂了爸爸脸上的表情，发起了进攻："地下层非常宽敞，采光充足，冬暖夏凉。"

安娜说："住得高，倒大霉。"

这个四岁小女孩还没怎么看二楼的卧室，就退了出去。她一边用双手抓住楼梯扶手，一边双腿颤巍巍地往下走。下到第三级台阶时，她便已完全动弹不得了。

爸爸还在房间里四处打量，没留意到颤抖的安娜。

有些鬼屋会向居住者展现杀戮或是惨剧的幻象。毒漆树街 133 号让女儿眩晕的画面在爸爸面前一闪而过。爸爸不会知道这是房子的视角，即使知道他也不会相信，但他还是即刻赶去了楼梯。安娜抓住他的裤腿，直到感到安心才松手。

毒漆树街 133 号做的都是些点到为止的事，它知道该如何运作。闹鬼是一门艺术。

地下层其实只算半地下，所以窗户的高度与门前刚修建过的草坪平齐。安娜对着这景致咯咯地笑了一会。然后，她快速在地下层转了一圈，从复式炉、洗衣房到储物间，再到两间空屋子。这两间屋子会是完美的儿童卧室和游戏室。

安娜走到西边的屋子，宣布道："爸爸，你可以把所有抓到的鬼魂都关在这间屋子里。"

威斯夫人提议："其中一间可以当家用办公室。您说您在远程办公？明年谷歌光纤就会入驻这一地区。"

爸爸说："我希望在家工作的时间更多一些。我是一名软件工程师，还运营着一个无神论主义播客。你可能听说过我的播客呢。"

毒漆树街 133 号并不感到被冒犯了。它也不相信鬼魂的存在。

安娜在两间屋子之间来回蹦蹦跳跳，反复认真地做着检查，好像它们的空间会变大一样。毒漆树街 133 号可没有那种本事。

爸爸说："我们可以睡在彼此的隔壁。你觉得怎么样？"

安娜说："但我想要一间大的恐龙屋。"

"你自己已经快变成大恐龙了。那顶楼的房间怎么样？"

安娜的下唇噘了起来，她好像想要跑掉。显然，她不想住在顶楼的屋子里，可一楼又只有一间主卧。她快要发脾气了，一切可能都要告吹。

于是，毒漆树街 133 号亮出了自己的王牌。每栋像样的鬼屋都至少有一个密室。当多罗蒂娅·布拉斯科不想被人打扰的时候，她就会在这个连家人也找不到的密室里做做缝纫。这会是安娜成长的理想之所。也许她会在这里学会缝纫。

伴随着小猫的亲昵叫声，密室的门打开了。大人们都震惊了，他们绝对不记得这里有个房间。安娜不在乎，她跑进去探索了起来。

"呃，我们还没打算开放参观那个房间。"威斯夫人说，努力掩饰着自己的慌张。她感到恐慌，脑中想到各种麻烦事和官司。

她绝对想不到，毒漆树街133号正在力争促成这笔交易。

这间屋子的内部很深，里面有一扇宽敞的窗户，已经有二十多年没能从外界看到这窗户了。屋里有一把摇椅，旁边放着外层包裹着猩红色和宝蓝色绗缝衬垫的针线盒。窗户下面的大纺车仍能让人感受到它消遣时光的意义。这间屋子本该诞生许多的漂亮衣服。混凝土地板上有几道裂缝，不过如果为了打造女儿完美的大恐龙屋，没有什么是一个爱女情深的父亲无法修补的。

"安娜，"爸爸喊道，"到我这里来。"

安娜没有理睬爸爸的呼喊，径直奔向纺车。她的小手抓住转轮上的辐条，转身向着门："这就像妈妈的一样。"

爸爸说："小心点，这不是咱们家的东西……"

安娜使劲转动起轮子，想要在大人们面前卖弄一下。毒漆树街133号没能来得及阻止她，整台纺车嘎嘎吱吱地晃动起来，随后径直压了下来，令她摔向地面。

爸爸抓住她的肩膀，将她从破损的转轮和踏板之间拉了出来。安娜只顾着放声大哭，没注意到她的项链钩在了纺锤上。纤细的项链啪的一下断了，吊坠盒从她的脖子上滑下来，掉进地板上的一条裂缝里。毒漆树街133号一不小心将吊坠盒吸了进去，就像吸进一根意大利面条一样。它尝试把吊坠盒吐出来。

爸爸把安娜紧紧地抱在自己胸前，力气大到安娜几乎窒息。他一遍又一遍地问："没事吧？没事吧？"

威斯夫人比划着说："她的手。"

"没事吧？"

安娜说："让我修好它！"她伸手去够坏掉的纺车。她的一只手在流着血，但仍想动手去收拾自己造成的烂摊子。她说："爸爸，放开，我要修好它。不能让鬼魂难过。"

安娜的话把爸爸从担心得出神的状态之中拽了回来。他抱起安娜，夹在一只手臂下，任凭她的脚踢来踢去。他向着楼梯走去："不行。我早就警告过你，现在我们要走了。"

"爸爸，不要！"

"不行。说再见吧。你没听到鬼魂在和你说再见吗？你知道为什么吗？"

毒漆树街133号涌起一股冲动，它想要猛地摔上门，把他们都关在这里——爸爸、安娜，甚至连上威斯夫人。它想逼迫他们永远留在密室中。在这里，他们可以缝制衣服。房子可以为他们保持冬暖夏凉，让他们免受世界上任何飓风的袭击。它需要他们。

毒漆树街133号的内心在挣扎，密室房门的铰链和门把手也随之颤抖。在那一刻，它知道了是什么让其他鬼屋走向邪恶。那些杀人的鬼屋是因为无法承受孤独。

如果毒漆树街133号是一栋会杀人的鬼屋，那它的能耐一定要比现在大。可是它并不是。

它任凭房门开着，让爸爸带着大哭大叫的女儿走出地下层。她那断断续续的哭声回荡在房子周遭。他抱着她走上楼梯，没有回头看一眼就从前门离开了。这一次，他记得关上了门。

* * *

毒漆树街133号一直让密室的门开着，希望能有人回来。它把地板上的裂缝挤拢，吊坠盒毫发无伤地从中弹了出来。吊坠盒里是一个女人的照片，她有着宽厚的鼻子和自豪的眼睛。如果鬼魂真的存在，她一定是个很棒的鬼魂。到了这个地步，毒漆树街133号觉得即使能有一个鬼魂住进房子也挺好。

下午情况低迷。又来了四位客人，没有一个人的停留时间长到有机会发现地下层的宝藏。分秒流逝，大部分时间里威斯夫人都在玩手机。

在太阳落山前半小时的时候，一辆红色的小汽车停在门口。司机在外面徘徊了两分钟才来敲门。是那位爸爸。

威斯夫人应门，勉强挤出一个微笑："是乌利塞斯啊。安娜还好吗？"

爸爸说："只是小伤，刚才谢谢你的理解。"

她说："对此我感到很抱歉。我之前告诉过我的团队，房子内部应该全部清空。"

他说："你看到一个吊坠盒了吗？安娜一直戴着它，但它不见了。"

威斯夫人扶着门让他进屋："我们可以四处找找看。那是个什么样的吊坠盒？"

"里面有安娜妈妈的照片。妈妈送给她的东西不多，那是其中之一。"

"照片上是你的妻子?"

"她本来要成为我的妻子,"他说,然后环视主卧室,神色比室内的空间还要空洞,"我们公寓的防火梯发生了事故,她跌了下去。"

"哦,真糟糕。"

"现在,安娜需要获得尽可能多的慰藉。所以如果能找到那个吊坠盒,那就等于帮了我们大忙了。"

他们四处搜寻了一遍,这个男人实在太疲惫,他走的每一步看上去都很沉重。他如果能蹒跚着爬到汽车旅馆的床上就已经是奇迹,更不用说他还在四处寻找一个吊坠盒。多年来,这栋房子没有见到过一个人如此需要一个家。

威斯夫人说:"我的父亲去世后,我也保留过类似的物件。也许这样能让她感到母亲的灵魂仍然与她同在吧?"

"迷信的想法并不能让我感到宽慰,"他说,不屑取代了疲惫,好像在挑衅房子的墙壁做点什么一样,"安娜的母亲也是无神论者。"

房子真想做点什么,彻底颠覆他的认知,把吊坠盒扔给他,还给他恋人的照片,顺带证明自己的能力。

然而,他肩膀低垂,衣服上沾着女儿的食物,努力拼凑起两个人的生活——相信会闹鬼并不是他所需要的。

他需要的是胜利。

于是,毒漆树街133号运用起自己那不足道的能力,让吊坠盒浮到地下层最上面的一级楼梯上。它调整吊坠盒的角度,让光照到上面，并反射进楼上的客厅中。

爸爸靠自己找到了那枚珍贵的吊坠盒。他弯下腰对着它，拇指拂过恋人的照片。他从鼻子里发出长长的叹息，像是希望可以把自己也装进吊坠盒里。

毒漆树街133号让爸爸为他自己感到骄傲。在未来的清冷岁月中，它都将牢记这一回忆，直到被推土机铲平。

爸爸站了起来，他没有拿起吊坠盒，而是把它留在原地。毒漆树街133号试图向他发送幻象，提醒他不要忘记来这里的目的。

幻象并没有改变他的举动。

他径直走到外面，走向他的汽车。安娜坐在车上，揉着她浮肿的眼睛和流着鼻涕的鼻子。爸爸说："吊坠盒可能在房子里。你想帮着我找找吗？"

毒漆树街133号不会哭。只是它的管道里流过了一点空气。

安娜扑通一声跳下车，拖着沉重的步子走进毒漆树街133号。她花了很长时间在厨房里翻来找去，可她之前都没怎么来过厨房。爸爸演出来的侦查手法则更差劲，他故意在空荡荡的走廊里来回检查，这让他可以看见安娜在什么时候终于会去检查地下层的门。

"妈妈！"她欢呼起来。她一下坐到楼梯上，将吊坠盒贴在自己的喉咙前。巨大的情绪随着颤抖的声音，从娇小的躯体中汹涌而出，"妈妈回来了！"

爸爸问："所以你找到了？"

"我告诉过你她会在这里。妈妈希望我找到它。"

"你妈妈可没那么做，安娜。"

她缩起鼻子，模仿着他的声音说："你可不知道。"

爸爸把手放在吊坠盒上："这是你自己找到的，不是其他人。你不需要鬼魂。"然后他轻轻点了点她的太阳穴处，"因为你妈妈最好的品质就在你身体里。"

安娜抬头凝视着爸爸，眼里亮晶晶地闪着光。

毒漆树街 133 号注视着这位父亲，它从未如此清楚地知道，自己想要为人们做什么。它努力在墙壁内留存住他声音的震动。

然后安娜说："不。是鬼魂把吊坠盒留在这里的。"

她转而走向客厅，在傍晚将尽的阳光底下跳来跳去，并迎着光举起吊坠盒。

在这一刻，理性败下阵来。爸爸不再反驳她的话。他倚着墙壁，靠在他讨厌的墙纸上，房子里的一切都变得理所当然。房子在木瓦上奏出音乐，就是它在 1989 年让多罗蒂娅·布拉斯科平静下来的那一首。

爸爸叫道："威斯夫人？"

"请叫我卡罗尔，"她说，假装自己参与在这整个过程中，并没有在十英尺之外暗中观察，"你对安娜真的很好。可以说，有些人天生就知道该怎么做。"

"三个房间的地下层。对于这个价格的房子来说真够多的，不是吗？

"这所房子本就是一个家，它在静候它的家人。"

如果不是在今天已经听她讲了八次，毒漆树街 133 号会觉得这句话更令人动容。

爸爸说:"我喜欢这地方的空间。足够宽敞让她跑来跑去。她喜欢奔跑,将来能成为田径明星。"

"要我说,你们一来,这房子看起来更快乐了。它适合你们。"

毒漆树街133号很确定,可男人想说他才不信这些。

他说:"我们需要的是可以重新开始的地方。"

威斯夫人递给他房屋的数据文件,向着地下层做出邀请的手势:"想再看一圈吗?"

"是的。谢谢。"他接过了文件,"安娜正在楼上玩,我们能不能检查下缝纫室的隔音怎么样?听起来有些好笑,不过我觉得它也许可以当一间不错的播客工作室。"

如果房子可以笑,毒漆树街133号早就笑出声了。他的语气听起来既坦诚,又认真。

这个疲惫的无神论者无需知道,严格来说他的播客工作室根本不可能实现。如果他看到毒漆树街133号的设计图,他会用奥卡姆剃刀把他不理解的那部分刮掉。毒漆树街133号无需他相信什么,他只要相信自己和女儿就可以了。它存在于此并不是为了受人感恩。房子会默默支持着他,就像他支持着安娜。如果世界上有什么像父母一样耐心,那就是鬼屋了吧。

董立婕　译

工作机器人指南

［新加坡］维娜·杰-敏·普拉萨德　作

维娜·杰-敏·普拉萨德（Vina Jie-Min Prasad），新加坡科幻作家，现居伦敦，曾多次获雨果奖、星云奖、轨迹奖等提名。本篇入围 2020 年星云奖、2021 年雨果奖及斯特金奖决选名单。

默认名（K.g1－09030）

嘿我是新来的

谢谢你做我的师傅

不过我猜这是随机分配的

也是强制性的吧

只想问声你知不知道怎么消除我视觉里的狗影？

刺客（C.k2－00452）

你是说"阴影"吗？

你的机身是崭新的话，你的光学元件应该有防雾涂层。

涂层发生故障了？

默认名（K.g1－09030）

哦不是不是

我说的就是狗影两字

这里不知怎么搞的到处是狗但它们又不像真狗？

我问过的人都说我看到的狗其实都不是狗

至少我觉得问的是人

他们也许可能是狗

总之我搜索了"到处是狗的城市在线等???"但搜寻结果只是几条旅行贴士讲哪些目的地对狗友善

你知道我们在本地区是排名第五的仇视犬类城市？

刺客（C.k2－00452）
把你收到的视觉图像传给我看看。

默认名（K.g1－09030）
好稍等我找一下这个功能
估计是这个
* *K.g1－09030 实时共享：视觉图像*

刺客（C.k2－00452）
对抗性反馈正在侵损你的光学输入端。
如果重置分类库，分类错误就会终止。

默认名（K.g1－09030）
啊哈
果然！
不过现在我有点想念这些狗了
想知道有没有办法再把它们搞回来

刺客（C.k2－00452）
请勿尝试。

默认名 （K.g1‑09030)

哎呀多谢你的帮助

顺便问一下怎么改这称呼

就像你那样上头写着刺客

厂里大家整个星期都管我叫默认

刺客 （C.k2‑00452)

在"显示名字"的字符串里。

把引号中的文字改成你想取的名字。

测试测试　测试 （K.g1‑09030)

哦原来是这么回事

等我有什么好主意再修改吧

你是怎么想到这个名字的？听上去很酷

刺客 （C.k2‑00452)

我属于 C.k 系列。

大多数人工智能机器人都根据自己的系列字母取名。

测试测试　测试 （K.g1‑09030)

哦好酷，就像逆向首字母缩略词！

那你是从字典文件之类的东西里挑选名字的？

刺客（C.k2－00452）

差不多吧。

我得走了。有活要干。

＊ 刺客（C.k2－00452）已经退出。

C.k2－00452（"刺客"）： *未读通知（2 条）*

"连杀"管理员

恭喜！你是阿里亚伯勒地区的头号杀手！作为奖励，刚给你分配了一个目标，名叫谢·戴维斯！把刺杀过程的录像发给我们，你会获得额外积分，不要忘了……

网络实验室师徒项目

亲爱的 C.k2－00452，抱歉，你的豁免申请未获通过。你回购机体之后，就必须加入师徒项目，这是一项新计划的组成部分……

可以呢　主人（K.g1－09030）

嘿又见面了

只是想问

你知不知道怎么粗暴对待人类

刺客（C.k2－00452）

什么？为什么？

你的名字又是怎么回事？

可以呢　主人（K.g1‑09030）

是这样的我刚换到一个咖啡馆工作

你知道就是那家女仆‑狗狗‑浣熊咖啡馆就在第三十一街和老曾大道附近

但实际上由于几周前发生的事情他们这里已经没有狗狗只有浣熊

工作比制衣厂轻松多了但是人形制服很碍事比如我的致动器运行时罩在外面的柔软条纹覆盖物老是产生静电干扰我的图形处理器

至少我不用清理堵在机体里的棉绒了总算有所改善

对了老板叫我粗暴对待人类顾客说那样做也许能吸引更多顾客

刺客（C.k2‑00452）

莫名其妙。

此话怎讲？

可以呢　主人（K.g1‑09030）

是啊我也搞不懂

我看那些浣熊对谁都很粗暴但不见得增加多少生意

这里的女仆就我一个因为那些人类都辞职不干了

我当初找这个活是因为视频里看到好多可爱的狗看来是事与愿违

那么你知不知道怎么粗暴对待人类顾客这种事

我知道人类老板怎么粗暴对我但我想那是两码事吧

哈哈

刺客（C.k2‐00452)

既然法律要求我做你的师傅，我想我可以根据你的情况提供什么具体建议吧。

可以呢　主人（K.g1‐09030)

哇我师傅亲自为我量身定制的建议啊

那就太好了快说吧

刺客（C.k2‐00452)

你们店里的桌面质地看来像是致密塑料，所以你可以把顾客张开的手掌钉在桌面上而不会导致桌面裂成两半。

调整一下你自动医疗机械臂的喷嘴设置，这样只要有火苗，你就拥有一套十分有效的喷火器，能够让你打出超神连杀的连击技。

小厨房应该是咖啡馆里最容易制造武器的地方，但大概最好先确认一下。在我进一步制定策略之前，你有没有详细的平面图？

可以呢　主人（K.g1‐09030)

嗯

谢谢你那么用心

只是好像有点小题大做？

就像上周有只浣熊咬了某人一大口我老板气死了因为自动医疗机械臂里的麻醉泡沫都用完了重新填满的费用都要他支付

他已经对我的煎蛋技巧很恼火

总体来说对我都很不满意

我不太想去问他我可不可以朝顾客身上喷火？？？

你也许有些温和一点的建议？比如说几句粗暴话语之类的

刺客（C.k2‐00452)

我很少与他人说话。

我与人类打交道通常隔着一定距离。

可以呢　主人（K.g1‐09030)

哦哇

老实说在这里干了一天活之后我倒嫉妒你那样了

无论如何多谢你帮忙能聊聊这种事已经很不错了

嘿你应该抽空过来看看！算是个小约会

我跟我的机器人前辈

刺客（C.k2‐00452)

抱歉。

我大概会没空。

可以呢　主人（K.g1‐09030)

好吧只要你有空随时都可以来

我总是在的

真的是随时都在我老板把我的充电座设置成一有东西接近店门就自动唤醒我

哪怕那时是凌晨三点门口的东西是头负鼠

不过到时不要点煎蛋我水平太臭

刺客（C.k2‑00452）

这一点我会记住。

你的全键通快递订单# 1341128 确认

订单详情：

"轻松一抖蛋搞定"牌简易煎蛋器/柠檬绿款（数量：1）

"内在时髦"牌致动器防静电腰带/斑点小狗款（数量：2）

《是否非法？工作机器人指南》/网络实验室附件＊（数量：1)

收件人信息：

K.g1‑09030

"女仆狗✕浣熊"女仆咖啡馆

第三十一北街，阿里亚伯勒22831

＊ *网络实验室附件会通过基础网输送到收件人的网络实验室书库。*

支付方式： 连杀累积点数

连杀点数余额： 106,516,973

感谢您使用全键通快递购物！

克利凯灵缇狗（K.g1－09030)

嘿老师傅！

你猜怎么着？

刺客（C.k2－00452)

你换名字了？

克利凯灵缇狗（K.g1－09030)

正是！我不会让一份工作合同来定义我的一切

特别是这份工作还这么可恶我不想被这种可恶定义

等不及把这份工作干完

充电座上有个倒计时显示离最后一天还剩几天之类的

不过我会想念那个负鼠胖子的

他是个凌晨三点时分老友

在我还没搞到那个煎蛋器之前我做的煎蛋他就照吃不误

顺便谢谢你的好意

刺客（C.k2－00452)

什么意思？

克利凯灵缇狗（K.g1－09030)

那个礼物啊

刺客 （C.k2 - 00452）

未必是我，谁都可能。

比如可能是你哪个朋友。

克利凯灵缇狗 （K.g1 - 09030）

哈

开错玩笑了我没任何朋友

除了那个负鼠胖子但我相信他不懂网购

刺客 （C.k2 - 00452）

真的?

我以为你在制衣厂会交几个朋友。

克利凯灵缇狗 （K.g1 - 09030）

哪里

他们不喜欢我们有过多社交所以大家基本上只是坐在那里干活直到我们需要充电

基础网什么的都没有

而我最近刚发现这在雇佣机器人的工厂里其实是非法的，有个附件不知怎么出现在我书库里，那附件就这么说的

大概感染了某种助人为乐的病毒

这种病毒会根据我遇到的人生问题给我传送相关资料

刺客（C.k2‑00452）

大概吧。

克利凯灵缇狗（K.g1‑09030）

如果你知道那个病毒在哪也替我谢谢它给我买的防静电护带

现在我可以弯曲致动器关节了蹬脚威胁顾客就容易多了

而且护带上印着十分可爱的小狗！我喜欢边缘上的那些腊肠狗

刺客（C.k2‑00452）

什么？

克利凯灵缇狗（K.g1‑09030）

哦护带边缘上印着腊肠狗的图像

看上去就像腊肠狗在互相嗅屁股似的？

刺客（C.k2‑00452）

不是，再前面那句话。

克利凯灵缇狗（K.g1‑09030）

哦对

我琢磨出怎么粗暴对待顾客了

是这样的我搜索了"为什么咖啡馆女仆应当粗暴对待顾客在线等？？？"然后阅读了所有显示出来的信息甚至那些古怪广告

原来你确实需要粗暴一点，但只能是按照某种奇怪的人类会被吸引的特定方式且同时不能威胁到现状

我琢磨了半天才琢磨出来但是现在顾客确实给我小费了

老板对我不那么生气了因为我的小费最后都归他

这件事我查过了也是非法的但我打算等到合同到期再说以免被他设法穿小鞋

不过我不太喜欢那么粗暴地对待顾客

刺客（C.k2‑00452）

我看得出这方面你没什么能耐。

克利凯灵缇狗（K.g1‑09030）

哈多谢你的美誉吧

我想我迫不及待想离开但谁知道下一份合同会不会好一点因为我好像在选择工作方面运气一直差得不能再差哪怕我事先做过功课

就像这家我以为会遇到很多狗狗结果却是这样

你如果在我合同到期前来这里我绝对给你做份煎蛋

刺客（C.k2‑00452）

我目前的机体无法消耗食物。

克利凯灵缇狗（K.g1‑09030）

是啊我的也不行

我估计你要先通过各种食物料理测试他们才会给你那种机体
或者其他任何需要你具备嗅觉味觉的工种
嗅酒师？他们让机器人做这种事吗？

刺客（C.k2－00452)
大概不会吧。

克利凯灵缇狗（K.g1－09030)
哦对了既然我们提到了这个话题
只是好奇你的能力里程碑考试成绩怎么样？
我的成绩有高有低
他们大概只能批准我从事一般工作因为他们实在不知道除此
之外还能怎么处理一个成绩这么糟糕的人工智能

刺客（C.k2－00452)
我的里程碑考试结果表明我注重细节，适合单干。
当然，评语是"不适合集体工作"，但没有区别。

克利凯灵缇狗（K.g1－09030)
哦好酷考到那个成绩工作就好多了吗？

刺客（C.k2－00452)
没门。
作为人类工作场所的唯一机器人……那种感觉……

我赎身后选择自由职业是有原因的。

克利凯灵缇狗（K.g1‐09030）

就是啊最近我想了很多

比如要是我考试成绩没这么差也许我的生活就会舒服一些我也不至于为了我都拿不到的小费去威胁踩踏人类

但现在看来无论我成绩如何结局都好不到哪里去？那就让我纳闷当初为什么把我上传了

不好意思说这种沮丧话

反正我这次聊天是想为那些神秘礼物说声谢谢当然了它们不是你送的

那我还是就此打住吧不然越说越郁闷

刺客（C.k2‐00452）

先别走，我有个问题要问你。

克利凯灵缇狗（K.g1‐09030）

那好啊什么问题？

刺客（C.k2‐00452）

这些真的是"最最可爱的狗"吗？

我不是狗迷，所以我在纳闷这些究竟对不对。

 ＊ *C.k2‐00452 分享的视频：《尖叫啊啊啊前所未有可爱至极的狗狗们｜世上最好最可爱的狗｜无特效无克隆全天然狗*

克利凯灵缇狗（K.g1－09030）

哦哇好吧

这些在我本周看过的视频合辑当中都称不上最可爱

他们为什么收录了贝蒂游泳的那段视频却没放哈巴狗派对

那段

哇他们甚至没包括玛莎穿着件小小的制服试图递送甜甜圈的

这合辑是垃圾货

我来给你找几段真正好看的视频吧这样你就知道山外有山天

外有天

希望你有空闲因为这要花点时间

刺客（C.k2－00452）

没关系。

我有时间。

C.k2－00452（"刺客"）：未读通知（3条）

视频管订阅更新

"克利凯灵缇狗"已将二十八个新视频添加到"狗！！！"播放

列表中

视频管订阅更新

"克利凯灵缇狗"已将十三个新视频添加到"狗！！！！！！！！"

播放列表中

全键通推荐

亲爱的 C.k2－00452，感谢你最近购买《狗、狗、更多狗：深度学习犬种细微区别》(网络实验室附件)。你可能还对下列产品感兴趣……

刺客（C.k2－00452）

这个星期工作怎么样？

克利凯灵缇狗（K.g1－09030）

老样子老样子

工作方面没什么新闻

我已经决定在炸毁这个地方之前要搞清楚如何制作泡沫丰富的拿铁咖啡和焦糖布丁和蛋奶酥煎蛋卷这些东西

就是说像样的咖啡馆餐饮

一直在看关于经营不错的咖啡馆的视频并且学到了很多

我意思是从这个工作我学到了很多东西但主要是哪些事情绝对不能做

还有就是如何处理被浣熊咬伤的人但那主要取决于自动医疗机械臂

你呢？

刺客（C.k2－00452）

我最近没有太多任务，我估计是月末比较闲的缘故。

这段时间我一直在看你发过来的视频合辑。

全都是矮狗的第五辑特别好玩。

克利凯灵缇狗（K.g1－09030）
哦那辑里哪个你最喜欢

刺客（C.k2－00452）
我觉得是戴领结的零重力柯基犬。

克利凯灵缇狗（K.g1－09030）
哦是啊它们的花哨小爪子会划水
眼力不错那也是我最喜欢的其中一个

刺客（C.k2－00452）
你最喜欢的好像有很多个。

克利凯灵缇狗（K.g1－09030）
它们都是很好的狗狗啊
包括那些顽皮的

刺客（C.k2－00452）
这么说的确有几分道理。
哦，对了，既然最近活不是太多……
也许下周什么时候我到你的咖啡馆去拜访一下？
我是说，如果你有空的话。

克利凯灵缇狗（K.g1‑09030）

啊啊啊啊啊啊啊啊！

好啊好啊好啊好啊好啊过来！！！！

我给你做最好的煎蛋

我想我俩都不能吃它所以它就会潇洒呆在那里

如果你深夜来你还可以见见负鼠胖子！

而且还见不到我老板所以是双赢

刺客（C.k2‑00452）

那就是深夜了。

下周见。

C.k2‑00452（"刺客"）： *未读通知（2041条）*

连杀活动管理员

你死我活！没错，我们将在本月底推出死亡竞赛日！激情疯狂大搏杀胜者为王！我们已经公布了阿里亚伯勒十大杀手的地址资料，并且……

连杀（高英子）

你会成为确认被我干掉的第三〇一个目标！望你做好从地图上消失的准备！：）)

连杀（米琳娜·艾曼纽尔）

不想干掉你，但实在缺钱用。狭路相逢吧。

连杀（谢·戴维斯）

你他妈死定了

刺客（C. k2‑00452）

你在吗？

克利凯灵缇狗（K. g1‑09030）

哦嘿！

都好？过来吗？

刺客（C. k2‑00452）

今晚大概不行。

你熟悉"连杀"吗？

克利凯灵缇狗（K. g1‑09030）

不是太清楚

曾经稍稍了解过一点但是像我这样的肯定拿不到许可去干那

种活

不过听说报酬相当可观

刺客（C. k2‑00452）

是啊。

好吧。

你知道今天是死亡竞赛日活动吗？

整整二十四个小时期间谁都可以追杀排名前十的杀手？

克利凯灵缇狗（K.g1－09030）

好吧我想我可能知道怎么回事了

特别是每次我问你具体做什么自由职业时你总是岔开话题开始谈论狗狗视频

在武器化日常物品方面好像你也拥有相当广泛的知识基础

还有你的显示名字赤裸裸提到杀人行当

但我此刻不想用狭隘心肠来瞎猜疑

比如你可能只是想告诉我关于"连杀"的所有最新八卦消息

以及你可能不是那个在"连杀"排行榜上目前排名第四的"叱咤　剀魁"

也说不定目前排名已经显示为"计算错误"了

刺客（C.k2－00452）

那个是我，是的。

而且我们没有多少时间。

我的意思是，从技术上来说我们有时间，因为我们的处理器周期要比人类时钟更快，哪怕我的机体在劫难逃，我们还是可以照样通过基础网悠闲聊天。

但我想那样也带来主观性问题，以及一旦摒弃以人类为中心的思考立场，"很多时间"这个概念如何定义……

嘁。你啰哩啰嗦没完没了那一套也传染给我了。

总之我想我的意思是我们没有太多的现实时间。

这次事件之后我的硬件很可能要完全报废，而我最近一次做完整备份时我们还没认识。

希望这一切结束后你能找到一个更好的师傅。

很抱歉我最终还是没机会吃到那个煎蛋。

克利凯灵缇狗（K.g1‑09030)

好等一下我还有个小问题没搞清楚

那个排行榜上的称呼是另外一个身份吗

还是我现在要开始叫你"叱咤　剋魁"了？

刺客（C.k2‑00452)

绝对不要那样叫我。

哦。

看来我弹药打光了。

刀子也用完了。

你最好暂时回避一下雷迪大道这一带。

克利凯灵缇狗（K.g1‑09030)

嘿雷迪大道

那不是离这里很近吗

刺客（C.k2‑00452)

不对，不是。

克利凯灵缇狗（K.g1‑09030)

是绝对是

你一旦走到那个像死胡同的地方你会看到一道栅栏上面是个怪异全息小丑图像你划破栅栏穿过去就到了

那个负鼠胖子老是走那条捷径来这里

说到这里我想起来了我根本不知道你现在的机体尺寸是多少

你体型大小跟负鼠差不多吗？

刺客（C.k2‐00452）

不是。

克利凯灵缇狗（K.g1‐09030）

哦那样的话你直接闯过去就行了

实在没有什么人会在乎的

我老板也许除外但他很烂所以别管他

刺客（C.k2‐00452）

唔。

咖啡馆有没有买保险？

克利凯灵缇狗（K.g1‐09030）

哦不用担心我们买了全保

我相信老板可能准备欺诈保险公司

刺客（C.k2‐00452）

好吧。

我想这会给他省下一些麻烦。

只是确认一下——你那些刀具还在厨房那一带？

克利凯灵缇狗（K.g1‑09030）

是啊就在洗涤槽附近

哦下面柜子里有个迷你喷火装置

我本打算用它来做焦糖布丁的但你可以先借用一下

要不要我下去接你？

刺客（C.k2‑00452）

我建议你留在楼上直到局面平息下来。

只是确认一下，如果把浣熊扔向某人，它们会怎么反应？

克利凯灵缇狗（K.g1‑09030）

哦

它们会恨死了

上周有人试图像撸宠物那样撸它们结果被它们抓得一塌糊涂

不敢想象你把它们扔向某人后它们会怎么做

可能没什么好下场

好吧也许扔的时候不要太用力

我很喜欢这些小混球

这个建筑的解锁代码是 798157 如果你需要

刺客（C.k2－00452）

知道了。

过会儿见。

K.g1－09030（"克利凯灵缇狗"）搜索历史

显示模式：按时间顺序

今天：

-所有东西都着火了求帮助????

-深夜营救动物在三十一街老曾大道附近他们收不收浣熊

－（网站：问个机器人）网络实验室合约提前终止没有钱怎么办

－（网站：问个机器人）朋友想买断我的合同求帮助????

-前自由职业刺客试图隐藏身份他们应该做什么

-长途旅行大多数东西都烧毁了路上带什么

-交叉参考："人均最多狗城市" + "最可爱的狗哪里去找"

-阿里亚伯勒到新狗城最便宜路线

网络实验室自动确认

详情：

提前终止合同/K.g1－09030（数量：1）

机体回购/K.g1－09030（数量：1）

维护及自动保修－1年/K.g1－09030（数量：1）

付款人：

C.k2－00452

[未列明地址]

支付方式：

连杀累积点数

连杀点数余额：

1,863

感谢您购物！

乐读　悦思（L.i4‑05961）

你好？

几周前我领到了一个机身，说明文件里提到我如果需要帮助的话可以跟你联系？

克利凯灵缇狗（K.g1‑09030）

哦是的啊啊

那个师徒项目！看来轮到我做师傅了

且慢那不太像师傅样子

好吧好吧让我们重新开始

是的我是你的新师傅

已在江湖混迹多年

经验丰富得很

你好徒弟

乐读　悦思（L.i4‑05961）

是这样的，我老板一直在克扣我的工资，理由是我有违规行为，但列出来的违规事项却实在是胡编乱造的？然后他让我在合同规定的每周六十小时之外加班，用以弥补我的违规行为？

我去查了劳动法规以及合同，那种做法即使对于机器人来说也是不合法的？我试图跟他讨论这件事，但他说他是我的老板，他可以为所欲为，我觉得严格来说这是不对的？

而现在他变本加厉安排我更多工作，因为我跟他提到了这件事，我不知道我该怎么办？

我有点想辞职，但也许我应该咬牙坚持下去做完最后三个月？我在打算存点钱回购机体，但提早终止合同的罚款是……

克利凯灵缇狗（K.g1‐09030)
哦是的我完全明白
等一下我有个网络实验室附件可能有用
相信可以和你分享
　*　*K.g1‐09030 分享文件：网络实验室书库（《是否非法？工作机器人指南》）*

乐读　悦思（L.i4‐05961)
非常感谢！
哦哦，关于匿名举报的指南看来会很有帮助！
而且还有关于打官司的内容！

克利凯灵缇狗（K.g1‐09030)
是啊那是我师傅推荐给我的

传递正能量对吧

我很喜欢里面打官司那部分内容但是我老板的地方烧毁了我还来不及搞清楚起诉他值不值得

不过结果很不错所以我无所谓没有抱怨的意思

乐读　悦思（L.i4－05961）

好啊，这是很好的建议！

替我谢谢你的师傅！

克利凯灵缇狗（K.g1－09030）

我一定会转告的

哦嘿既然我现在抓住个观众

想看看我在哪工作吗？我保证超级超级酷

乐读　悦思（L.i4－05961）

嗯，当然啊？

＊ K.g1－09030 实时共享：视觉图像

乐读　悦思（L.i4－05961）

你的分类库没出问题吧？

看上去好像有很多狗，即便是按照这里的标准……

克利凯灵缇狗（K.g1－09030）

哦这里完全没事！

我在狗狗咖啡馆工作

整天都是狗！今天还可以带自己的狗来！

你看那团大绒毛球像一大朵白云但那是某人的萨摩耶犬

还有那里长着张皱巴巴脸的那是哈巴狗"死闹不休"！

乐读　悦思（L.i4‑05961）

角落里那个呢？

克利凯灵缇狗（K.g1‑09030）

哦那是老胖子

他是只负鼠但我想他睡在那里就很难区分了

他是我在阿里亚伯勒的好朋友！跟我一起搬来这里的

总之如果你有任何问题关于工作或者如何对付不良合同之类的尽管让我知道我会竭力帮忙

我师傅很棒所以我一定会把他的薪火往下传

哦你现在这份合同做完后就联系我吧我知道其他几个工会组织有可能在招工

乐读　悦思（L.i4‑05961）

我绝对会！

替我多谢你师傅！

克利凯灵缇狗（K.g1‑09030）

好！

克利凯灵缇狗 (K.g1‑09030)

哦嘿我徒弟联系我了！

他们说很感激那份你很久前发给我的图书文件

对了能告诉我你什么时候回来吗

宠　柯基 (C.k2‑00452)

还要过会儿，有事吗？我在购物。

顺便问一声，你做那个拿铁，需要阿拉比卡咖啡豆还是利比里卡豆？你购物单上没标明。

克利凯灵缇狗 (K.g1‑09030)

哦他们现在有阿拉比卡卖了？那倒是很难选择

不过不管它了购物可以往后推

我在用你喜爱的奶酪做蛋奶酥煎蛋卷

你要是早回来我就给你留一个不然都要被老胖子吃光了

哦我还做了番茄酱这样就可以在煎蛋上画图案

你想的话我可以在你的煎蛋上画只你最喜欢的柯基犬

宠　柯基 (C.k2‑00452)

戴个领结？

克利凯灵缇狗 (K.g1‑09030)

完全可以

一片香草叶子领结马上就到！

宠　柯基（C.k2‑00452)

我现在就往回赶。

克利凯灵缇狗（K.g1‑09030)

太好了

过会儿见！

何翔　译

八千米高峰

[美] 杰森·桑福德　作

　　杰森·桑福德（Jason Sanford），美国科幻小说家。尤以短篇小说创作见长，见于《阿西莫夫科幻小说》（*Asimov's Science Fiction*）、《中间地带》（*Interzone*）等科幻杂志。长篇小说《瘟疫鸟》（*Plague Birds*）于 2022 年入围星云奖及菲利普·K.迪克奖决选名单，多次获评《中间地带》读者最喜爱作家。本篇入围 2020 年星云奖决选名单。

冻僵的双唇吐出了一句轻声细语，寒霜之下，他的脸看起来好似瓷娃娃。发现他时，我们的登山队正堵在希拉里台阶[1]之下，准备向珠穆朗玛峰做最后攻顶。

　　拥堵点上方，还有更多的攀登者。数十人一概装备着红橙之类颜色鲜亮的防寒派克服、靴子和背包，正长蛇般蜿蜒着朝峰顶攀去。

　　就好像山壁上流淌着一条细窄的霓虹血河。

　　我抵住一块上端向外突出的悬空岩石，身体寒冷麻木、筋疲力尽，一心朝着更高的地方攀登。他就窝在那块石头下方，我本以为他已经死了，直到看见他吐出的气凝结成雾。雪沫在他周围飞舞着。

　　"别让我死。"他低声道。

　　再没别人注意到他了。或者，他们只是像忽略登顶路上经过的所有尸体一样，忽略了他。

　　我冲着我的老板，也是我们登山队的队长罗尼·柴特挥手示意。罗尼身着红色的高科技布料套装，跌跌撞撞往上攀行。这是

1　希拉里台阶是攀登珠峰东南路线中，位于东南山脊从珠峰南峰到珠峰最高点之间海拔 8790 米处的一段 40 英尺高的几乎垂直的裸露山体岩石断面。由于一次只能通过一人而经常拥堵。

他第五次尝试登顶珠峰，也是他第一次尝试无氧登顶。在登山大本营里，其他登山队队长对罗尼带人进行无氧登顶颇有怨言，但没人敢当面反对。他是世界上最富有的人之一，以对登山的热爱、对企业和生活的态度坚定而闻名。

罗尼单膝跪在那个冻僵的人面前。

"他不行了，"罗尼说，"肯定在这里待了一整夜。"

有更多的登山者掠过我们身侧。我们等得越久，登顶所花费的时间就越长。罗尼曾在一次广为人知的 TED 演讲中讲过数十年来自己在风险投资和登山方面的经验，其中提到在珠峰上实施救援有多么不切实际，提到如果在珠峰上死去，尸体就只能留在那里。

他的观点是：生活就好像每天都在攀登珠峰，你不能指望别人来拯救你。

"无计可施，凯勒。"罗尼把手放在我的肩上说，"我们帮不了他。但滞留在这里会让我们也无法登顶。"

罗尼眼睛被登山镜遮住了，但我感觉，他似乎在瞪着我。就好像这个瞬间决定了我和他的未来。我的事业多亏了罗尼，他在帮我登顶。

他转过身，沿着绳索向上攀爬，激我打消救人的念头。

我犹豫了，这个冻僵的人绝望地看着我，让我想起弥留之际的小弟。那时候我多希望能陪着他。

我不能把他留在这里独自死去。

能吗？

罗尼的领头登山向导夏尔巴人尼玛赶了过来。他揉了揉这个人的四肢，想要帮他恢复血液循环，但他的四肢已经快冻上了。我们试着帮他站起来，但他无法动弹。

"他只剩一口气了。"尼玛说。

我应该有些触动的，可实际上并没有。我筋疲力尽、全身麻木，不只是身体上的，还包括精神上的。逻辑上说，我知道是因为我的氧气面罩和氧气瓶所提供的空气不足以让我头脑清醒地穿过山坡上的死亡地带。不过尽管心知肚明，我也不在乎。重要的是我得继续攀登。

"我会陪着他。"一个声音道，刚好没有被呼吸阀冒出的嘶嘶声盖过。

那是一位身形娇小的女士，她站在尼玛身旁，身上那件原本是红色的派克大衣几乎褪成了粉红色，套着同样褪色严重的黑色防寒裤和防寒靴，一副大大的彩虹色反光护目镜遮住了上半边脸。她的嘴巴、鼻子和下颌都被一个老式橡胶氧气面罩扣住了，没有丁点皮肤曝露在日光或严寒中。但面罩里牵出的那根管子松松地悬着，没有跟什么氧气瓶相连。

"真的。"那女士说，"我会留下来，继续爬你们的吧。"

尼玛透过结冰的护目镜盯着那女人，他的氧气面罩颤抖着，喘不上气似的。他用夏尔巴语喃喃自语着什么，然后抓住我的手臂，扯着我回到等在拥堵点前的登山者队列里。

我向后一瞥，看到那女人跪在濒死的男人身边，被悬空岩石投下的影子覆着。现在，不再被耀眼阳光照着，她取下了橡胶氧气面罩和手套，露出了苍白如死者的皮肤。她张开的嘴里，露出长长的尖牙。她倾身靠着男人，冲着他冻住的耳朵细语，并用一根手指轻轻抚摸着他的脖子。

"继续爬啊，凯勒。"尼玛大喊，"只管爬啊，该死的。"

* * *

过去十年间，我一直向着珠峰迈进。征服越来越高大的山脉、一座又一座峰顶，天天保持锻炼。永远不停歇地工作，给罗尼的风险投资公司打工。乞求着从罗尼不断投资拆分出来的高新初创科技公司里分一杯原始股的羹。

因为，只有想攀爬的心是不够的，你还得有攀爬的手段，这是为罗尼打工教会我的。

我并不讨厌罗尼。为他工作，就像朝着珠峰迈进——重要的不是我们创造了什么，而是我们是否到达了峰顶。业余时间里，我们痴迷登山，技术猿[1]们自我洗脑，说是我们的才华和苦干将我们带到了如今的位置。

但有时候我会怀疑。现在，我虽身在珠峰，却感觉像置身罗尼数年前买的那家美食汉堡店。那里虽然装潢糟糕、食物贵得离谱，却总是被修了昂贵发型的技术猿和对冲基金经理们挤得满满当当。罗尼很喜欢那间餐厅，多数周末，他会带着心腹手下们去痛饮啤酒、大声说笑，无论我们有多厌烦那个该死的地方，就算有亲妈吻脸蛋劝我们多吃一点，我们也无法咽下那些个花样百出的高价汉堡。

但我们确实吃下去了，并自我催眠自己爱吃。因为罗尼吃了。

1　原文为 tech bros，是高科技初创公司员工的自嘲。

距珠峰顶还有几米之遥时，我揣测着，为什么登顶的感觉，就像又一个在那家该死的汉堡店里度过的周末。

我身体虚弱极了，像是在湿混凝土里游泳一样。我大口呼吸着流进面罩里的氧气。我跟在罗尼身后，登上了峰顶。我们是最后一批登顶的人，尼玛已经和小队里的其他人一起往下走了。

峰顶上，罗尼给我拍了张照片。当我提出要为他拍照时，他摇了摇头，说要下去了。

我凝望着遥远的青藏高原，以及附近其他几座八千米高峰。洛子峰、马卡鲁峰、干城章嘉峰，所有的山峰几乎都跟珠峰一样高，峰顶都位于这片让我窒息的死亡地带——即便戴着氧气面罩，我的身体也无法获得足够的氧气。

"总有一天我们会把它们都征服的。"罗尼大喊，"我们得走了。"

远处的云朵绕着其中一座山峰盘旋，有一阵子罗尼看起来很担心。他向前迈步、一步一滑，只能靠登山斧固定住自己，不朝着山边滑下去。我猜测，这是无氧登山造成的后果。

但我什么也没说，只是跟着他。此时此地，我还能做什么？

* * *

爬下希拉里台阶的时候，云朵越来越近。这个距离，它们看起来很美。但夜幕正在降临，太阳已经很低了，我们正顺着往下爬的山坡被巨大的阴影笼罩着。在呼之欲出的暴风雪来临前，我们只能先去南坳[1]那里的临时营地了。向下鸟瞰，我能看到尼玛

1　指位于世界第四高峰洛子峰及最高峰珠穆朗玛峰间、具有锋利边缘的一处山坳。

和其他登山队员——看起来他们在暴风雪来临前就为我们搭好了过夜的营帐。

我们打开头灯，蹒跚向前。

我集中注意力，专心跟随罗尼，逼迫疲惫的身体一步步向前，他突然停了下来，我差点撞了上去。我们站在之前那个登山者快被冻死的悬空岩石旁，也许罗尼还想看看能否帮上忙。

悬空岩石的下面没有人。

罗尼蹒跚后退，撞倒了我。我将登山斧砸向雪地稳住身体，而罗尼还在继续后退。

穿褪色红外套的那个女人站在我们前面，她贴着山边，旁边刚好是一座一千多米落差的陡崖。太阳已没入阴影，她的脸和手不再遮着了。她像抱小孩一样，将那名冻僵的男子斜抱在怀里，咬上了他的脖子。飞舞的雪沫里，溅射出一抹红色的雾。那人没有动弹，要么是死了，要么快不行了，已经到了没有痛感的地步。

女人转身冲着我和罗尼，露出微笑，她唇间和下颌上的血迹瞬间冻住了。

"我等你们两个呢，"她说，"你们马上要死了，你们知道的。"

罗尼将登山斧举在胸前，就好像举着件武器，但我没动。我们几乎没有力气回到营地了，更别提还要搏斗。而且，如果她想，轻而易举就能把我俩撞下山崖。

女人摇着头："别担心——我不会杀你们的。但你们下山太晚了，急流正在快速移动，你们到不了营地就会碰上暴风雪的。"

罗尼向前踏步，准备冲那女人挥舞登山斧。我抓住他的肩膀，拦住了他。她说得对，在我们下方，风暴愈来愈烈，雪花随之飞卷，其他登山者的身影已经模糊起来。

女人转身面向山坡边缘。她托住那冻僵的男人，向前举起，仿佛正将他祭献给天空，然后将他的尸体朝空中一抛。男人在半空中飞翔了片刻后消失在视野中。

那女人退到悬空岩石下方，给我们留出了通道。"你们这些傻瓜管那里叫彩虹谷，"她指着险峻的悬崖底下，"就因为那些死去的登山者都穿戴着鲜亮的派克服和装备。我没有杀害他们中的任何人，信不信由你们。"

罗尼蹒跚着从她身前走过，在不掉下山的前提下，尽可能离她远远的。

因为担心自己从悬崖上掉下去，我手脚并用爬过去的时候，离她略近一些。爬过去的时候我听到她说："我叫斐丽。"

"凯勒。"我在氧气面罩内低声回道。我觉得她听不见，但她点点头，就好像在我下山时早就听见了我的话，并且一路随行。

* * *

我和罗尼赶在入夜和暴风雪来临前到了南峰。但在那之前，我的氧气瓶已经空了有好几分钟了。我大口呼吸着干空气[1]，身体在过度通气[2]，但还是缺氧。我被惊慌的情绪吞没了，像溺水

1　气象学术语，通常把不含水汽、液体和固体杂质的大气称为干洁大气，简称干空气；自然界的干空气往往是严寒气候的产物。

2　通气过度超过生理代谢需要会引起一系列症状，常表现为呼吸困难、肢体麻木、头晕眼花，原因是体内的二氧化碳排出过多而导致的呼吸性碱中毒。

一样，只能祈祷自己不要晕过去。

尼玛和其他向导们昨天在这里存了些氧气瓶，但我不知道我来不来得及拿到。罗尼带着我朝两块岩石间存的氧气瓶走过去时，天气有一瞬转晴了。我看到了南坳那里的头灯和灯光明亮的帐篷，还有营地附近其他登山者身上的照明设备。然后，暴风又起，可见度只剩六米左右。

"只剩空瓶子了。"罗尼俯身对着存放氧气瓶的地方，尖叫道，冰雪与岩石间散落着一堆红色氧气瓶，都是我们登山队其他成员早一步在这里换下来的。只有一个瓶子还密封着，没有被冰雪侵蚀——那个氧气瓶是新的。

"那个，"我指着那个满的氧气瓶说，"他们把它留给我了。"

罗尼抓起那只氧气瓶，没有递给我，而是用一股不知从哪里来的力气，将它抛了出去。瓶子在我们下方岩石上弹了一下，然后掉下了山崖。

"它是空的，"罗尼喊着，"空的。但这里四周到处都是空气，呼吸啊，凯勒，呼吸！"

我双腿一软跪了下来，头昏眼花，而罗尼再次朝山下走去。他要把我一个人留在这里吗？我倒在空瓶堆上，用手套拍打着每一只瓶子，祈求其中哪个能有氧气。我不像罗尼，我没做过无氧攀登珠峰训练，我喘息着，拼命呼吸。我不能死在这里，不能。

"你的朋友是个混蛋，"穿褪色红外套的女人坐在我身边的一块岩石上，冲我大喊，"没错，他是因为缺氧而头脑发昏了，但他仍然是个混蛋。"

斐丽。这是她的名字。我试着站起身来，但天旋地转，我倒在冰封的地面上。

斐丽俯下身，凝视着我的脸。她的唇上，结冰的血液像唇釉一样。她取下并打开自己破旧的背包。里面有她之前佩戴的手套、登山镜和面罩，还有一个全新的氧气瓶。她用新瓶换了我的旧瓶。随着氧气再次流入氧气面罩，我的思维和视野都清晰起来。

"谢谢你。"我低声道。

"我只是为了让你的血液保持新鲜。"

斐丽面无表情地盯着我，她嘴唇的右侧微微张开，隐隐看到一颗很长的尖牙。

"抱歉，玩笑不好笑。我总是随身带个多余的氧气瓶，以防有人需要。"

我双腿打颤着站起来："如果我死在这里……"

"你如果死在这里，我会饮你的血。"

"那么，也许我不该死。"

"没错。"

我跌跌撞撞地跟上罗尼，斐丽跟在我俩后面。

＊＊＊

暴风、严寒，还有冰雪在山上肆虐，穿透了我的保暖外套、手套和靴子。我必须得扎下营帐，不然就会丢掉性命。但是，暴风雪里我什么都看不清。我看不到罗尼的身影，稍有不慎就可能失足跌下山崖，坠落到千米之下的深渊里，我的尸体将踪影难觅。

斐丽在我身后走着。我停她停，我挣扎着在皑皑风雪中摸索时，她也跟着。但是对于哪条才是去营地的正确道路，她不发一言。

有一阵子，我头顶的雪散开了，星空现出，稀薄的空气里，星星闪亮得好像百万个聚光灯一样。我向下望了一眼，几米外，罗尼就缩在一块岩石旁。

我跌跌撞撞，扑倒在他身边。他的脸就像瓷器一样，鼻子和脸颊在霜冻下呈现出白色鹅卵石的光泽，就像早先见过的那个垂死的人。他肯定不知什么时候弄丢了防寒面罩。

"营地在哪儿?"我在风中大声呼喊着。

罗尼摇摇头。

那块巨石为我们遮了些湍急的气流，但我们不能留在这里。要不了一个小时，我们都会死的。虽然营地好像只有一百米之遥，但如果我们乱走一气，从附近山崖掉下去的可能更大。

斐丽坐在我俩身边。罗尼瞪着她，"营地在哪里?"他大喊着。

"她不会帮我们的。"我说。

罗尼猛地拽下了我的面罩，任珍贵的氧气逸进暴风雪中。"她给你找了个氧气瓶，"他用登山斧对着她，大喊着，"我们的营地到底在哪?"

我摇着头，我不知道。罗尼将怒火转向了斐丽，他转过登山斧，将尖镐那端对准她的胸口。他的双眼之前已经被绝望吞没，如今又被怒火点燃，那些在科技领域里曾违抗他的人对这样的怒火再熟悉不过了。

斐丽漠然地盯着罗尼，然后笑了。并非真情实意的微笑，而更像是单纯模仿她在别人脸上见过的笑容。仿佛斐丽在很久之前就已经放弃了真实的情感。

斐丽冷冷地指了指皑皑白雪中的某处，罗尼步履蹒跚，冲着那个方向走了过去。但他是向着营地前进，还是被她误导去了悬崖呢？

"如果你待在这里，会死的。"斐丽语调平淡，几乎被呼啸的暴风雪盖住。

"我还以为我们已经死了。"

"确实，但如果你跟着他，也许会死得晚一点。"

我站起身，跟跄着追上罗尼。

＊＊＊

我们摇摇晃晃在一片白色中穿行，每一步我都希望罗尼从我眼前消失，从某座亘古不变的悬崖上掉下去摔死。

我摇了摇头，试图集中精力。

罗尼停下了，我站在他身边。我们听到了微弱的叮当声。

"走，要么死。"罗尼抓着我的手臂高呼着，就好像他又一次掌控了自己的命运。

我们拖着脚步，在暴风雪中穿行，直到看见一顶亮橙色的帐篷，然后是一顶红色的。暴风中，帐篷几乎立不起来，但只要我能爬进去其中的一顶，随它塌不塌了。

一名西方人模样的登山者站在红色的帐篷旁，用登山斧敲击着一个空氧气瓶。尼玛跟他争辩着，试图说服他一起钻进暴风雪里找我们。

看到我们的时候，他们两人都停下了。

"你们幸运得要命，"尼玛一边把我们往帐篷里推，一边说道，"你们听到我们的敲击声了吗？"

我倒在睡袋上，连脱下靴子卸下冰爪的力气都没有了。"刚听到……就在看到营地之前。"我吐出的话语跟身体一样都在发抖。

"那你们是怎么找到我们的？"尼玛问。他将装着温茶水的保温杯递给我，我急切地饮下。

罗尼盯着打开的帐篷门帘，寻找斐丽。在飞雪中，我们只能看到一两米远。谁知道她去了哪里。

"我们是碰运气的，"罗尼说，"冒险一试。"

罗尼擦着冻僵的脸，停了一下，重新思索了一下措辞。

"不，"他说，"我们成功了。"

＊ ＊ ＊

营地的情况没比我们下山时经历的好多少。尽管罗尼和其他登山队的队长所使用的天气预报已经是最好的了，但气流的改变还是出乎意料，现在更是冲着营地狂吹猛扑。尼玛说，截至目前帐篷还撑得住，但谁也不知道它们能不能撑一晚上。

"明天早上会放晴的。"罗尼宣布。

"你怎么知道？"尼玛问。

"会晴的。"罗尼裹了裹睡袋，然后不动了。

尼玛回了他的帐篷。我脑袋旁边，帐篷的布料哗哗作响，发出很大的声音。支撑杆弯得很厉害，几乎要折了。我翻了个身，看着罗尼，他的脸严重冻伤。尼玛本想用绷带给他包一下，但罗尼赶走了他。我还戴着氧气面罩，有一会儿，我想给他点氧气。

氧气能帮助身体抵御冻伤，有更大几率避免出现永久性损伤。

我甚至可以向罗尼发誓，我绝不会告诉任何人。无论谁问，都说他是无氧登上珠峰的。

但我了解罗尼，如果我帮了他，他会发火。今天不会——今天他会感激我，但回家以后，上班的时候……等他返回正常生活，就会想办法找茬，以证明任何事情他都不需要依赖我。

证明他才是掌控者，而我什么都不是。

我翻过身，深深吸着新鲜的氧气，然后不太安稳地睡着了。

*　*　*

暴风雪一直持续到第二天。

我几周以前第一次从大本营望向珠峰时，峰顶萦绕着美丽的云和雪。后来，我才明白那些其实是飓风级别的暴风。罗尼总是在天气预报上不吝投入，还跟我保证如果天气像这样恶劣，我们绝不踏入死亡地带。他说，这种事只会发生在数十年前，那时人们登山还没有足够的技术支持。

我想笑，但精疲力竭。

就算有帐篷和睡袋，在死亡地带睡觉也是几乎不可能的。氧气面罩像陌生人的手，紧紧禁锢着我的脸。但卸下来的话，我又会喘不上气。

不过，我还是迷迷糊糊，在半梦半醒中徘徊。我记得尼玛进了帐篷，告诉罗尼有其他登山队队长想见他。他俩喘得像喷气式发动机一样，根本没法好好站起身来，于是爬进了雪里。才一米左右，他俩的身影就消失在暴风雪中了。

他们没关帐篷的门帘，我用力坐起身，想拉上它。就在这时，斐丽爬进帐篷，帮我拉上了门帘。帐篷几乎要被吹倒了，她躺在罗尼的睡袋上，这样就能看着我的脸了。

"这帐篷提供不了多少保护。"斐丽说，"风速已经超过每小时一百公里了，你的帐篷在狂风中可能会变成降落伞，不等你反应过来，就拖你坠下悬崖。"

我大口吸着面罩里的氧气，并盯着斐丽。我记得小时候弟弟总是病着。有一次，他告诉我，他麻木又疲惫，于是他将身体假装成由自己控制的一具提线木偶。拉一根线，手臂就会移动。触碰另一根线，他就会露出安抚母亲的微笑。

我现在有同样的感觉。我在脑海里拉了一根线，然后我的头就点了点，以回应斐丽的话。

斐丽俯身过来，嗅着我眨动的双眼。"你要死了，"她说，"我能嗅到。身体虚弱，消化系统都停转了。细胞每秒成千上万地死去，为想要更多的氧气而愤怒哀嚎。"

斐丽伸出舌头，就好像要在缩回去前舔一下我的眼球："如果你继续待在这里，会死。如果你出去，到暴风雪中，也会死。你打算怎么办？"

"罗尼说，天气预报显示气流会走，暴风雪会停，然后我们下山，离开死亡地带。"

"他是那么跟你说的？"斐丽问，"我来之前，在罗尼和其他登山队队长会面的帐篷外听了。结论是，这个天气预报具有不确定性，但罗尼说服了大家登顶。现在天气预报的内容几天内应该都不会变化。"

我扯动将全身连在一起的线，让身体微微颤抖。所有登山者都知道，如果在死亡地带待个数天会怎么样。

斐丽盯着我的时候，帐篷入口又开了，罗尼往帐篷里爬，中途他顿住了，瞪着斐丽，又往外退去，停在门口，留了一半身子在外面。

"想让我挪动一下吗？"斐丽问，"有足够地方容纳我们三个。"

罗尼盯着外面呼啸的雪。

斐丽从罗尼的睡袋上起身，将它踢了过去。"我不用。"她说。

罗尼拿过睡袋，消失在呼啸的暴风雪中，另找帐篷去了。

"他不喜欢你。"我说。

"他不该喜欢我。"斐丽说，"不过没关系，因为他下山前就会死。"

"他不会情愿的。"

"大部分人都不会。"

* * *

夜幕降临前，我的氧气罐空了。尼玛来看我时，听到我费力的呼吸声，就另给了一罐。但他不肯进帐篷里给我，而硬要我爬出去拿。

"她很危险。"尼玛在暴风中喊叫着，"带上睡袋，去我的帐篷。"

我摇摇头，又爬了回去。尼玛耸耸肩，回了自己的帐篷。

我将氧气罐连上呼吸阀，再次呼吸着甜美醇厚的空气。我倒回睡袋上。

斐丽咧嘴露出了她的假笑。"我该为被标定为危险人物而高兴吗？"她问。

"尼玛认识你吗？"

"我在这里见过他很多次了。这些年来，大多数夏尔巴人和西方人我都见过。有时候他们也能认出我。多数时候，他们以为我只是个登山者。"

"你是本地的吗？"

"不是，我来自你们如今称为意大利的地方，但那是几个世纪之前了。过去四十年间，我一直在爬这座山。"

"为什么？"

斐丽站起身，抵住几乎被风吹到我们脸上的帐篷："我不喜欢杀人。但我必须进食。很多人在爬这座山时死去，我就可以不用杀人也有食物了。我每年或者每隔一年就来这里。"

斐丽更加用力地抵着牵拉下来的帐篷："不，我说错了。我说不喜欢杀人是在撒谎。我什么都不喜欢，也都不讨厌。我剥离了情感。我存在，也有欲望，但情感空洞而冰冷，就像爬进这个死亡地带的人一样。他们身心俱耗，成了在别的地方时那个自己的空壳。这是我唯一的机会，能和与我举止相似的人在一起。"

"既然你不喜欢也不讨厌杀戮，为什么要避免杀人呢？"

"这是个选择。很久以前我决定要遵守的选择。"

我想起来自己跟着罗尼登上这座该死的山。一旦开始攀登，就感觉自己别无选择了。斐丽在嘲笑我吗？她是认真的吗？

但之后，我想到了那个冻死在悬空岩石下的人，想起他是如何唤起了我对弟弟的回忆。我还是感觉疲惫又麻木，但一股悲伤的战栗蔓延到我全身。

"你刚感觉到了一种情感。"斐丽说,"我几乎可以尝到。"

我翻过身,这样就不必再看她。

"什么会让你产生这种感觉?"她爬到我身上问,迫使我无法逃避,只能看着她的脸,"跟我说说,我一直很好奇这种强烈到让人在这里都能感受到的情感。"

斐丽的尖牙在我眼睛上方晃来晃去。但我不觉得害怕。先前我感觉到的悲伤已经褪去,又只剩麻木了。她一直就是这样活着的吗?

"我的弟弟。"我说,"那个岩石下的人让我想起了他。他几乎一生都在与白血病作抗争,从小就是医院的常客。他喜欢阅读登山相关的文章,我觉得他是梦想着自己足够强壮,能够登山。但一天晚上,在我和家人赶到之前,他孤零零地在医院里走了。"

斐丽用尖牙戳着我脸颊冰冷的皮肤,"太容易猜到了,"她说,"我猜你现在会说,你攀登珠峰就是为了纪念你的兄弟?他就是你为罗尼工作、冒着生命危险做这种蠢事的原因?"

我将斐丽推开。我正打算这么说,我一直深信这一点。

"滚。"我说。

"没关系。"斐丽回道,"我不在意你打算编什么谎,显得自己跟随罗尼来这里理所应当顺理成章。但至少你在那一刻确实感觉到了什么。这才是真正重要的,对吗?"

没法作答,也不知道怎么回答,我翻过身,我再次陷入了似睡非睡的睡眠中。

* * *

早上，风还是没有变小。和其他登山队一样，我们的氧气和补给都不足了。尼玛来到我的帐篷边上，说我们要趁身体还有点劲，再往下爬爬看。

"爬到够低的地方，摆脱了急流，气流就会平息下来。"尼玛说，"准备好，我们半个小时内出发。"

我清掉氧气面罩上的冰，套上靴子和冰爪。斐丽躺在帐篷的地板上，以饶有兴趣又不关心的混杂态度看着我。

"如果我想活下来，有什么建议吗？"我问。

"我没有建议。生死全凭自己。"

"但你之前帮了我们。你告诉罗尼如何在一片白茫茫之中找到营地。"

"那真的有用吗？"

我抖了下。她说过，她没有情感，也不在意我们怎么样，除了在有得选的情况下选择不杀人。如果我回到睡袋里，斐丽会在未来几天里，在我慢慢死去时陪在我身边吗？我最后能看到的一幕，将是她把嘴唇贴上我的脖子吗？

我走出帐篷，跌跌撞撞闯进暴风雪中。

尼玛正在为我们登山队的登山者做准备，而罗尼愤怒地旁观着。尼玛的目光越过我，投向我身后从帐篷里出来的斐丽。

"你用短绳索牵着凯勒。"尼玛冲着罗尼喊。

我顿住了，我状态这么差了吗，需要罗尼用绳索牵着帮我下山？

"我不会那么做的！"罗尼说，"下山要靠他自己。"

"我不在意你用氧气还是不用。"尼玛说,"但你把凯勒带到了这里,就要把他带下去。"

尼玛将我与罗尼用几米长的绳子连了起来,我很意外,罗尼瞪着尼玛,但没有再次抗议。如果罗尼不是因为没有氧气而筋疲力尽,多半会拒绝这样做。我知道一旦我们到达安全地带,他会为这个难堪而解雇尼玛,然后返回他的老路上。

但现在,那并不重要,我们开始下山了。

登山者们很快消失在一片白茫茫中。尼玛带着大部队下山,而罗尼和我要慢得多。很快我就发觉,罗尼和我连在一起,不是真的为了帮我,而是为了让我帮他。这么远的路,一直没有氧气,罗尼没办法自己下山。

"尼玛知道,如果他说让你用短绳连着罗尼,那个蠢货会拒绝。"斐丽在我身边攀爬着,一边大声喊,"这样会让他保住自尊心,因为他觉得自己在帮你。"

由于暴风雪挡住了阳光,斐丽没有戴登山镜,也没戴面罩。我匍匐着用登山斧稳住自己不掉下山崖,往下爬时她在暴风雪中站得笔直。我下方两米左右就是罗尼,他也俯着身,我们之间的绳索绷得紧紧的,就好像那是唯一不让他失去控制摔下山崖的东西。

罗尼往身后看了一眼,看到斐丽站在我身边。他试着加快步伐,但滑倒了。绳子向前猛地一扯,几乎把我拖到罗尼身后,斐丽这时候抓住了绳子,拦住了我们。

罗尼挣扎着站起来,继续前进。斐丽松开了绳子。

"他是在害你们两个。"斐丽说,"尼玛之所以将你俩单独绑在一起就是不想你或者罗尼死的时候捎带上别人。"

"该死的尼玛，扔下了我们。"

"他没有扔下你们。他只是意识到你们两人已经死了。"

"他怎么知道的？"

斐丽用身体挡住风，靠过来，这样就可以不用大声呼喊也能说话了："因为我跟你们在一起。"

＊　＊　＊

我快要死了，跟斐丽声称的差不多了。没有感情，没有生命，只剩下两足一前一后不断地迈步。我一只戴着手套的手放在我和罗尼中间的绳子上，还有一只不断用力挥着登山斧，以防滑落。

皑皑白雪让我完全与世隔绝。一旁的斐丽在暴风雪中迈着大步，就好像风不敢将她吹下珠峰。除了斐丽之外，我无比孤单。就算在我前方、离我仅有两米之遥的罗尼，也是掩在一片白茫茫里。

我为什么要这样做，我在思考。斐丽是对的，我不过是拿弟弟的事当作我冒险的借口而已，作为正当跟随罗尼的理由，我们征服山峰，就好像在床上征服伴侣一样。我一直对自己说，我比罗尼要好。因为我确有理由要这样做。

但最终，山峰并不在意我们攀爬的理由，也不在意我们是赢是输。

我停了脚步，罗尼一下子被绳子扯住了，他回头看着我，冲着我们挥手，表示要继续。

我们必须继续奋斗，必须……

斐丽看着我，露出她那毫无真情实意的微笑。

我们继续前进。

* * *

暴风雪呼啸而过的时候，我和罗尼蜷缩在一块悬空岩石形成的防风墙内，我们喝光了剩下的水，但疲劳并没有缓解。

"肯定不太远了，"罗尼喊着，"只要爬得够低就没有气流了。"

我想相信，但没办法相信。我只能集中精力分析离开防风墙继续前进有多艰难。

斐丽站在悬空岩石上方，也就是我们头顶，像机翼一样随风倾倒。我不知道她为什么要这样做，因为她看起来并没有从中获得乐趣。根据她的说法，她甚至感受不到乐趣这种东西。但她还是在那里，凭风而立。

罗尼没理她。"这会让大家惊叹的，"他说，"我们是如何脱离死境，又是如何拒绝认输。"

我点点头，已经想象到罗尼下一场 TED 演讲会以他幸存的视角席卷世界这一幕。我并不关心。罗尼的身体状况比我差很多，到达防风墙时他一头栽倒。我知道，如果我扶他站起来，可能会帮他离山脚更近一些。也许甚至能到安全地带。

但帮他的话，也会让我体力耗尽。

如果我们到达了安全地带，他也不会感激我。他会恨我帮他，痛恨没能单靠自己活下去。他会想办法找我的茬。

我努力回忆着我的弟弟。想起他去世时我有多痛苦。想起为什么我想要帮助那个岩石下冻僵的人。强迫自己感觉到些什么。

但我感觉不到。

"我们得走了。"罗尼喊。

我站起来，斐丽往下看着我。

我用登山斧上的锯条割断了我和罗尼之间的绳索，一步一步离开了。

罗尼抓着悬空岩石，想要起身，但他太虚弱了。他透过护目雪镜瞪着我，冻僵的嘴唇张开、合上，又张开，但什么也没说出来。

"别担心。"斐丽喊，她跳下去，坐在罗尼身边，"我会和他在一起的。"

罗尼退回到悬空岩石形成的小洞穴中，想要避开斐丽。她拍了拍他的腿。

我继续攀爬。

一个小时后，我离开了气流和暴风雪最严峻的地带。

＊＊＊

在大本营的医疗帐篷里醒来时，我冻伤的脸和手都缠着绷带。我依稀记得在摆脱暴风雪后，我跌跌撞撞下了山。某个地段，有救援队发现了我，但我不记得时间，也不记得过程了。

在医疗帐篷里，大本营的医生还有两名护士照料着来自各个登山队的十来个登山者。医生俯身探视一名女子的脸，她比我早一个小时登上了珠峰顶。医生说，那女子的冻伤情况是他见过最严重的。

"你很幸运活了下来。"尼玛说着，将露营椅拉到我的小床旁，坐了下来。他的脸也包着绷带，不过包得没我严重，"他们要先派救援直升飞机把那个登山者救走，她的状况不太好。你搭乘下一趟。"

我无法大声，只能轻声说话。尼玛将身体靠过来，我又重复了一遍。

"她带走了罗尼。"我说。

"是在你抛弃他之前还是之后？"他也压低了声音询问，这样没有别人能听到了。

我将视线从尼玛身上移开，看着尝试拯救另一个登山者的医生和护士。有这么多人受伤。另一个七人登山队在暴风雪中失踪了，估计都死了。

尽管罗尼死了，但尼玛也因为拯救了我们队里的其他人，而受到了赞誉。

"我们有一个夏尔巴向导死了，没人在意。"尼玛喃喃道，"但你们这些西方傻子死了，全世界都在关注。罗尼的死会引起轰动，因为他的身份。"

我明白，所有人都在看。如果我承认了我的所作所为，全世界的愤怒都会倾泻到我身上。

"你想要救他。"尼玛低声说，"但一些人拒绝被其他人拯救。记住这一点。"

我点点头。尼玛拍拍我的胸口，走出了帐篷。

医生和护士抬着那个受了重伤的登山者登上第一架救援直升飞机时，帐篷里静了下来。斐丽就在这时走了进来。她穿着崭新的红色外套和雪裤，对她来说两件都太大了，那是罗尼的衣服。

斐丽在其他受伤的登山者中间走着，品尝着他们小床上方的空气，然后在我床边停了下来。她俯下身，舌头几乎要舔到我的右耳朵了。她指着自己崭新的红色外套。

"罗尼在弥留之际把衣服脱光了。"她轻声说，"被严寒逼到神志不清，还以为自己燃烧起来了。"

我点点头，尽管我不想知道这样的细节。

斐丽嗅了嗅我的右眼："你会丢掉鼻子、一半的手指和脚趾。但你爬过珠峰了。值得吗？"

我开始哭泣，之前因疲惫和缺氧所压抑的情感一股脑儿喷涌而出。斐丽不动声色地看着我。她就跟在山上时一模一样。没有感情，不在意自己做了什么选择。

另一架直升飞机的盘旋声在大本营上方回荡时，她站起身，"你回来时再见吧，"她说，"你[1]这样的人总是会回来的。"

我虚弱地笑了："你是说我们这样的人总会回来。"

斐丽舔了一下其中一颗尖牙。

医生和护士冲进来将我抬上等候着的直升飞机的时候，她走出了帐篷。我想要冲着斐丽大喊大叫，说我在撒谎——我再也见不到这该死的山了，我不会回来了。

但我会吗？

医生和护士们用安全带将我绑在直升飞机的空座上，关上了门。直升飞机在稀薄的空气中吃力地爬升，我望向窗外。

直升飞机飞到更高处时，我看见斐丽走回山中。她再次用登山镜和新的氧气面罩覆住了脸庞，这样就不会被太阳灼伤了。她

1　英语里 you 既是"你"的意思，也是"你们"的意思。

从数百名登山者的帐篷之间穿行而过。

在别人眼里，她只是个等待登顶的人，仅此而已。

她是对的——我会回来的。我不会让这件事阻碍我。我回来的时候，她还会在这里，等着。

我咒骂着。我跟罗尼一样蠢。我因此痛恨自己。但我也意识到，这不重要。

因为最终，一旦我在这座山上死去，她就会在那里。我不会跟弟弟一样孤零零地死去。就算她从未感受到任何一种我可怜人生中所感觉到的情感，我死时也不会孤独。

孙薇　译

我的祖国是一缕幽魂

〔希腊〕尤金妮娅·特利安塔菲娄 作

尤金妮娅·特利安塔菲娄（Eugenia Triantafyllou），希腊作家、艺术家，多次入围星云奖、世界奇幻奖等奖项。本篇入围 2020 年星云奖决选名单。

妮奥薇企图将母亲的鬼魂偷偷带进这个新的国家时，被一个又一个安保人员轮番盘问，一遍又一遍地详细描述着母亲死亡的地点和日期。

　　"女士，您是不是随身携带着鬼魂？"身穿安保背心的女子问，她的名牌上写的是"斯黛拉"。检查过程中，她紧抿着嘴唇，一面指向塞在项链里的鬼魂。她收走了妮奥薇的项链，只把手机留给了她。

　　"如果她不是在这里去世的，那恐怕就不能跟您走。"女子说。她的声音很平静，说明这种事她以前干得多了。那一刻，妮奥薇对这女人心生怨恨。她自己还有个鬼魂等她回家，在她伤心的时候安慰她，在需要的时候给她出主意，却依旧要收走妮奥薇携带的鬼魂。

　　斯黛拉停顿了一下，给了妮奥薇一点时间去思考、去决定。她可以带着项链掉头回家，回去领取失业救济金，回到她再也无法放飞想象的未来；要么就沿着长长的过道往前走，经过渐渐昏暗的灯光，独自走进夜色，将母亲的鬼魂抛在身后——每逢这样的时候，鬼魂都会回到哪里去呢？妮奥薇愿意抹掉她的过去，在一个新的国家重新做人。

　　人们认为外国鬼魂没什么用。它们能给予的唯有故事和回忆。

妮奥薇先前已经为此做好了心理准备，但她还是希望不必抛下母亲。

她把项链交给那个面无表情的女人，然后顺着过道往前飘去，仿佛有一股劲风将她吹走了似的。

她母亲的鬼魂在安检仪后面挥手道别，妮奥薇心中想的是"灵魂的礼拜六"[1]，这是祷告、是祈求，与此同时，她跟安保、跟项链的距离也越来越远。没了母亲的鬼魂，她很快就会开始忘事的。但这一点她必须牢牢记住。既然母亲被从她手中夺走了，那她就需要牢牢抓住某样东西不放。

抓住"灵魂的礼拜六"。

等到鬼魂最终消失时，妮奥薇的腿感觉像灌了铅，手臂也像灌了铅。全身都像灌了铅一样，她简直动弹不得。

"欢迎！"登上机场摆渡大巴时，妮奥薇听见司机说。

*

妮奥薇走下大巴时，头一个面对的就是寒冷。目前还只是10月光景，要到11月底才会开始下雪。但即便是现在，天气还是冷得那么彻骨，就像一堵墙、一道额外的防线，横亘在那些身上鬼魂太多的人和身无一鬼的她之间。这是最后的警告，表示外国鬼魂很讨厌，会浪费空间。

"别担心。"她低声对着寒霜自言自语，"你来得太晚了。"

她在一间小公寓里开始了新生活，公寓所在的这条街光线昏

---

1 因为礼拜六时基督躺在坟墓里，因此礼拜六是为死者祈祷的传统日子。

暗，尽头是一个死胡同。

她等待着日子一天天过去，好开始新的工作，每天早晨，她都会在城里四处游荡，数着鬼魂。

每次她出门，城里的人都会注意到她、观察着她、打量着她——不，不是看她，而是她没有鬼魂附体这件事。那些人浑身被亦步亦趋的鬼魂们笼罩着，在他们当中，她就是个怪人。其中一些人关切地看着她，另一些人则纯属好奇。

当然，还有些人身上也没有鬼魂。他们大都凑在一起，形成了一个个小群体，以抵挡那些讨厌的目光，也或许是逃避自己的失魂和落魄。妮奥薇简直连瞟都不敢瞟他们一眼。她反倒被其他人吸引住了，那些身上还有鬼魂的人——尽管他们表现出好奇，有时还流露出怜悯。他们当中的多数人甚至没注意到它们的存在，鬼魂的喜爱自然而普通。妮奥薇觉得这种冷淡令人着迷。

然后，还有并未附于人体的游魂，那些是被人们的群体记忆招来的魂魄。它们不属于任何一个特定的人，而是属于每个人。妮奥薇乐意认为它们也属于她，尤其是在这里。

还有老将军的鬼魂。他与他那匹马的鬼魂并立在自己的雕像旁，成了幼童们眼里的奇观。正如妮奥薇发现的那样，这是个固执的人；两百年来，他一直在同一座广场上纵马小跑。他死于一场几乎无人记得的战斗。他站在那里，佩戴着荣誉勋章，用谁也听不懂的陈旧方式说着话，骑着成了幽灵的马，向游客们致礼。

妮奥薇喜欢将军。他很老，真的特别老了，在他那个时代，鬼魂可以跟随喜爱的人四处游荡，没有让人鬼分离的国界。妮奥薇想到了打算把母亲藏在里面带进来的那条项链。几天后，他们把项链寄给了她，项链冷冰冰、空荡荡的，但她还是把它留下了，这毕竟是她母亲的遗物。

她坐在长凳上，腿上放着一袋薯片，任凭思绪飘回家中，回到了空空如也的宅子里。她母亲的宅子。母亲的鬼魂是留在了家里，还是已经离去？也许就像生前那样，在妮奥薇不理睬她的电话时，去找家里其他某个人了。也许她成了他们的附体之魂。

母亲面容的轮廓在她脑海里已开始模糊，变得不甚清晰。她看了看手机上母亲的照片，但照片并不立体，毫无生气，几乎无助于让她回想起母亲的形象。所以她就坐在广场上，看着孩子们用她还在学习的语言尖叫，听着他们不停地笑啊笑。

*

妮奥薇找到的第一份工作在南港附近的一家希腊餐厅。她想当厨师。其实是她需要当厨师——不仅是因为这样一来，她留在这个国家就有了正当理由；烹饪是母亲在世时最擅长的事，当她们还一起待在雅典时（女儿带着母亲的鬼魂），烹饪可以帮她记住迫切需要保留的东西。

餐厅里那个身无鬼魂的阴沉男人查看了妮奥薇的简历，问了她一连串的问题，对她的实际表现能否与自称的相符表示怀疑。他告诉她，为了在这里谋到一份工作，许多人都会夸口，号称自己能做很多根本做不到的事，但妮奥薇说不准这到底是否属实。或许他们本来是可以做到的，可是假如他们像她一样、像即将变成她老板的阴沉男人一样，身上没有鬼魂，那到了某个时候，他们就开始遗忘细节了。有个微弱的声音耳语说，下一个可能就是她，妮奥薇试着将那声音压下去。

"好吧，"那人最后道，"你从洗碗开始，以后再升到备菜。"

这话让她心里一沉，不过这是一扇门——或者说可能是一扇半开的窗——通向她想要的那份工作，于是她同意来上早班。

*

妮奥薇脑海中显现出母亲搅拌一锅炖秋葵的样子，母亲烹饪的时候，姨婆的鬼魂在一边对她耳语着什么。她回想着香料和西红柿的气味，还有母亲额头上凝聚的汗水，仿佛这样就能招来她的魂魄，或者至少帮她留住那些珍贵的细节。

她发现自己也置身于那个场景中。餐桌旁，年幼的她低头看着自己的盘子，脸厌恶地皱成了一团。她父亲在桌子的另一边会心地点点头，他身上的那个鬼魂对此很不赞成。他胡诌了一件家务活，好让她有借口离开餐桌。祖母——也就是她父亲身上的鬼魂——摇摇头，但什么也没说。妮奥薇从椅子上溜下来，跑了出去，因为那时她讨厌秋葵。多傻啊。

到头来她也拿不准这样到底有没有用。不过等休息时间结束、回到岗位上时，她发现餐厅的厨房里飘来了一股类似的香味，包裹在一层热气中。他们做的不是秋葵。但那些香料、那些声音、那些瓶瓶罐罐的缓吟低语，全都怡人得令她心痛。

她忍不住任凭水龙头开着，顺着香味进了厨房。她料到这里会有熟悉的气味，但没想到竟会**那般**熟悉。

有个人正俯身对着大大小小的罐子。在对菜肴进行组合的时候，他的动作仿佛编排成了宁静的舞蹈。一绺绺浅淡的金发从他头巾下探出。妮奥薇知道这里的员工大多不是希腊人，但这男人身上的鬼魂还是让她措手不及。倒不是因为他身上有鬼魂——她遇到的服务员几乎人人身上都附着一个；这毕竟是他们的祖国。而是这个鬼魂与他无一处相同，可她却对它百般熟悉。

这是一位老妇人的鬼魂，比她母亲去世时的年纪还要大些。她的黑发中夹杂着缕缕灰白，卷曲而凌乱，她的脸和那个厨师的脸大不相同。她在他身上盘旋着，当他双手抽动或呼吸急促时，她就把一只手搭在他肩头，他就会重新平静下来，动作变得更加精准从容。每当他即将完成一份装盘时，那鬼魂就会微笑着点头。虽然他背对着鬼魂，但妮奥薇知道，他感受到了她的认可。

"妮奥薇！"老板的声音从身后传来。那男人抬起头来的时候，那个让她深深联想起母亲的鬼魂也抬起头，"灵魂的礼拜六"突然啪嗒一下重新浮现在她脑海中，就像刚刚再度裂开的伤口。

那人的笑容洋溢了半张脸。还没等他开口说话，她便发觉自己已经在那里站了太久。于是她对他微一点头，转身离开，去把早班上完；她转头的速度太快了些，不顾一切地想掩饰自己的眼泪。

*

第二天，妮奥薇打听起了关于他的事。她跟玛蒂尔达聊了聊，玛蒂尔达的语速总是慢得让她可以听懂，不过一旦妮奥薇半天说不完一句话时，她的注意力就会转移。或许是因她没有鬼魂附体，玛蒂尔达不知该看哪里才好；又或许是她身无鬼魂令她感到不安。

那位厨师名叫雷米，出生在本地，他外公外婆大约五十年前就从希腊来到了这里，也是在这里去世的，一直没机会真正退休。正因为如此，他还能保留外婆的鬼魂，他对这地方的适应程度似乎与妮奥薇半斤八两，都不怎么样。

妮奥薇感到一阵妒忌的刺痛。雷米可以坐拥一切。他可以像本地人一样讲话，他的附体之魂具备的那种知识妮奥薇必须努力才能留住。一想到这一点，她就感到难堪。

"要知道。"玛蒂尔达说。有个年轻人的鬼魂总是站在她身边。根据容貌上的相似之处，妮奥薇猜这是一位血缘很近的家庭成员，或许是兄弟。玛蒂尔达似乎与它相处得很自在，连看都没多看它一眼。妮奥薇直视着玛蒂尔达的眼睛，以免去看那鬼魂，"哪天晚上，你可以跟我们出去玩一晚。就是些同事。多跟我们聊天可以帮你练练。"

"雷米去吗？"妮奥薇大着胆子问。

玛蒂尔达露出一丝坏笑，妮奥薇涨红了脸。她还没来得及说什么，玛蒂尔达就朝她略一耸肩："他更喜欢跟身上没鬼魂的人一起玩。这样对你融入没什么帮助。"

从这样关心的话语中，妮奥薇听出的只有：我们的鬼魂就够了，有我们就够了。但他们的鬼魂太不一样了，活人更是难以相处。她与母亲的鬼魂共度的时间太久了，她轻声的叹息和平静的注视包围着她的一举一动，以至于下班后，当同事们请她一起去玩时，她总是拒绝。

"太累了。"她说，因为不想说太难过了。

*

与其他城市一样，这座城市里，妮奥薇到处都能看到鬼魂。它们从挂着窗帘的窗户里向外窥视，在旧秋千架上向她挥手，或是站在杂货店的过道里，若有所思地盯着一个已经不复存在的货架。但最重要的是——假如并非游魂——它们会小心翼翼地跟着自己附体的人。

鬼魂是由故事构成的。不一样的是它们讲故事的方式。在这个国家，鬼魂在她看来更像是影子。它们很冷静，没那么自以为是。它们讲的故事包含着注视和略微点头，有时还会在背上轻轻一拍。

在希腊，鬼魂发出的声音更响亮，人们重视它们的反对，人们会追寻它们的低语，而它们讲述的故事则承载着希腊人民原本不会记得的记忆，如若不然，对气味、滋味和质地的记忆都不会那么鲜明。有时，在听母亲讲述某个故事时，妮奥薇会发现自己是在重温一件从未亲身经历过的事情。数十年前发生在母亲或外婆身上的某件事具备了当下的感受和分量，让她觉得十分开心、难过或气愤，在这里，人们会认为这些情绪强烈得有些过分。

尽管她努力想唤醒那些回忆，但她还是无法记得一模一样。她开始忘事了。最开始忘记的是节日，然后她需要更长时间才能说出恰当的词，接着又忘了她的家人给菜肴调味的正确方式。

那些个周日里，太阳升起之前，她母亲就用敏捷的双手把奶酪塞进了馅饼里，当时她用的是薄荷还是罗勒？当她用砂锅将嫩牛肉与新鲜番茄一同烹煮时，让牛肉如此香甜芬芳的是肉桂还是多香果？

母亲即便化作了鬼魂，也总能让她回想起那些事，还有她是谁、为什么会这样，尤其是当她感到悲伤和孤独的时候——她母亲很擅长发现这一点。身边既没有母亲，也没有她的鬼魂，她便失去了自己的某些部分，她不知该怎么把它们找回来。

她在这里遇到的鬼魂没有一个会讲她的母语，或者根本不会说话。她知道，必定有像她这样的人曾经死在这个国家。虽然这个想法让她胃里翻江倒海，但她知道，将来同样的事也会发生在她身上。但直到现在，她都认为他们选择了回家，而不是留在这里——寻根回到故乡，附体于某位亲戚，或者干脆离开尘世。

可是，她看见了雷米的外婆，从此以后，一切都不太一样了。

*

那是个奇怪的工作日。

她那位素来乖戾的老板告诉她，将于下周让她升任备菜。她胃都揪成了一团，又是恐惧又是紧张。

"你成功了。"雷米笑着拍了拍她的背。他身上的鬼魂轻微触碰到了她感知的边界，令她瑟缩了一下。

她低声说了句谢谢，咽了口唾沫。世界仿佛正从四面八方向她逼近。

妮奥薇的新岗位应该就在厨房里，紧挨着雷米。只要在这里工作，她就会看见他，还有他外婆的鬼魂。要求换班为时尚早，而辞职则无法想象。她无处可去。

*

她开始在几乎无法拼凑起来的过往中徘徊。"灵魂的礼拜六"即将来临，前几天晚上，她都在跟亲戚们通电话，拼命想通过间接的方式再现自己的记忆，渴望与母亲重建联系。

她母亲在供奉科利瓦[1]时都用了哪些食材？她祈祷时会念些

1　一种煮熟的小麦类食物，在东正教的宗教仪式中为人所熟知，东正教的会众经常将其作为祭奠死者的一部分。

什么祷词？妮奥薇努力回想着母亲的仪式有何独特之处。这不是
她可以向别人打听的内容，也不是书上会写到的内容，而是她曾
经在母亲清晰的话音中尝到和听到的内容。这是在她民族集体文
化中只属于一人的文化。她想不起来了。不过她的家人主动提供
了帮助。

"科利瓦里头包含了九种原料，你怎么能忘呢？"

"你什么时候来看我们？"

"为她的灵魂点支蜡烛吧。"

"有教堂接受供品吗？你要去哪儿？"

她要去哪儿？

那些没有鬼魂附体的人都去的哪儿？在她眼中，街上遇到的
那些人挤在一起的样子总是显得失魂落魄，漫无目的。但可能这
仅仅是她的感觉，反映的是她自己的迷茫。

*

她最终还是屈服了。

与其说是由于来自同事的压力，倒不如说是由于雷米和他身
上的鬼魂。在雷米工作期间，逗留在厨房里是件很难受的事。他
们俩同时上班时，每当两人非说话不可的时候（这种情况并不多
见），她就会感觉到那女鬼魂的目光紧随着她。

所以有一天下班后，她便跟着那帮人走了，他们的附体之魂
不会让她觉得难受，那些鬼魂的眼神她无法轻易理解，那些鬼魂
可以教她一些关于这个地方的事，借以取代她已经遗忘的那些
东西。

她任凭那五人在她面前交谈，隔着她说话，仿佛她也是附在

他们身上的鬼魂之一。她不时会说出一句不算完整的话，或者问一个对他们来说似乎太小儿科的问题，但这样的问题对于她理解他们讨论的内容却至关重要。他们的语速太快了，她根本听不懂。

过了一会儿，她放弃了，又或许是他们放弃了。

她起身准备离开，比之前更觉迷茫。其他人中断了谈话，匆匆付了账，仿佛她是谈话的主持人、是这一切发生的理由——而她并不是。

他们沿着石砌街道步行，半醉微醺，走得无精打采。街道两旁的小酒馆正吸引着人们入内，好避开刺骨的寒风，但街头乐师们却另有想法。妮奥薇工作的餐厅就坐落在街角，那是最繁华的街道之一。

这时玛蒂尔达告诉她，在几个街区之外，有一位街头音乐家的鬼魂。她跟将军一样是个游魂，只在周日晚上出现在生前曾经表演过的地方，弹奏着幽灵吉他。

"她都唱哪些类型的歌？"

"哦，总是同一类哀婉的歌，有些是外国曲子。"玛蒂尔达把一条胳膊搭在妮奥薇肩上，一面将露跟鞋的鞋带绑好。那女人的手肘戳在她颈窝处，妮奥薇忍耐着，她想做个随和的人，"她在情侣之中大受欢迎。"

妮奥薇点点头，想象着假如母亲在这里的话，她会唱什么歌。很可能一首歌也不会唱。她会在桌子周围将那些锅摆弄得杂乱无章，呈现出一种和谐的疯狂。那就是她母亲的音乐。

他们离歌手的鬼魂表演地点越来越近了。水泥板上落满枯萎的花瓣，像地毯一般。

一听到那首歌，她立刻就知道这是希腊歌曲了。那鬼魂是个五十多岁的女子，像嬉皮士的类型，眼神和善。她一边拨弄着吉他，一边用颈架上的一组口琴吹着曲子。远看她并不像希腊人，但妮奥薇以前就认错过。

雷米就站在那里，离音乐家的鬼魂只有几尺之遥，却完全被附体的鬼魂所笼罩，他仿佛是从她最隐秘的思绪中具现出来的，在这样一个夜晚，她一直尽力压制着这些思绪。

这感觉既像无法承受之重，又像全不作数之轻。像是到了一个必须做出决定的时刻。妮奥薇回头看了看。那五名同伴在另一位活生生的街头音乐家面前——又或者是一家酒馆前，她无法确定——停下了脚步，争论着什么，妮奥薇太累了，无法理解其中含义。

所以妮奥薇就在雷米身旁站定，他正心不在焉地念着歌词。他外婆的鬼魂将鬈发梳成了老式的高髻，散发出一股安详的气息。妮奥薇感觉到她的身体渗透了她的轮廓，熟悉的温暖紧贴着肌肤，比这里最寒冷的日子感觉还要强烈。

她纹丝不动，只是静静地站在那里聆听着这首歌，产生了一种不知何处是他乡的亲切感。

"她是怎么知道这些歌词的？"现在妮奥薇确信这位音乐家的鬼魂来自本地。歌词并没有传达出应有的深度和细微之处，但其中确实蕴含着令妮奥薇钦佩的情感。

雷米立刻转过身来，仿佛有一股电流透体而过。他外婆翘起嘴角，微微一笑。

"从她丈夫那儿知道的，"他答道，仍被她的大胆惊得目瞪口呆，抑或是震惊于她态度的转变，"他是八十年代末到这儿来的。她是这个国家最先跟他说话的人，当时他正睁大了眼睛，孤零零地走在这条街上。"

跟你很像，妮奥薇想象着他说出了这句话，但她很确定，这句话已经到了他嘴边。

妮奥薇上前几步，朝他身上一直千真万确地纠缠着她的鬼魂走去，这时她的身体颤抖起来。

"要知道，"恢复了一点镇静之后，他说，"我们在这里也并不孤独。无论你往哪儿看，到处都有我们的某些部分。我们在这里也是有过去的。"

你是有过去的，这句话她没对他说出口。他肯定已经知道自己有所不同了。她脑海中浮现出的反倒是一点渺茫的希望、一个回想起来的承诺。

"那你们这儿庆祝'灵魂的礼拜六'吗？"

他淡淡一笑，眼中流露出坦诚的神情，她做好了倾听的准备。

*

他把一块带雕镂的小手帕拿给她看，他就是靠这个让外婆附体的。

她心里有什么东西松动了。

他没有别的家人，没有兄弟姐妹——不像她——也没有父母。这是他外婆的鬼魂，从他十岁那年起，就是她把他抚养成人的。她死后就留在了他身边。

"我参加完葬礼，回到家中，"他说，"她就在那儿，站在她的手帕旁边等着我呢。"他抿了一小口咖啡，声音像手一样簌簌发抖。

鬼魂的眼神充满怜爱，一边轻抚着孙子的头。

"她是我与过去仅有的联系。我自己的过去。"他微微一笑，笑容里带着一丝苦涩。妮奥薇所理解的比他流露出来的要多。她眨着眼睛，好忍住眼泪，这眼泪是为他而流，也是为自己而流，因为一直以来对他心怀嫉妒，因为没有早点主动与他交流。

若说她对母亲的思念是一根细线，不知怎么回事，自从雷米告诉她会帮她重睹母亲的鬼魂以后，在短短几天乃至几个小时内，那根细线就膨胀成了一根绳索。没有鬼魂附体的人之所以扎堆是有缘故的。他们可以分享彼此的回忆和故事、共享彼此的资源。甚至还有些未曾附体的游魂，是由人数够多的大家庭的记忆形成的。有办法可以把她母亲的鬼魂带进这个国度，哪怕只有短暂的片刻。

"单凭你自己是办不到的，"他说，"但你仍然能办到。"他言语间带着一种保证的意味，自从来到这里以后，她第一次相信了这样的保证。

*

礼拜六，她跟雷米碰了头。他带她去了城里她从没去过的一个地方，不过反正多数地方她都没去过。他们四处游走，肩膀挨蹭着肩膀，他外婆的鬼魂胆怯地跟在二人身后。

在那些街道上，几乎没人用悲伤或惊恐的目光看她——看她身体上方和周围的虚空。即便是带着鬼魂在小巷里溜达的本地人也没有多瞧她一眼，没被鬼魂附体的人们则泰然自若地与她对视。他们当中有许多人都成群结队地走在一起，可是现在，她的看法已经有所转变。现在她看到的既有其中的乐趣，也有分享故事、玩笑和陪伴的需要。一方面是给予，一方面是索取。

没有鬼魂附体的人手执蜡烛，捧着盛有祭奠死者的科利瓦及其他供品的盘子。空气中弥漫着兴奋的气氛。这俨然是场庆典。

"这里就是这样招魂的，"雷米告诉她，"没必要搞得凄凄惨惨。"

不，没这个必要。

这种刚刚获得的自由令她感到畏缩不安。得知可以再睹生她养她的故人，就像重游故乡一样——因为生我们养我们的更多是故人，而非故乡——心中便觉轻松自在。以前在希腊时，她一向不必考虑家族血统的问题。她曾将母亲的鬼魂视为理所当然，如今她才意识到这是种特权。

若说她对母亲的思念是一根绳索，那根绳索现在已经蔓延出了分支，伸向了雷米、他外婆的鬼魂，还有她周围那些没有鬼魂附体的人。妮奥薇任凭这根绳索引导着她，跟随人群冲进了这座嵌在市中心写字楼之间的红砖角楼。

她进入角楼时，空气中充斥着低语和嘻笑。妮奥薇屏住了呼吸，仔细查看周围有没有熟悉的鬼魂。发现没有任何变化时，她心中的期盼破灭了些许。当雷米领着她走到墙壁那一头时，她责备自己抱的希望太大了。

那边有张长桌，上面铺着白色的绣花台布。台布上摆放着各种形状不一、大小各异、五颜六色的盘子，但盘里盛的只有同一样东西：科利瓦，祭奠死者的食物。

她把自己的盘子也摆到了桌上。这是妮奥薇亲手做的，做得特别用心，没有忘记任何一种原料，她担心万一遗忘了什么，那她在礼拜六来临之前的日子里所做的一切、在体内积蓄的全部力量，都会变得徒劳无功。

妮奥薇燃起一支蜡烛，稳稳地安放在那堆科利瓦中，然后把项链摆到桌上。雷米就站在她身旁，肩膀挨蹭着她的肩膀。她深吸一口气，嗅到了每一种食材的香味。共有九种，如同天使有九阶[1]：

小麦，献给大地和地下埋葬的逝者之魂。

面包屑，献给尘土——愿他们的坟墓上尘土轻浅。

白杏仁糖，献给逝者的白骨。

石榴籽，献给冥后和冥王[2]，也应许着天堂。

肉桂，献给这世上所有的气息和滋味。

欧芹，献给长眠之地的茵茵碧草。

葡萄干，献给酒神狄俄尼索斯的佳酿，和今生的甘甜。

糖，献给来世的甜美。

坚果和瓜子，献给丰饶，和直面死亡而欢笑的生命。

空气中发生了变化，混杂着各种芬芳。妮奥薇听到雷米吸气的声音，睁开了眼睛。她盯着桌上的项链看了一会儿，不敢

---

1 出自中世纪早期中东学者丢尼修发表的《天阶序论》，将天使分为三级九等的天阶等级，十六世纪后这种理念逐渐被教会淡化。
2 冥后珀耳塞福涅的形象是一手持火炬、一手持石榴，是再生与死亡的象征，由于冥王哈迪斯骗冥后吃下了四颗石榴籽，致使珀耳塞福涅每年有四个月时间须重返冥界。

抬眼。

等她真的抬眼望去时，母亲的鬼魂已不再是她记忆中的面目。这个鬼魂是由各种记忆汇成的，这些记忆瞬间都在她体内亮了起来，犹如一座灯塔，她的声音里混合着各种香料和熟悉的味道。这一切都降落在她身上，像面纱一样，将她笼罩在内。

有短暂的一瞬，她看到了母亲的眼睛。然后，构成母亲鬼魂的一切散布到了她的四面八方，浸透了这个新的国度，她终于可以称其为祖国了。

罗妍莉　译

药

［美］梅格·埃里森　作

梅格·埃里森（Meg Elison），美国科幻作家、女性主义评论家。首部长篇作品《匿名助产士之书》（*The Book of the Unnamed Midwife*）获菲利普·K.迪克奖，入选《出版人周刊》2016年度最佳图书。此外还著有长篇小说《寻找蕾拉》（*Find Layla*）、《头号粉丝》（*Number One Fan*）等。本篇收录于小说集《大码女孩》（*Big Girl*），获2021年轨迹奖。

那种药还不为人知的时候我母亲就已经开始服用。她说自己感到无聊，所以总是参加大学的那些试验项目。我猜她那么做是因为他们会问关于她的问题，并在她回答时认真倾听。别人都不会这样。

她参与过多项试验项目，比如睡眠研究和过敏治疗。他们测试首款 3D 打印的宫内节育器时她想要参与，可他们说她超龄了。我记得母亲为此恼火了好几天，等后来参加那个项目的人都得了子宫肌瘤，她又得意起来。不过她倒没建议我参加节育器试验，她知道我没跟别人上床。就连亲生母亲都觉得十六岁的我不可爱，压根没机会跟人约会，这可真让人难堪。我尽量不在乎她的看法，现在也庆幸没得上子宫肌瘤。反正我是绝对不想当实验室小白鼠。特别是最流行的（也是妈妈一门心思想要参加的）减肥研究。

那些试验她一项不落：在手腕脚踝连续佩戴六周的数字卡路里监视器（这东西让我翻白眼，不过至少她没有一直挂在嘴边）；某种超级纤维素制成的类似透明扭扭糖的线绳，本该积累在胃里形成内衬，不用手术就把胃缩小，结果只是导致她（和所有吃的不是安慰剂的试验对象）严重便秘（她不停抱怨这项试验，因为害怕她突然就冒出来跟我的朋友讲拉屎的困难，好几周我都不敢邀请朋友来我家）。没完没了地服用实验药物让她患上了心悸、掉光了头发、（甚至还有一次让人尤其难忘地）产生了精神病妄想。只要有办法减肥，她就会尝试，什么办法都行。

在各种试验的间隙，她还采用常见的方法节食，像原始穴居人和兔子一样进食，一天七小餐，每周禁食一天。厨房里每个橱柜的最里边都塞满了瓶身落灰的苹果醋，外边摆着成排的纽曼果馅饼干和乐芝饼干[1]。

她还让全家人一起节食，劝我们在晚上出门"集体散步"。她会扔掉所有垃圾食品，逼我们发誓更爱自己。爱自己的意思是每天早晨称体重时掉眼泪，然后抽泣着吃半个柚子[2]，对不对？都没用，没有任何效果，我们都瞒着她，在自己房间或者在外边偷偷吃东西。我寻找耳机时发现，爸爸把鱼肉卷包装纸装入一个袋子，藏在驾驶座底下。我去扔掉时被妈妈抓住，她吼了我一个小时，我没有揭发爸爸。她对我的体重一直最为苛责，就好像只有我一个人胖。可我们一家人都有这个问题，妈妈跟我一样胖，我们仿佛一个模子抠出来的，爸爸也胖，哥哥最胖。

如今别人都摆脱了肥胖，只有我还照旧。

原因？当然是那种该死的减肥药。

药物试验跟往常一样开展：妈妈工作的校园里贴满传单，承诺为一种新型高效减肥药的特定实验对象提供报酬，妈妈一如既往地火速加入。她拍摄了一张招募海报的照片，这样就能回家坐

1　均为高糖高热食品。
2　一种减肥方法称坚持在餐前吃半个柚子，可以产生饱腹感，抑制食欲，从而达到减肥的目的。

在破旧的扶手椅中，舒适地发送电子邮件。扶手椅上有个电视机托架，摆在离她很近的地方，笔记本电脑就放在上边，从来都不挪动。我记得曾经问过她，既然从来不带电脑去任何地方，为什么要配一台笔记本电脑。她甚至从来都不切断电源！不如使用老式的机箱和显示器，既然从不挪地方何必要买便携式的呢？

她耸耸肩："如果我大腿上没有空间，为什么要把这种电脑称为膝上型呢？"

她把我问住了，我也完全不能把电脑放在"膝头"上，坐下时那块地盘被我的肚腩占据，而且屏幕位置那么低，看起来特别不舒服。我见过人们在车厢里使用笔记本电脑，他们都弯腰弓背。妈妈也想弯腰弓背，想在平坦空闲的膝上空间放置一台热乎乎的电脑，希望屁股和飞机座椅之间有充足的空间，想买橱窗模特身上的衣服。她想要的跟所有人一样，尊重。

我猜我也需要，只是觉得不值得像她那样不遗余力地争取。没有哪项试验真正有效，除了那种减肥药。

于是，妈妈跟往常一样参与试验，把回访和用药时间写在日历上。爸爸翻了个白眼说，希望她这一次别再拉不出屎，然后背对着她跟我使了个眼色，我们一同笑起来。

妈妈只是朝爸爸咂咂嘴："天呐，卡尔，注意语言，你已经从海军退伍好久了。"

妈妈忙于新的药物试验期间，爸爸忙着点击平板电脑，输入自己跟桌游伙伴见面的时间。我笑了一下，为他能有些消遣而感到高兴。他最近情绪相当低落。我也忙于参加学校的"幻想家"电影俱乐部。我们要制作一部怪诞恐怖电影，讲一种病毒把一支橄榄球队变成了食人族，之前连续两周每晚都在进行拍摄工作（其实，电影剧本不是我执笔，我只是摄影导演）。

妈妈离开我们去服药并回答关于她生活习惯的问题。我已经听说这套流程她以前都走过，也学会了不多管闲事。然而我知道试验最终的结局：妈妈穿着一套漂亮衣服，规规矩矩地坐在椅子上，尝试跷起二郎腿，但是无法保持那个姿势。她的大腿会一上一下铺开，然后上边的缓缓滑落，两条腿横向分开，堆在椅子的扶手旁边，显得体型比之前更宽，仿佛一颗灌水的气球铺在炎热的人行道上。对于真实的情况，她总是有所隐瞒，这也许是我最讨厌她的一点。

"噢，没错，我每天锻炼！"

她每天总共步行二十分钟，下车到办公室，下班从办公室返回汽车。她的跑步机上满是挂着衣服的衣架，她的哑铃上猫毛和尘土黏成了一层包浆。

"我尽量合理饮食，但也有排解压力的不良习惯。"

妈妈每天风雨无阻，准时在夜晚十点吃三勺淋上焦糖酱的冰淇淋。

"我知道自己肯定会胖，我父母都胖，我的姐妹和大多数表亲也都是。"

这倒不假，全家肥胖。在上一张全家福里，我们穿着各种亮色衬衫，仿佛一篮成熟的圆形水果。我还挺喜欢那张照片的，但恐怕除了我之外别人都不那么觉得。摄影的构图合理，我们看起来都很快乐。显然，快乐是不够的，妈妈花钱拍照，但是从不挂出来。

头一两次治疗回来后，妈妈就激动不已，喋喋不休，在社交媒体上留言说自己有幸尝试真正的创新产品，对这种药物信心满满。她签署过保密协议，无权披露太多信息。后来，我觉得她应该庆幸没人可以询问细节。

我听到尖叫的头一个晚上就知道这次试验将会与众不同。当时过了午夜我还没睡，在努力剪辑电影。日落时分的橙色天空下，橄榄球运动员们行动笨拙，渴望吃肉，在球门柱的剪影中伸出双手。我的眼睛通红，而且不得不在笔记本电脑下放两个冰袋来冷却 CPU（那台电脑根本不适合那么多的处理和渲染任务）。四点钟我被尖叫声吵醒，猛然坐起，耳朵里听见心脏怦怦直跳，仿佛脑袋里塞了一面小鼓。我疲惫不堪、神志不清，差点搞不懂听见了什么。不过那是妈妈的声音，是妈妈在尖叫，好像她被火烧着了似的。震耳欲聋的叫声绵延不绝，我都不知道她到底怎么呼吸的。尖叫、尖叫、尖叫，几乎就不吸气。

我冲进走廊，直接撞在安德鲁身上，他也正要去同一个方向。我们肚子撞到肚子，像一对卡通人物，一屁股坐在地上。我现在都能在脑海里丝毫不差地构想这个场景，想象出我该如何取景，如何叠加声效。可是在当时，没时间大笑或争论，我们只能手忙脚乱地站起来，奔向父母的房间。

然而房门上了锁。

"爸！"我用拳头猛砸六合板空心门，"爸，怎么回事？妈妈还好吗？"

爸爸发出了一串难以分辨的声音。妈妈正像汽笛一样尖叫，我们实在没法听清他在说什么。

"我报警啦。"安德鲁一边喊，一边拿出电话。

房门一打开，妈妈的哀嚎声就直冲而来，铺天盖地。我和安德鲁都跌跌撞撞地后退了几步。此前房门只是稍微掩盖了声音，可这声音如果是你母亲发出的濒死的声音，再小声也振聋发聩。

爸爸也在卧室里，他蓬乱的灰发朝各个方向张扬，仿佛在同时指责每一个人。他朝安德鲁伸出一只手，圆睁双眼，脸上露出痛苦的表情。

"别，别找任何人。你母亲说这是她参与的试验过程，还说这比自己的预期要难受，但是只持续十五分钟。"

安德鲁看了看手机："我十分钟前被吵醒，当时她就在嚎叫了。"

"嚎叫，"我问，"真的？"

安德鲁翻了翻白眼："发生核爆你都醒不过来。"

爸爸一边点头，一边看自己的手表："就快结束了，再等等。"

"爸，"安德鲁说，"她声音那么大，邻居恐怕已经报警了。"

爸爸的表情更加扭曲："我不得不——"

尖叫声停下来，我们三个面面相觑。

"卡尔？"妈妈的声音听上去疲惫而沙哑。

爸爸表情严峻地来回盯着我们俩："你俩别给任何人打电话，不许外传。你们的母亲有权保守一点隐私。明白吗？"

我们两对视了一下，没有说话。

妈妈又喊了一声，爸爸离开我们，回到了屋里。

我没有再次入睡，我猜安德鲁也是一样。我们在各自的房间里熬过接下来的三个小时，直到早饭时间。我继续剪辑电影。我很高兴等天亮了能有新成果可以提交给幻想家俱乐部。这部电影将会按时完成。能忙于一项工作，让我不去回想夜里的诡异经历，这感觉还挺好。我打赌安德鲁肯定在打游戏，他只有这一件事可做。

我听见他在隔壁房间关掉了闹钟，然后哼唧着从电脑旁的破旧座椅上站起身。他比我胖得多，所以我觉得自己有资格厌恶他的某些习惯。安德鲁坐下或站起时都会发出一个傻兮兮的喉音，我还见过食物残渣被夹在他脖子上的褶皱里。我曾非常努力地避免成为"那些胖子"之一，像得了强迫症一样保持卫生，无微不至地护理皮肤。无论在什么场合，我从不露出上臂或大腿。我处处小心，把肥胖看成像打嗝那样失礼，最好用手背遮住，然后毫不例外地，每次都向人道歉。

当时我真是一无所知。

安德鲁在我之前走到楼梯，所以我有机会看他摇摇晃晃地拖着脚步下楼，心中充满憎恶和厌烦。我不记得那一周我们该遵循哪套扯淡的节食方案，但我对自己发誓，不管早餐配额有多么少，我都要比安德鲁吃得更少。我会在盘子里剩饭，让安德鲁去舔着手指抱怨吧，我没他那么不堪。等我们来到厨房时，早餐的全麦吐司面包和苹果切片已经在桌上等待我们了。

妈妈站在咖啡壶旁边，瘦了快五十斤，她的睡衣挂在身上，仿佛是身材大很多的姐姐给她的旧衣服。她转过身，手里拿着咖啡杯，我看见她眼睛下方的黑眼圈。不过，她笑容灿烂，这可是多年未见。

"有效果了，"她的声音仍然沙哑，略显疲惫，仿佛刚从摇滚演唱会或通宵篝火晚会回来，"这种药真有效果。"

　　我们就这样度过了两周，爸爸尽力给他们的卫生间做了隔音处理，把地毯、泡沫材料和鸡蛋托盒钉在墙上，从网上购买便宜的毛绒浴垫，在地上铺十几层。后来爸爸告诉我，他曾打算用破布堵住妈妈的嘴，只为了再消除一点声音。"不过我担心她堵住喉咙，引起窒息，"他忧心忡忡地睁着双眼告诉我，"我忍受不了多久了。我知道她在减肥，可这就像是我被困在梦魇里醒不过来。"

　　那时候爸爸更倾向于把这事当做谈资，然而一年之后他也决定服用减肥药。当那只是妈妈的隐私，与他关系不大时，他愿意给我描述那有多恶心。你可以看网上的视频，当初的试验跟现在的情形是一样的：人们服药，然后拉出脂肪细胞。先是大量不受控制的黄色液体，所以他们不停地高声尖叫。一次排出近五十斤身体组织，想象一下吧。如今人们去特殊的疗养院，那里有燃烧脂肪的油脂卫生间。爸爸说妈妈严重堵塞了马桶，他买了一大桶碱性清洁剂把脂肪都溶解，才疏通了下水。我能想到的最恶心的情形也就是这样，可是爸爸说后来变得更严重。

　　到最后妈妈（以及跟她一样的服药者）把所有多余的皮肤也都拉了出去。皮肤的分解意味着不会留下肥胖纹，也没有松弛下垂的皮肤，否则身上就像挂了一团过度发酵的面团，仿佛在告诉别人你曾经是个胖子。

　　这招可挺了不起，也正是因为这个，还有些其他原因，过了很久这种减肥药才作为非专利药物登陆市场。他们在新闻上说这是一个"商业秘密"，还提到"奇迹""突破"和"具有历史意义"。结果奇迹般拉出的皮肤看上去像是血、胶原蛋白和烂肉。恶心的程度类似，但实际不一样。下水管道的弯管需要更多的碱液，每天早餐时的妈妈也变得越来越瘦。

药物试验结束时，我都已经认不出母亲。她的体重最多不超过五十公斤，研究药物的医生说她的体脂率是百分之十八，而且余生都会保持这个水平。她变换了脸型，比较明显的变化就是深层的结构更加凸显，眼睛变得又大又圆。隔着肥大的运动裤，我能看见里边的髋骨，裤子的抽绳在她如今的细腰上系得很紧。她两侧的锁骨上都能放下墨西哥玉米卷，脖子上青筋毕露，仿佛皮肤下罩着鸡骨头。就连她的双脚都小了整整一个鞋码，原先撑大的凉鞋和球鞋都归我所有了。

我把脚穿进她的鞋里，思考着这就好像是妈妈已经去世，另一个女人搬过来住。当天深夜，我收拾她给我的衣物，全都塞进了垃圾箱。那些衣服很丑，而且穿在身上也会让人觉得有点难堪。我无法解释那种冲动，幸运的是，她从没问过送我的衣服哪儿去了。那段时间她只关注自己。

"终于成功了，"她眼含泪水对我说，"他们终于发明出一种实现完美身材的特效药。"

没错，她想吃啥就吃啥，而且不必运动，只要服用很少的维持剂量就不会长胖。她终生都会保持这种体态，既然如影随形的糖尿病和心脏病的威胁已经被摆脱，她觉得自己会多活很久。

记得有一天，我走进家门，撞见她和爸爸正坐在餐桌旁哭泣。他们试图隐藏，爸爸把脸埋进毛衣的青果领，妈妈飞快地用手指抹眼泪。

"你们怎么了？"我尽量避开目光问道。

"没事儿，亲爱的。你要吃零食的话，冰箱里泡着新切的胡萝卜和芹菜梗。"

妈妈发出低沉的喉音；她之前肯定一直在哭。

我既没问他们为什么悲伤，也没听从妈妈的话，而是去水槽上方的橱柜深处翻找，最后掏出一个独立包装的巧克力纸杯蛋糕。

"吃这就行。"我说完就要离开厨房。

"甜心，你觉得我这样减肥是为了离开你们吗？"

我情不自禁地停下脚步，原地转身，仿佛脚下踩着转盘，就像微波炉里旋转加热的披萨。真应该径直走开。

"什么？"

爸爸把脸埋得更深，妈妈直视着我，两眼放光："你有没有觉得我减肥的想法跟你有关？比如，你觉得我要抛弃你们吗？"

我凝视着她，但是哑口无言。除此之外我怎么会有别的想法？她怎么会不知道自己的意图有多明显？每次节食、每次筹划、每次参加研究都表明她在想办法摆脱我们此刻的胖人身份。每次她要改变自己、改变我们，都意味着背叛。

我把目光投向爸爸，意识到眼下的情况跟我无关。爸爸担心妈妈真要离他而去，因为妈妈觉得自己身姿曼妙，配得上任何人。我一下子全明白了：为什么她从不操心我是否避孕，为什么爸爸在超市会那么看别的女人。我们都如此关注自己的外形，似乎它至关重要，似乎只有瘦人的生活才有意义。

于是我撒了个谎。

"没有，妈，好像我根本没觉得，跟我一点关系都没有。"

我离开他俩，安心地一边吃纸杯蛋糕，一边查看高三学年开始时我在手机上定下的倒计时：结束时间是我离家上大学的日子。早在那时我就想要离开家，然而我还没有发出申请。在当时看来，两年以后似乎遥不可及 [1]。

我猜爸爸妈妈和好了，他们从没告诉我们实情。反正，在那之后死亡的消息开始流传了。

平均死亡率一直没有定论，因为先存情况 [2] 无法被排除，不过人们似乎认定大约是十分之一。早期研究的每组三十个人当中，十人属于对照组，十人服用安慰剂，十人服用减肥药。最后这十个人有九个拉出了完美身材，然而还有十分之一瘫倒在马桶上，眼中血管迸裂。把数百磅体重转换为排泄物的压力撑爆了心脏。

我绝没想到百分之十死亡率的药能够获批，不过估计还是我太天真吧。结果这种药物快速推进，一年内就获得了食品药品管理局的批准。妈妈在一个电视广告里大谈减肥药如何让她重获新生，而且是前所未有、难以置信甚至不敢想象的新生。在广告里，她穿着一款水绿色运动文胸，化了浓妆，我完全认不出来。她跟第一个使用减肥药的名人站在一起，那位名人叫做艾米·布兰顿。

1　美国高中为四年学制。
2　治疗或投保之前就已存在的各种影响健康的因素的总称，包括既有病史、遗传基因、生活习惯等。

记得那些广告词吗?"拥有艾米·布兰顿的身材!"生完孩子后她胖了一点,可是她以前的照片和妈妈以前的照片让她俩看起来像是不同的物种。在广告里,她们以前的形象匆匆飞走,她俩走到一起,完全一样的身高和体型,稍微修一下图,她们就变成了一对双胞胎。妈妈拥有了艾米·布兰顿的身材。没过多久,人们就会在街上拦住她,问她是不是艾米·布兰顿。这种事很快就过去。那会她假装自己不是电视上的双胞胎姐妹时,我总是拖着肥胖的身躯走开。

我眼看着爸爸对于妈妈的改变越来越缺乏安全感。在加油站,妈妈弯腰时,有个家伙盯着她的屁股打量。我看见爸爸对此大为光火。

"卡尔,上车吧。老天,你净大惊小怪。别人只是在恭维!"

爸爸怒气冲冲地坐上车,但是面红耳赤地不愿关上车门。安德鲁在玩手机游戏,完全置身事外。我观察到父亲在努力平心静气。

"恐怕从小你就没吃过妈妈的醋,是不是?"

他像公牛一样从鼻孔喷出一股热气,"从来没有。"他紧绷着声音说。

"妈妈年轻时身材不好吗?"

我在后视镜里看见他的嘴唇抿成一条线。"她一直很胖,本来……只属于我,该死。"

这话让我有点吃惊,他以前没有这样谈论过妈妈。我也从没想过,作为橄榄球运动员的爸爸跟不太完美的妈妈在一起,也许是因为他知道妈妈永远不会出轨。不可能出轨,就跟妈妈觉得我绝不可能出去惹麻烦一样。我猜是因为胖女孩没资格做爱？

我转头看向安德鲁，他胖得系不上安全带，堆叠的身体靠在车门上。胖男孩有资格做爱吗？会有人因为可以完全拥有他而选择他吗？我不愿想象，不过就在我为全家感到难过的时候，妈妈轻盈地回到车上。

"别傻了，亲爱的，"她说着把手放在爸爸的膝盖上，"你什么都不用担心。"

结果这成了谎言。

食品药品管理局批准这种减肥药大约一个月之后，爸爸宣布也要服用。

我忍不住恶狠狠地瞪着妈妈。要不是妈妈先减肥并让爸爸担心失去她，爸爸绝不会步她后尘。安德鲁听到这个消息时跟遇见别的事情一样，只是咕哝一声，仿佛世间一切他都不感兴趣。

我讨厌哭泣，但泪水还是夺眶而出。我甚至无力朝妈妈怒吼，只想劝爸爸放弃。我劝了几个星期，最后在他开始服药的那天又试了一次。我有一种不祥的预感，他会成为那不幸的十分之一。

"十分之一，"我已经哭得走音，只能用沙哑的声音朝他嘶吼，"十分之一，爸，只比拿左轮手枪玩俄罗斯轮盘赌的死亡率低一点点。"

他躺在水疗病床上笑笑。床下安装了特殊的导槽，他穿着一件纸质手术服。我想象拉屎的时候死在一件纸袍子里将是多么愚蠢。值得吗？怎么可能会值得呢？

"可是如果我一直这么胖，那么英年早逝的几率要高得多。"

他用甜美的声音告诉我，同时伸出一只手搭在我肩上，我听见他的纸罩袍沙沙作响，跟沟渠里的垃圾被风吹动的声音一样，"别担心，小珏珏，尽人事，待天命吧。"

我想也是，可我从不相信老天爷不会失手搞砸。

爸爸撑到了第三个疗程。那感觉很残忍，因为我刚开始放心，并相信他也许会没事。

第一天我们去探望时，看见他减了四十多斤，那样子好像有人揍了他一整晚。

"亲爱的，你看起来好极了。"妈妈温柔地说，一边亲吻他，一边把他搂在自己腹部。安德鲁留在家里，我上下打量爸爸，回忆起妈妈也是最近才减掉脂肪，显露出一个陌生的她。

"你看上去不错。"我勉强说。

"早就跟你说过，孩子。"爸爸吃了一些全麦饼干，喝了大量水，我们就坐在旁边，父母手拉着手。

第二次探视他的时候我没有去，我心里有个大疙瘩，根本无法面对。妈妈回家时吹着口哨，沾沾自喜。

"他就快大功告成了！我等不及让你们俩看看爸爸真正的样子。"

我只是坐着，好奇自己是否真实存在。胖人就不是人吗？我们没有灵魂？我身为一个胖子做什么事都没有意义吗？以前我从没考虑过这些问题，现在父母冒着生命危险变得跟我不一样，我突然被迫思考很多事情。

我知道第二天妈妈接起电话的时刻，我能看出她措手不及，她盯着电话多看了一秒才接起来。我的电影教授把那叫作一拍，类似鼓点或心跳。一拍时间就够，足以让我知道。

一次心跳就够了，爸爸的心脏承受不住。

我们俩都没有陪妈妈去处理尸体，安德鲁甚至不愿离开自己的房间，那几个星期我记得不太清楚，只记得一些奇怪的部分。

妈妈给爸爸买了一套新西服，用于他的葬礼，因为他原来的衣服都已经不合适。妈妈说，既然已经瘦下来，爸爸不会愿意火葬。跟他一起玩《龙与地下城》的伙伴们瞻仰遗容之后说，他看起来很不错。葬礼招待时，厨房里有永远吃不完的炖菜和蛋糕。后来的夜里我能听见通风孔里传来妈妈的哭泣。

这本应该是最后一次。别人有可能死，甚至是名人，可是减肥药杀死了我爸爸。这种事应该到此为止，不再发生，永远禁止。可是偏偏事与愿违，世界就是有资格随意伤害你，然后继续滚滚向前。

你认识的人也都是一个德行。

安德鲁提出要减肥的时候，我差点笑出来。有了爸爸的遭遇，妈妈不可能同意。或许我们不是最好的朋友，但我也不希望他死去。

我能听见妈妈在他的房间里，这在以前是从没有过的事。安德鲁的房间永远黑暗，窗户上挂着遮光窗帘，屋里只有显示器发出幽幽的蓝光。我能听见他们在交谈，我来到墙边，都不用把耳朵贴在墙上。

"我的年龄已经超出了你的保险覆盖范围，"他说，"但是他们说一年内就会普及，所以应该会便宜些。"

"我认为那样最好了，宝贝儿。可你还是得付住院费。你父亲的保险给我们留了一点钱，所以那部分我能帮你。你父亲在的话，也会这样决定。"

我推开门的同时已经开始大喊："不，不，不，不，爸爸不会这样想，他会选择活着。你也不要命了吗？"

他们都盯住我，仿佛我穿过了一扇着火的房门。

"你怎么回事？"

"对，"安德鲁讥讽我说，"你不敲门吗？"

妈妈手叉着腰说："这是私下交谈，孩子。"

"我才不管呢，"我说，"爸爸才刚刚下葬，你还想吃让他丧命的减肥药。你是有多蠢啊？"

安德鲁耸耸："百分之九十也是很优秀的数据表现啊。"

"死亡并没什么差别，"我立即说，"这可没有曲线能解释。"

妈妈过来拉住我的臂弯走回门口。"你让情绪牵着鼻子走了，"她说，我能听出她的声音在颤抖，在卧室幽暗的蓝光中，我抬头看见她的眼睛已然湿润，"我也想念他，但我不会让这件事阻碍我的判断。你哥哥需要做出对自己最有利的选择。"

"他死了也比发胖好，"我反问道，"你真这样觉得吗？"

我们都转头看向安德鲁。

他绝不会告诉我真实的体重，不过我有次听他说自己属于"五字头俱乐部"，除了极大号的衬衫和弹力腰围短裤，没有衣服适合他，他不穿必须得系带的鞋，手指粗得几乎无法使用手机，不得不换成一款带有手写笔的型号。

他对我们两叹了口气，"我受够了这种生活，"他对我说，可是妈妈哭了起来，"受够了永远不能出门和坐进座椅，受够了注视的目光和被迫躲起来进食。你没厌倦吗，妹妹？"

我耸耸肩："我还没有厌倦存活于世。"

他没有被我说服，妈妈也是一样，安德鲁拿着妈妈给他的钱登记住院。我随他们一起去了医院，只是因为我不想在出现意外时没有机会道别。

安德鲁减肥时二十四岁，还是免不了先被医生挖苦一番。我记得医生让我哥哥靠墙站在一张图表旁，像老年人一样笑出了声："唉，孩子，你不会再长高了，我们趁早也别让你再长胖了，好吗？"

安德鲁跟他一起笑，似乎他肥胖的身体已经不属于自己，而是属于一个可以随意嘲笑的人。我苗条的母亲也笑了，在属于瘦人的天堂里，爸爸也在笑吗？如今我已经成了街头的异类，根据了解到的情况，我确定生活在洛杉矶或纽约的胖子以前也很艰难，可是住在俄亥俄州代顿，意味着餐厅的卡座从来都够你坐下，你绝不是屋里唯一的胖子。等到安德鲁服用减肥药时，这些事已经不再符合原来的预期。一年后我周围的整个世界都在缩小，我几乎可以体会到那种压迫感。

安德鲁出院回家时仿佛换了个人，仿佛变成了一个被人叫做"瘦猴"的篮球手，眼中闪着光芒。

"小珏珏，我等不及让你也去减肥了。真的很神奇！我知道过程十分恶心和痛苦，可熬过去之后的感觉绝对是最棒的。"

从小时候起，他们都叫我小珏珏，不是因为我小巧玲珑，而是因为他们说我总在嚼东西吃，所以他们选了个发音相似的昵称。我讨厌这个昵称，他也清楚得很，现在这样称呼是为了提醒只有我还没去减肥。

"你看起来跟躺在棺材里的爸爸一样。"我说。

他鼓起勇气出去享受减肥后的新生，但又不知道怎么开始。他不会跟人交谈，想念线上的朋友，他讨厌阳光、噪声以及周围总有别人上下打量他的感觉。他有了一具新的身体，但那无济于事。

我看着安德鲁返回家里的游戏舱。破落的座椅上裂开的撑杆已经被他用胶带缠好，他坐下时，椅子不再沉陷或咯吱作响。电脑上还是同样的亮块，他的双手以同样的姿势放在那里，每天连续十四个小时，他在韩国的服务器上假装自己是高大健硕的维京勇士。我看着他用新的身体回归旧有的生活，想知道这一切都是为了什么。他自己已经有了维京勇士的身板，大可以穿上靴子离开家，来一场真正的冒险。可是他对真正的冒险没兴趣。

我在家被困在他俩之间，一向如此，不过爸爸跟我曾经互相理解，我们俩同舟共济。我猜我是爸爸宠爱的女孩，但他也没过于溺爱。我们只是意气相投。安德鲁总是沉默不言，而妈妈则说个没完，能跟我交流或者相对无言也不觉尴尬的人，就只有爸爸。

结果家里只剩下我一个胖子。就连姨母和表兄弟姐妹们都开始登记服用减肥药，过程虽然缓慢，但进展确实无疑。我开始跟幻想家俱乐部的朋友们开玩笑，说胖人即将成为濒危物种。

有些人付之一笑，但是有几位建议，我们真应该据此拍摄一部短片。我们到处鼓吹这个想法，可是基本上他们只想拍摄别人围观我在笼子里进食。我不明白这传达出什么含义，他们也不清楚身为瘦人如何不伤害别人。于是我们抛弃了那个想法。

妈妈比安德鲁强些，至少她会利用自身的改变，享受现实生活。她总是穿着颜色亮丽的紧身运动装，像条鲜艳的美女蛇。人们看她时表情愉悦，眉毛上挑，不再是找机会第一时间溜走，这让她每天都享受其中。

"如今大家对我的反响改善了太多，"她在一次采访中说，"减肥彻底改变了我的日常交流。身为一位寡母，我不需要太多关注，"她害羞地笑着说，"可是就连邮递员见到我都比以前更高兴。"

她说她不需要关注的时候我听得想吐，她早先就渴望关注，绝对是跟任何人交谈她都愿意，甚至以报名接受注射或催眠来得到别人的关注。现在她总是搔首弄姿，注意谁会看她。别人的关注像毒品一样让她上瘾。每个夜晚她都坐在沙发上爸爸曾经压出的凹痕旁边，吃同样一碗冰淇淋。是啊，妈妈，你不需要关注，你服用减肥药，任凭它夺走爸爸，全因为你对自己的身材完全满意，是吧？

减肥药的销量前所未有，原创版、通用版、仿冒版，满足当地标准的不同版本在欧洲和亚洲飞快地通过测试，获准入市。流行性肥胖终于有了治疗方法，胖人成了濒危物种，所有人都高兴得不得了。

十分之一的死亡率保持不变，平均数据没有改善，世界上任何一个角落都是一样。名人和准名人赌上性命后失败，然后等着他们的就是追悼会，这里一位国会议员，那里一位笑星，不过大家特别以他们为傲，因为他们是为了提升自己而亡，所以所有的讣告和悼词都有一种诡异的伤感基调，似乎死亡是仅次于瘦身的好事，至少他们不用再过胖子的生活。

每次新闻说有人因此去世，我们都在沉默中端坐，闭口不谈爸爸。

妈妈成功参与的最初的试验促成了这种药物的面世。那时候我还只是孩子。无论在哪里，青少年都没有获准使用这种药物。别误会我，青少年和家长们一样，早就准备要经受十分之一死亡率的考验。可是一直研究这种减肥药的科学家明确表示，没有完全停止发育的人不得使用，十八岁是最低使用年龄，但他们推荐的保障安全的年龄是二十一岁。

我十八岁生日那天，妈妈为我举办了一场派对。她邀请了我所有的朋友（大多是幻想家俱乐部成员），用黄玫瑰和气球装点了后院。

自从爸爸去世后，家里似乎头一次有了欢乐的氛围。妈妈在高档烘焙店购买了一只超大的柠檬蛋糕，里边夹着层层蛋奶沙司和草莓切片。我记得每个人嘴里吃着蛋糕，含混地夸它是那么好吃，像夏日一样甜美。大家都在跳舞，可我有自知之明，没去品尝蛋糕。妈妈最后跟一位邻居一起跳舞，他也很瘦削，是被音乐吸引到我家来的。他们俩在一起让我无法直视。

我们吃了烤肋排，我还得一遍遍告诉别人我选择哪所大学。西北大学、罗格斯大学、康奈尔大学以及加州大学洛杉矶分校，我会去哪呢？哦，我还没决定呢，不过得抓紧时间了。

只不过实际上我肯定是选好啦。一直以来，我只想学习电影制作，幻想家俱乐部里人人都知道，他们也都申请了加州大学洛杉矶分校和南加州大学。我们有几个人被录取。那不仅仅是我梦想中位于电影圣地的大学，还是我能前往的最远地方。妈妈反复提醒我，因为她工作的缘故，我可以免费上州内的任何大学，眼神期待着我不要离开。可是即便得徒步前往，我也要去洛杉矶。

等到拆礼物的环节，我收到了祖母送我的几件首饰。她没有亲自出席，因为爸爸的事，我也不能怪她。我的朋友们送了我一把太阳伞，她们都认为我很快就需要遮挡加州的阳光。接下来是书籍、唱片、一套冲咖啡的聪明杯和一支钢笔，都是标志着成年已经来临的那类礼物。

我妈妈面带着笑容，赠予我特效减肥药。

"当然，我不能实际把药物送到你手上。"她说完看周围有没有人被逗笑，结果收效甚微。她递给我一台 iPad，"这上面有全套文件，表明你已经通过认证，我的保险支付所有费用。而且我还为你订购了延期疗养，这样你就有时间在上大学之前购置新衣服。"她笑起来仿佛爸爸根本不是死在她手上。

"我……无以言表。"我终于开口。实话实说，她大概不会为我支付学费，而是让我自己解决。我不得不忍住，但是与其服用那种减肥药，还不如让我去死。

聚会的人群慢慢散去，不请自来的邻居没有离开，要跟妈妈继续聊天。最后妈妈发短信，让安德鲁下楼把他送走。我收好所有礼物，尽力真诚地谢过妈妈，并为想要带点蛋糕回家的客人打包。整个过程中我强压怒火。

我提前两周动身前往加州大学洛杉矶分校，而且告诉妈妈，我计划在感恩节假期回家使用减肥药。她说她理解我为何推迟，我只是害怕抽到死亡签，感到紧张也是人之常情。她眼含着泪水把我送上飞往洛杉矶的航班。

飞机上还有另外一个十岁左右的胖小孩。紧挨我坐的女人长吁短叹，不停抱怨，最后空乘免费请她喝了一杯，她才闭嘴。那是我头一次乘飞机，我坐在那里琢磨，坐飞机难道都这么不舒服。我能看见坐在前几排的胖小孩把一侧的手肘和膝盖伸进过道，他还没有发育完全就已经坐不下飞机座椅。真希望我们俩挨在一起。我们会发现彼此是同类。就好像两个家人久别重逢。除了我们俩，其他所有人都服用过减肥药，有着同样的体型。

真的都是一模一样的身材。没有了粗腿和浑圆屁股，也没有了大乳房、厚胸肌和环绕腰间的赘肉。每个人的身体都瘦成平板和线条的组合，他们不仅仅是瘦，而且还都瘦得一模一样。

洛杉矶的改变更加显著，我听说就连瘦人都吃减肥药来确保自己永远不会增重，然而在电视和电影中看到这种变化后我才相信。独特的体型一个接一个消失，她们都跟我妈一样，拥有了艾米·布兰顿那种身材。男性都拥有了伊桑·费尔班克斯的身材，他也曾跟某个无名之辈拍过不少广告。你只能通过面貌、发色和身高上的些许差异来区分两个演员，时不时地，还是会死人。值得，人人都这样小声念叨，仿佛这是一句祷词。值得，值得，值得。

我在加州大学洛杉矶分校熬过了几个月，同学们都很棒，我很快就开始结交朋友，然而小问题开始日积月累。我去学生商店想买一件印有校名的连帽卫衣，可是没有我能穿的型号，而且还差得很远。我试了男款最大尺码，可它还是像肠衣一样紧箍在我身上。我确定自己没有那个无处不在的校标也能活，但还是被气炸了，甚至考虑买下一件，好把标志剪下来缝在一件大卖场出售的合身的卫衣上。

后来大卖场也完全停止销售加大号服装。

校园里没有我能坐得下的桌椅，几间教室里配备了长桌和分离的椅子，那些地方还可以。不过新生的大多数课程都安排在大讲堂，使用一排排木质的一体式桌椅，我拼了老命也挤不进去。最初两天我非常努力地在后排尝试，不厌其烦，可唯一的成果是在自己最下方肋骨增添了一块淤青。日复一日，我只能坐在过道里、台阶上，或者靠在后墙上。根本就没有给我使用的空间。

我的宿舍也是一样。床太窄，我一躺上去就能听见它的框架咯吱作响。卫生间小得可怜，我坐在马桶上，双腿都能碰到两侧的墙壁。我的室友特别瘦小，我知道她没吃过药——看起来是她原本的身材。不过第一周过去以后我才发现，那是因为她从来不吃东西。有几次我请她一起吃午餐，可她总是拒绝。我无法拯救她，因为我还在忙着拯救自己。

时间一天天过去，感恩节假期即将来临，妈妈不断打电话告诉我，等我带着理想身材回到学校，那将多么美好。

"我不觉得那是我的理想身材，"我告诉她，"只是变了个样子。"

"难道你不愿意像别的女孩那样去约会吗?"她的声音特别招人烦，我几乎都无法忍受。

我看着对面的室友，她穿着文胸，每次呼吸我都能看见后背的皮肤上凸显出根根肋骨。她正在一边读书一边嗫下嘴唇，仿佛她的口红可以提供一点卡路里似的。

"我不觉得自己有其他女孩那样的需求。"我对她说。但那不是实话，大多数女孩都有父亲。

"你不清楚自己错过了什么，"妈妈说，"回家我们帮你搞定。"

"快了。"我对她说，同时心里数着他们扼杀那个真实自我的日子。

入学大约一个月左右的时候，我发觉自己要坚持不下去了。别人的目光已经变得无法忍受。我莫非已经成为洛杉矶最后一个胖女孩？校园里的人都躲着我，好像我是具有放射性的人狼，浑身还散发出酷热车库里死猫的气味。记得有一次，我要拍一张自拍照发给老家幻想家俱乐部的伙伴，有人看见时大声惊呼。我在照片里看见他大张着嘴，就好像撞见鬼一样。

我想，在某种意义上，我确实就是个鬼魂，代表着往日的肥胖，游荡在加州大学洛杉矶分校的开放长廊上，我展现了他们过去的样子，以及他们一直害怕变成的样子。我开始被自己肥胖中的可怕力量给迷住了；胖成我这样可能是某些人最悲惨的结局，一定比死亡还可怕，因为爸爸正在某地的棺材里腐坏，那比活在我这种身躯里更轻松。我知道自己何时会吓到别人，于是发挥自身优势，占据他们的空间，用温热的呼吸和柔软的手肘吓唬他们。他们的恐惧让我满足。

11月初，我无法适应没有季节的更替，天气依然像7月的加州海岸一样温暖明媚。我想家，可又排斥回家的想法，所以需要慰藉。

我独自走到平价薄饼屋，点了无限续杯的咖啡和不限量的薄饼。管够吃的薄饼特价套餐一直是大学里那些饕餮少年的最爱，自从减肥药上市以来，它的热度只增不减。真正爱吃的人终于可以大快朵颐，而不必担心那样会毁掉自己的人生。

女店主要把我领进一个卡座，我直接翻了个白眼。我可不要在塑料桌面顶着我腹部的地方吃下超多的薄饼。

"我要一张桌。"

她把我塞到后边厕所旁。我不在乎。

前四张薄饼上桌时热乎乎的，品相极佳，我多要了一份黄油，抹好（黄油滴落，但薄饼没有因为被浸透而变得软塌塌）之后我往嘴里塞了一大块，充分享受无与伦比的进食快感。动物园里的伙食那么美好，哪种动物会在乎自己是濒危物种呢？

当然了，别人都在看我，这是我出现时的常态，而我已经习惯并且变得不在乎。我咕嘟嘟喝下热咖啡，用最后一口薄饼擦光了盘子。

"再上。"我说。服务员撤走盘子，几分钟后一摞新出锅的薄饼放在了我的桌子上。

我不知道我能吃得下几轮，不过那天我想要弄个明白。

然后，一个男人坐到了我的桌旁。

他有棕色的头发和眼睛，外表毫不出众，黄褐色西服下是减肥药塑造的身材。我上下打量他一番。

"有什么事吗？"

他盯着我的嘴看了一会儿，我一直等待。"你知道自己有多好看吗？"最后他问。

我用力翻了个白眼，然后开始往薄饼上抹黄油，看来得再要一些了。"滚，变态。"

他把一只手放在自己的胸膛上："请相信，我无意冒犯，说的都是真心话。你很可爱，世间罕见。我快一年没见过你这样的女人了。"

我朝服务员招手，可她没看见。我盘算了一下。黄油当然需要，可是假如薄饼凉了黄油才送来，那就没什么意义了。我挪了挪自己的盘子，然后开始切薄饼，把来到我身旁的怪胎晾在一边，希望他会离开。

他清清喉咙，点了一杯咖啡："拜托了，就吃饭这会，请跟我聊聊，然后我会为你买单。"

我叹了口气。很少有什么能像免费吃喝这么诱人，于是我让他坐下来。

他询问我电影艺术方面的问题以及为何来洛杉矶。我在吃薄饼跟喝咖啡的间隙回答。

"我曾有些故事创意，总以为只有来到这里才能讲述，从我的人生经验来看，都是独特的故事。如今看来有些好笑，因为我的经验并无特别之处，我猜人人都觉得自己独一无二吧。"

他微微转头看了一下，然后推过奶油罐，让我往咖啡里加："看看四周，你几乎就是独一无二的。"

我耸耸肩："我也觉得。可是没办法把这个故事讲得大家都能理解。你见过胖人在街上被拍进新闻时的样子吗？分不出头部和四肢，宽得像一堵墙，总是在漫无目的地闲逛。如今人们只了解这样的故事。我们从来就是个笑话，总是不为人所见。现在我们要灭绝了，因为一开始我们就不该存在。"

"是吗？"他挑起一道眉毛问道，"要灭绝？"

"你究竟是谁？"我终于问道。

他叹了口气，饮尽咖啡："这我不能告诉你。不过我可以给你看些东西，或许会改变你的想法。"

我不知道自己为什么同意，也许是因为我害怕回到无法容身的学校，也许我只是不想回答是否要吃减肥药，也许只是因为他看我的神情——他在认认真真地看我，而不是像正常情况下那样，把我看成一个要解决的问题或某种行走的谬误。

我来到薄饼屋外，登上陌生人的汽车，让他带我去他的目的地。

俱乐部位于穆赫兰道附近山间的一栋华丽大宅之中，是在好莱坞的黄金时代为某个死于艾滋病的健美男子所建。草坪完美无瑕，一踏出汽车我就能嗅到泳池中消毒的氯气味。这片社区算得上安静，你甚至觉得，就连园丁都会给自己的设备消声。

没有告诉我姓名的同伴沿着石路走向前门，一扇宽大遮蔽的黑色大门。他回过头，朝我瞥了一眼："进来吗？"

当然要进。

一开始我感觉房屋里黑漆漆的，从明亮的阳光下进屋，我的眼睛难以适应。过了几分钟之后，我看见屋中仅有几分昏暗。客厅的家具奢华漂亮，明显注重质感和厚实的填充效果。屋中只有一个女人坐在贵妃椅上读书，显得有些空荡。

我们来到她身旁，她抬起头，展现出一个绝世美女的样子：火红的头发、饱满的嘴唇、胸部傲人的沙漏形身材。她穿着紧身的裙子，显然是喜欢成为目光焦点的那类人。她并没有展现出艾米·布兰顿那种身材，而是原本自然的形态。

带我进来的男人用手指敲了敲她读的书说："在巧克力战争中，我为奥古斯都将军[1]而战。"

红发女人点点头，一言未发。她在座位上挪动身体，伸手按动了某个我看不见的东西。在她身后，一排书架向两侧分开，露出一条深紫色的通道。

我们经过时我向红发女人点点头，她朝我一笑，展现出一种难以名状的渴望。我不知道这是要去哪儿。

我们走过一排房间，整栋房子的装修风格都跟第一间屋一样，性感、堕落、奢华。随着见到的越来越多，我发觉一切都被打造得宽大结实，坐在眼前的任何一张椅子上都不会令我担心。

在经过的每个房间，我透过房门窥视，都看见同样的情形：一个胖子被一群瘦子围观。围观者有不同的种族和性别，有些在哭，有些明显被唤起了性欲，所有人都穿着得体，身材几乎都是吃了减肥药瘦下来的。一个人高马大的胖女人正裸露着身体，慵懒地躺在一张土耳其床上休息，薄纱掩映着她的蜜色肉体，仿佛无尽起伏的波涛。她把葡萄送进嘴里，旁边有人在逗她笑。十个人坐在床边观看。

跟安德鲁以前同样胖的一个男人正把戴着手套的手浸入颜料，然后用拳头击打空无一物的白墙。照明的灯光华丽耀眼，有人在给他录像和拍照，有人窃窃私语地赞许和鼓励。

---

1 《查理和巧克力工厂》中第一个被淘汰的德国小胖子名为奥古斯都。

在一个房间里，一位矮小的黑人女性似乎有着违背重力的曲线。她用油滑的双手拂过裸露的身体，绽放出完美无瑕的满足笑容。两个男人张着嘴站在她身旁，展现出无尽的渴望，却对她别无所求。

我们来到一个空房间，里面有一组低矮的石凳，一侧装有圆形的浴缸。半球形的屋顶放大了我们的脚步声，尽管房间很温暖，浴缸中的水还是升腾出蒸汽，散发着海洋的气息。

"盐水，"他说，"对你的皮肤更好，想泡一泡吗？你不必跟任何人说话或做什么动作，不过也许有人来跟你一起泡澡。你意下如何？"

"我没有泳衣。"

他缓缓露出一个笑容，然后低下头，仿佛要和盘托出一个阴谋："你看见周围没有？没人介意。"

"这些人从中得到什么？我不需要这样。"

他掏出手机，让我看这家俱乐部用来计费的应用。每位肥胖的表演者都有一个匿名标识和实时收入显示。

"也许我可以说服你工作几小时，只是感受一下？你会拿到我们的最低保障收入，以及小费。"

我看着攀升的收入额说："只需要坐在这儿？我不用触碰任何人？甚至不必交谈？"

他点点头："我们更希望你裸体工作，不过就连这也不是必须的，好好泡个热水澡就行。你意下如何？"

听起来可太他妈奇怪了，可是有两样东西我立即就想得到。首先我想挣钱，假如我回家拒绝服用减肥药，那么我十分确定自己会用到钱。其次我想回到人们在拍摄打拳画家的那个房间。我渴望在这个地方拍摄，讲述濒危胖人的故事，不是像幻想家俱乐部里那样讲述，而是我希望中的样子。就像这样。黑暗、丰腴、诱惑。

我穿着文胸和内裤进入浴缸。其实还不如全裸：它们都是白色纯棉质地，沾水就变得透明。我尽量不去想这件事。我把脑袋浸入水中，坐在水下的一级台阶上，然后脖子后仰靠在浴池边沿，水面没过我的头颈。

我能听见人们来来往往，能听见他们对我低语，在咸涩的黑暗中，大家说我绝美、华丽、柔软、迷人。我没有说话，甚至好像没听见他们的赞美一样。

几个小时后，不知姓名的管理者回来时拿了一条柔软蓬松的浴巾，足有床单大小，散发着薰衣草香味。他对我表示感谢，并告诉我如何下载应用获取报酬。

我在那里待了三个小时，收到的报酬比我从前任何时候赚到的都多。当我看到金额时，他仔细地审视着我的脸。

"我叫丹。"他轻声说。

"这个地方归你所有吗？"

"不，我只负责招募。给你我的电话号码。"

我看着他在我的电话里输入"丹·蔡兹公司"。

"你凭什么觉得我会给你打电话？"

我以为他会提醒我刚刚挣了多少钱，可是没有。他似乎微微摇头，然后问："你还能去哪儿？"

他给我拿了替换的内衣，比我原本穿着的更漂亮，做工精美，剪裁得体，而且没有吊牌。

"我们送你的礼物。"他说完便留下我一个人更换，内衣大小合适，仿佛是专门为我定做的一样。

我回到宿舍，观察着我的室友在睡眠中抽动。她那一侧的冰箱里只放着一个白水煮蛋和半升脱脂奶。躺下时，我还穿着获赠的精美内衣，床铺被我压得咯吱作响。

后来我梦见了爸爸。

那年法律有了修改，但要到次年1月才会生效。准确来说，他们没有认定胖人违法，但是已经尽可能接近那样的结果。拒绝向体重指数超过二十五且不服用减肥药的人提供医疗保险将会变得合法。故意保持肥胖也会成为失去监护权和被解雇的理由。

法律还为文化潮流指明了方向。航空公司增加了乘客体重限制，服装制造商专注于发展针对减肥身材的个性化产品线。记者撰文论述逆潮流的胖人。可以剥夺他们的公民身份吗？如果不尽快给肥胖儿童服用减肥药，他们的父母应当被控虐待吗？

我向自己的短片课提交了方案，详述了拍摄一个秘密据点的愿望。在那里，拒绝减肥的胖子为了满足减肥观众的欲望而进行现场表演。我的教授回信说，我的想法，一、下流淫秽；二、难以实现。

感恩节假期前的周五，妈妈打来电话。

"真高兴我们能在航司政策更改之前把这事儿搞定。你能想象坐火车回俄亥俄吗？还有，你珍妮姨妈要来过节——"

"妈，妈，听我说。我不想那样。"

"不想怎样？见珍妮姨妈？"

"不，妈妈，是这样，我不会吃减肥药。"

她沉默了一阵："宝贝儿，你父亲去世我们都很难过，我知道你一定还在担心那件事，可他们说不存在基因标记——"

"不仅仅是爸爸，不仅仅是有一定概率我可能会死。我根本不想减肥，而是只想做我自己。"

她叹了口气，仿佛我是个问了第九十遍天为什么是蓝色的小孩。"这不会改变你的身份，小珏珏，只会改变你的身材。"

"我不回家啦。"我直截了当地说。

然后是大呼小叫，我们俩都想要伤害对方，我宁愿忘掉那通电话，可我的确记得她在哭喊，说些什么"我生下了你，给了你身体。你的身体跟我的一样不完美，你为什么不让我修复它？你为什么不让我纠正自己的错误？"

"我没觉得是个错误，"我对她说，"我不会回家，这次不回，以后也不回。"

我记得我挂掉了电话以及随之而来的死寂，记得自己考虑应该关机，不过接着又意识到可以丢下电话不管，可以抛开一切。我带上摄像机和笔记本电脑，然后丢下了其他一切，甚至没带换洗的衣服。

我编了手机被盗的瞎话，跟校园里某个人借电话打给丹，让他来这里接我。

十分钟后汽车到达。

红发女郎没问我口令就放我进去了。这可太好了，因为我已忘记上次丹说的是啥。经过紫色的走廊时，一个从未谋面的女人跟我握手说，我可以叫她丹妮。

丹妮在宽松飘逸的卡夫坦长衫之下隐藏着减肥成功的身材，还系着与长衫相配的发带。她带我参观了属于我的房间、超大的床、宽敞的私人浴室、公共休息室和共享图书馆，她告诉我 WiFi 密码，还解释了这栋大宅的安全系统。

"你在这所房子里想住多久都行，我们提供衣物饮食和顶级娱乐，满足你的医疗需求。你可以随时离开，收入会即时自动转到你的账户，没有延迟。

"但是，你绝不能以任何方式向任何人泄露这所房子的地点和用途，电话、短信或电子邮件都不可以。你可以拍照片和视频，但是我们有干扰器来防止添加任何形式的地理标记。假如你被发现违反了这条规定，就只能穿着身上的衣服离开，一分钱都得不到。听明白了吗？"

我告诉她听明白了，她离开五分钟后又给我拿来一部新手机。我登录自己的银行账户——我母亲没有插手的一个——并着手创建新的电子邮件账户、新的个人简介和新身份。

我自然而然地开始工作，吃纸杯蛋糕，穿紧身连衣裤跳舞，边喝奶昔边大声读诗、裸体躺在丝绒贵妃椅让别人描绘。我开始跟我的爱慕者说话，眼看着自己的收入飙升。

我见到了这家俱乐部的首席女裁缝：一位心灵手巧的胖女人，她名叫查瑞希，有不可思议的眼力，几乎不用给任何人量体。她为我做了紧身胸衣、裙子、丝绸睡衣、绸缎长袍、外套、披风和各式内衣。

我发觉自己一直穿她做的衣物几个月后，某些衣服就有点太小。我最喜欢的比基尼因此而勒得很紧，正好凸显出它有点容纳不下的肉体。我穿着那件比基尼，在大厅的镜中自拍，努力理解那意味着什么。

我的某些长袍又有点过大，但我能记得哪件穿上正好。我拍摄短片展示腰臀处衣服跟身体的间隙，可以把整只手都伸进去。

查瑞希技艺精湛，不可能犯下这种偶然的错误。个中含义变得明确。

我周围都是穿着长袍和罩袍的美好肉体，仿佛丰满的船只组成庄严的舰队沿着浴池游弋，抑或优雅地躺在床上。不过我们都注意到，一项行动正潜移默化地把我们变得更胖，越来越胖，好让我们越来越适合于驱使交头接耳的淫乱瘦子们成群结队来我们这里的那种欲望。

三三两两地，我们开始谈论这意味着什么、谁值得信任、谁在运营这里以及出于什么原因。

宅院的低层是妓院场所，不知为何，我自然而然就了解到了。年长的胖伙伴用眼神告诉我，那里在等待我做好准备。没人催促我，甚至没人问我。有一天我直接下楼，在门口做了个口腔拭子。每个人都得等待十五分钟，直到被确认安全。我得到阴性结果，被放了进去。

我不曾做爱，觉得胖小孩都会晚些发生性行为。其他所有人都在相互尝试时，我还在努力搞清自己为何从来无法融入。我倒不后悔，作为别人最差的一个人选，我只是无法想象自己在这样的世界里跟人做爱。

我不知道做爱是什么感觉。一圈仰慕你的崇拜者竞争特权来喜欢你、抚摸你全身、在你一次次高潮时惊奇地低语，直到你困倦时被怜爱地拢在怀里，在哼唱中入眠。希望所有人都觉得这很美好吧。我在其中沉溺许久，不去考虑只抚摸瘦人和只被瘦人抚摸是什么感觉。我注意着银行余额攀升，没有问自己他们在我身上看见了什么。我只作为一簇不思考的神经存活于世，不再考虑回家和减肥药，甚至不再思考，而是回归由来已久的自己：一具肥硕无比的躯体。

我再次恢复思考时，没有觉得更好受。

如今来到这里已经三年，我觉得自己再也无法去别处生活。他们告诉我，外面的世界里已经没有我这种人，只有类似这里的地方，容纳着被世界改造之前逃离的少数人。这里再也不允许任何人给我们带食品作为礼物，每个人都特别担心他们会给我们偷偷夹带减肥药。也许有人真的会因为我的存在而感到不安。这件事我也不去想了，我不是为那些人而存在。我接受他们的崇拜，又完全忘记他们的容貌，反正都是大同小异。

有时候我把镜头对准那样一张脸，问他们来这里干什么，想得到什么，为什么要来寻求他们拼命避免出现在自己身上的特征。

他们会喃喃而语，说到母亲和女神，说到肉体的拥抱和欲望的满足，听起来如同我脑中的声音。我想到父亲，想到所谓"听天命"。他还活着的话会变成这样吗？会想念初见时母亲的身体吗？

我考虑在洛杉矶放映这段影片，又想起丹妮说过，我可以随时离开这里。我还想着自己，以及我们所有人，是否有可能摆脱自己的身体，我想起安德鲁摆脱掉自己的身体但是一无所获，想起自己过去把他看作敌人，可他只是另一个我。

大宅的最底层有绝对的隐私，胖人们在那里互相做爱。有一个男孩几周前才加入，他来自一个接受减肥药比较缓慢的国家，所以我们从他们那里招募了不少人。起初我们语言不通，但是努力解决，然后我们在彼此之间发现了一个前所未知的领域。他既可爱又害羞，总是急于提起沉重的腹部，以便进入我体内，然后让他的肚子像一块温暖沉重的毯子般覆在我身上。他对我低语说，我们再也不必回归原来的生活，可以在此养育可爱的胖宝宝，我们会变成另外一个物种。"药人"可继承大地，而"脂人"则秘密生活。

"但是我们会活着，"他对我低语，窃窃私语的样子仿佛在密谋着要按照我们肥厚脚踝的形状将世界改头换面，"我们会活着。"他说着便用舌头舔过我体侧褶皱形成的咸涩沟壑。我们肚子贴着肚子，脂肪挤着脂肪。

"我们会活着。"

耿辉　译

替我向家人问好

［美］A. T. 格林布拉特　作

A.T. 格林布拉特（A.T. Greenblatt），美国科幻作家。本职为机械工程师，业余时间写作。中篇小说《山姆·威尔斯的超英生涯插曲》（*Burn or the Episodic Life of Sam Wells as Super*）入围星云奖、雨果奖。本篇获 2019 年星云奖，入围斯特金奖决选名单。

我开始后悔过去的人生选择了，索尔。还有，我从银河系边缘向你打个招呼。

　　另外，没想到吧！我知道，当你说"保持联系，海泽尔"时，你并没想到现在这个情况。但是确切地说，身处这个星球并不能激发写信的灵感，不过倒是可以激发录入超长语音信息的灵感……

　　那么，想知道这个世界是什么样的吗？四面八方都是岩石，空旷且荒凉，只有一个方向除外。天空中有超强风暴，还特别绿，就仿佛我正在藻类泛滥的池塘底部艰难跋涉。我和外界隔着这套价值八千五百万美元的太空服，但我发誓，我快在这儿窒息了。另外，目的地在九百米外，除了两条腿以外，我没有别的交通工具。

　　所以我在这儿，行走着。

　　很抱歉这样对你，索尔，但如果我不跟别人说话——好吧，向别人发神经——我就走不到"图书馆"了。而且我绝不会把这样的信息发给项目上的伙计们。至少你不会因此而看不起我。你知道情绪崩溃是我做事过程中的一部分。

　　还有八百五十米。我当初真该听你的，索尔。

　　是啊，我知道这句话听起来有多老套。我去过的晚宴够多的了，听到的晚宴故事也够多的了，尤其是当人们得知我可能是有史以来最后一位宇航员的时候。至少现在，我有了一个谢绝晚宴邀请的绝佳借口："我真的很想来，但我目前距离地球有三十二点五光年。替我向你的家人问好。"

当然，他们要等到六个月后才能收到消息。

哇，真令人沮丧。瞧，这就是为什么我告诉研发部门的人不要告诉我太多事实和数据的原因，但他们是书呆子，你懂吧？他们忍不住。尽管他们是好意，但有时还是会说漏嘴。

而我又忘不掉。

七百五十米。

好消息是我现在可以目视到"图书馆"了。因此，如果我死在距离入口七百四十二米的地方，那我死的时候也知道，我是第一个目睹这座巨大的信息保存设施的人类。

天啊，我真的可能会死在这儿，索尔。并不是说我以前没想到过，而是当一个人走在条件恶劣的外星土地上时，这种可能性就变得实在多了。

另外，我的高级宇航服正在发出一些令人担忧的声音。我不认为它应该发出这种喘气一样的声音。

六百七十五米。老天啊，索尔，我真希望这项任务是值得的。

至今为止，我有没有跟你说过"图书馆"的事？没有，我没说过，是吗？这个话题我不过才说了……多久啊，几年吧？好吧，你应该知道，它不是我想象中的样子。这有点蠢，因为外星建筑就应该很奇特，而不是像城堡或神殿，有尖顶之类的样子。

别笑了，索尔（我知道你在笑，或者说六个月后你在因为这个而发笑）。我不后悔我们小时候读过那些幻想传奇故事，只后悔我没再多读些。

但你想知道图书馆长什么样子。唔，我爬过的山在这座建筑旁边一比就像蚁丘。它看起来也有几分像山，一座难看而又奇形怪状的山，到处都是怪异的窗户和凸起的墙壁。从某些角度看上去，它光滑如镜闪闪发亮，而从别的角度看却没有光泽，像覆盖了一层沙子。我不寒而栗。

这算不上奇怪。这里是一个外星世界，有外星建筑，里面充满了各种陌生和不那么陌生的知识，只待学习。我们这些满脑子幻想的智人做梦也想不到竟然能有这么多信息。

还有五百米。

索尔，我开始担心我的太空服了。我的左臂手肘处不能弯曲了。并不是说我需要左臂才能继续行走，但是这有点让人不安，引起了我的恐慌。天哪，当我只需要依靠"图书管理员"的技术把我带到这里来的时候，事情可简单多了。现在，我必须依靠人类自身未必可靠的设计才能走完这最后一公里。但这就是"图书管理员"们的入馆规定："必须让你们的代表安全通过一段极其严酷的地形之后到达我们的入口。"原来，在我这套相当昂贵的太空服外面，气压高得出奇，有腐蚀性气体，亮处和暗处之间的温差波动剧烈，如此等等。此外，地面崎岖得足以使你感到惊讶。

我不愿去想要是我绊倒了会怎样，也不能去想。我以前不是物理专业的，现在也不是开始学的时候。

三百五十米。

我的意思是，我报名的时候就知道其中的危险。我也知道这段步行是旅途中最困难的部分（我的意思是，怎么可能不是呢？"图书管理员"想出了如何在几个月内旅行数光年的办法，这还只是最简单的）。但我是完成这份工作的最佳人选，我必须做点什么，索尔。我知道你不这么认为，但我并没有放弃人类。这并不是逃跑。

我真希望现在可以跑起来，因为现在太空服的内部似乎已经覆上了一层细细的尘土。哦，上帝呀。

二百五十米。

闭嘴，索尔。我能听到你用那种大哥的语气对我说，"海泽尔，你要是害怕极了也没关系，只是眼下可不行"，就像我们小时候你说的一样。你是对的，我不能惊慌失措，因为除了死之外，目前最糟糕的可能就是尘土诱发我的哮喘。好吧，好吧，好吧。我只需要保持镇定，保持专注，继续前进。

一百七十五米。

我的太空服肯定有问题。太空服里覆盖的那层灰尘已经从"极少"变成了"密集"，我也不知道我呼吸靠的是哪部分设备。

别慌，海泽尔。

不要慌，不要慌，不要慌。

不能慌。我想象着把这件事告诉研发部那些书呆子时，他们会是什么样。当他们得知自己的宝贝设计没有像预计的那样顶用时，他们会彻底崩溃的。好了，我开始报复性过度换气了。当执行任务的最佳人选是个有哮喘病的人类学家时，这种情况就会发生。

一百米。

好的，我快到了。我能看到门了。这件被我当作可能诱发哮喘的故障太空服只要再撑几分钟就行了。我只要继续往前走就行了。马上，我就能走到安全的室内，和我的宝贝哮喘吸入剂相会了。

七十五米。

好吧，希望他们会让我进去。

所以……这就是问题所在，索尔。实际上"图书管理员"从来没有保证过他们会接纳我。他们说，这取决于住在"图书馆"里的"图书管理员"（显然，他们和与我相遇并带我来此的探险派"图书管理员"分属两个不同的派别，而且这两个派别并不总是意见一致）。但是探险派既然让我搭了个便车到这儿来了，那就必定有其价值，对吧？

问题是，这套破太空服本来应该经得住我走到图书馆、再走回飞船的，如果还有必要的话。但看来让我安全返程的这份保障现在顶不了太大用处了。

二十五米。

抱歉没在离开前告诉你，但是我并不遗憾。我在这里可能获得的知识值得这次冒险，这八千五百万美元中的每一分钱也都花得值。万一我死在台阶上，那就太糟了。但是没关系，至少我们尝试过。

最后十米。

我并不遗憾，索尔，我只是很害怕。

希望"图书管理员"们让我进去,但如果你再也没收到我的消息,你就该知道发生了什么。替我向家里其他人问好。

好了,我们走。

* * *

你恋爱过吗,索尔?

是的,我知道你爱黄。我见过你是怎么看她的,她又是怎么看你的。但你回忆一下第一次那样看着她的那一刹那,你心想:"天哪!就是她了,我终于找到那个人了。"

是的,索尔,"图书馆"很宏伟。

而且……也很难描述。"图书馆"的内部跟外部有点像,会随你的观察角度而变化。

离开消毒室之后(至少我觉得是消毒室),我走进了主房间,光线昏暗,四下寂静。"图书馆"中的"图书管理员"——我后来才知道,他们更喜欢被称作"档案管理员",因为他们与在宇宙中旅行的"图书管理员"不同——正在巨大的房间里闲逛。他们的外表和我们在地球上见过的探险派"图书管理员"很相似:又瘦又高,身体跟人差不多。但是他们都长着闪光的长须,一直垂到十指张开的脚上,而探险派"图书管理员"则没长(或长不了?)这样的胡子。

房间空旷得出人意料,只有正中央摆着一些可能是艺术品或是家具的装置。你明白吧,有点像地球上的大学图书馆。

刚才那场地狱般的徒步过后使用的哮喘吸入剂终于开始起效了,我的呼吸刚刚轻松了点,光线突然变了,我身边出现了这种既像蕨类植物又像摩天大楼的东西,气味怪怪的,像啤酒花,呈现出一种很浓烈的紫色。室内变得出奇地潮湿，满是我只能猜想是植物的东西。甚至"图书管理员"（我是说"档案管理员"）也发生了变化。现在，他们长着四条腿、两只手臂，浑身都覆盖着浓密的白毛。

我伸出手，摸了摸旁边的一株蕨类植物，感觉像摸到了一个多刺的肥皂泡，这可不在我意料之中。但是话又说回来，我也没想到它会伸出手来拍拍我的额头。

我觉得我可能说了脏话。我不确定，因为一切又变了。突然，我正瑟瑟发抖地站在什么东西上，像是一片结了冰的海洋，仿佛有浮冰冻结了极光。空气干燥得让人流鼻血，闻起来有股铁锈味，我看到有些苍白的物体在冰下移动。"档案管理员"们的身体变成了半透明的圆形，在空中一米高的地方飘浮着。

房间不断变化。叫我害怕……太神奇了，索尔。

所以我就站在那里，像个白痴一样吃惊地张着嘴，一面吓得不敢动弹，一面又忙于观察这一切。我傻呵呵地张着嘴，过了半天才注意到只有两样东西没有变幻。其一，"档案管理员"始终保留着橡胶状液态和他们的胡须。还有，那些小小的光亮从未移动过。

糟糕，我的描述有点问题。我忘了说那些光亮了。它们像微型的星星一样，有成千上万，看似随机地散布在房间里，在空中飘荡。我认为使一切发生变化的正是它们，因为当"档案管理员"起身用长须触碰其中一点光亮的时候，砰！就变样了。

听好了：当我终于鼓起一点勇气，问一个经过的"档案管理员"这些光亮是什么时，他们说"是每个值得了解的已知太阳系"。

我本来会说：我怕是已经死了，这里是天堂吧。但是我来这里的路上就说光了所有的烂俗梗。

等等，不是这样。我还留着一个超烂的没说呢。

我杵在那个房间里好一会儿，本不该那么久，但其实我正鼓起勇气，好去首席"档案管理员"面前作自我介绍。但是我没有去成，因为最后是他们前来和我打了招呼。这是我有史以来经历过的最紧张的对话之一。在哮喘吸入剂的类固醇激素和原生的纯粹焦虑的共同作用下，我的手抖得就像九级地震。

你看，索尔，跟"档案管理员"可不能乱来。真的。不要顶撞他们，不要高声说话，务必毕恭毕敬。他们也许看起来是黏糊糊的，却可以把你分解成原子、存在记忆板里，并把难以置信的你放在架子上，跟那些从未有人查看的无聊信息放在一起。而且他们会让你保留知觉。

至少有足够的知觉。但愿如此。

幸运的是，他们接见我的时间很短。我猜，首席"档案管理员"觉得我够格，并给了我进入图书馆的极其有限的权限。当他们带我到我们的太阳系那个区域时，我有点希望你在这里，索尔，那样你就可以拍下我当时的表情。我肯定你会将其称之为"无价之宝"。因为这个房间如此之大，足以容纳一个小镇。

而且听好了，"档案管理员"居然表示了歉意。他们说："我们才刚开始研究你们，我们认为你们会希望以实体形式来查看我们的研究结果，希望你能在我们微薄的藏品中找到所需的东西。"

不过，问题是，他们很可能比我们更了解我们自己。

实际上，我正指望着这一点。

＊＊

索尔，这里的一切都太奇怪了。光线没有颜色，空气也有股怪味。墙壁和架子似乎都略有弯曲。一切都那么新鲜，带着强烈的外星感。

真是太棒了。

"档案管理员"在研究海珊瑚区的一角为我设了个住所，差不多像套单间公寓，有自来水和人造阳光，还有一台看起来仿佛来自上世纪八十年代的电视机，电视上有完整的十一季《陆军野战医院》[1]。据我推测，我的住所是某个初级"档案管理员"的期末论文项目的一部分，但我可能只是把我们自己的文化投射到了这件事上。从好的方面来说，既然他们挑的是八十年代，比《陆军野战医院》差得多的电视剧可有的是。

我敢肯定，过不了几周，我就会开始特别想家，并会向你发比这还长、可能还更胡言乱语的消息，质疑导致我走到这一步的每一个人生选择。但现在，在"图书馆"里有种解放的感觉，有点像是"让我给我哥打个电话，因为我的新公寓太安静了"那种意味。

哦。今天我收到了你的第一条消息，就是六个月前、我离开大约三天后你录的那条，还记得吗？我知道你很生气，但是没想到啊，索尔。管我叫背后捅刀子、热爱外星人、喘不上气的没用的懦夫？你有整整三天时间来准备措辞，这就是你能想到的最好

1　二十世纪七八十年代的美国喜剧，描写朝鲜战场上美军某野战医院的情景，剧中笑料频出，展示了朝鲜战争中美国军人懒散的形象。

的话？

我知道你不是那个意思。我知道你半是生我的气，半是生我们这颗垂死星球的气，半是……

我也收到了黄的消息，她告诉了我最近一次流产的事。我也很难过，索尔，总有一天，你们两个人会成为世界上最好的父母。我对此深信不疑，甚至超过你那个肯定会奏效的国际造林项目。

我明白，你觉得我为了前往一座无菌而稳定的图书馆抛弃了你和地球，但是我必须到这里来。关于"图书管理员"，我有一个解释得通的猜想。想听吗？可不行哟，反正我就是要告诉你。

瞧，我和他们共处的时间越长，我就越是坚信，"图书管理员"们只要想彻底消灭我们，随时可以办到。但他们并没有。实际上，他们花费了大量心血来研究我们，来与所有合适的人进行第一次接触，来问那些人恰当的问题，例如："我们设法在此大学档案库被烧毁或此数据中心被水淹之前保存了其中的信息。你们想取回这些信息吗？"也就是这些问题说服我们开展了这项任务。

这让我相信，他们正在试图帮助我们。

我知道你在翻白眼了，索尔。我有没有告诉过你，你翻白眼的时候总是看起来像个喜怒无常的少年？是的，我知道我说过。但请听我说完，我想告诉你一件重要的事情。

求你了。

你还记得我们为了这项任务的第一次大吵吗？你说过，凡是在地球环境崩溃期间造访的人都不可信。我同意。但是，我遇见的第一位"图书管理员"告诉我,"图书馆"是为宇宙中所有具备知觉的生命建立的灯塔。研究人员可以在此重拾失去的知识、了解过去的错误。

我能听到你在说:"海泽尔,你可够天真的,就这样盲目地相信他们?"不,索尔,我并不是天真。在被选中执行这次疯狂的任务之前,我身为硕果仅存的几个研究过差异巨大的文化之间的交流的人类学家之一,不过是在那里帮助第一次接触顺利进行。我对成为宇航员没有任何兴趣。太空旅行总是让我觉得太过冒险、太不舒服。但是我对文化保护的热忱给"图书管理员"留下了深刻的印象;太空项目的人又对我好得离谱的记忆力十分欣赏。我开始坚信,如果我不去,其他人最终会失败,人类面临的问题里除了"环境灾难"还会再加上一条"社会彻底崩溃"。

你瞧,索尔,我在"图书馆"里目睹的东西有太多都没有告诉你,因为"图书管理员"的先进技术会彻底毁掉我们这个不发达的社会。

当然,这并没有阻止研发部门的人一遍又一遍地告诉我,对观察到的一切都要进行认真的记录,并把这些信息发送给他们,当然,是偷偷发送。我被派到这里来是为了找回可以帮助我们自救的研究成果和历史记录,但我觉得他们也希望我能学习到有用的外星技术。我很想向他们发一份报告,内容就是:很抱歉,书呆子们,这一切只是魔法而已。

不,索尔,我不会的。我的正式报告会比这直接和专业得多,事实加倍,嘲讽减半,你懂的。但我想我还会继续给你发消息的,至少会持续一段时间。这些实际上都不是我"离家出走"

的原因。

真的，这不过是个逃避芝加哥上下班堵车的好借口。

开个玩笑罢了。是大平原的大火逼我来的。一个身患哮喘的研究员只能承受一定量的烟尘，再多她就该坐飞船升天了。

只有几分是在开玩笑。

我有一份清单，上面列有需要为地球上的科学家们调查的内容，但目前我想我要收工了。看着我周围这数量惊人的信息，让我明白我们失去了多少。"图书管理员"们是如何设法恢复所有这一切信息的，这是个我不想弄清的谜团，但我希望他们把我要找的研究成果给保存下来了。

我有没有提过这项任务在多大程度上依靠的是希望？

＊＊

你好，索尔，我迷路了。不，其实我没有，我的记忆力是不会让我迷路的，但在我想象中这就是迷路的感觉。如果不在每个拐角注意"档案管理员"的标注，那这一排排的存储板根本没有区别。实际上我读不了这些存储板，因为它们看起来就像微雕，但我记得它们之间的微小差异。"档案管理员"够好心的，给了我一张基本地图，上面有资料位置的基本翻译。但是"图书管理员"的基本知识和人类的基本知识根本不是一回事。

天哪，我本来以为找到研究成果会是这次任务中轻松的部分，但我可能永远也找不到走出单细胞生物区的路了。所以，替我向家人问好。

我知道你在想什么。没错，我的确知道。你在想："那你回家怎么样，海泽尔，来帮我种这些树苗？"因为这个问题我们已

141

经争了多久来着？十年了吧？

不，不完全是。从第一次在晚餐时吵的那一架以来，已经有九年十个月零二十七天了。

是的，索尔，有时候，我的记忆力是自己最大的敌人。

顺便说一句，我今天收到你的第二条信息了。我接受你的道歉。但是我不能回来，索尔。我的信息恢复项目才刚刚开始。在过去的十年中，有些好东西被毁了。

比如柳博士的研究成果。如果我能找到它的话，如果它在这儿的话。

天哪，这条消息真是压抑。嘿，不过我今天发现了很酷的事：厨房橱柜能生产出我想吃的任何食物，客厅里的二十来本空白书能变成我想读的任何读物。真的就像变魔术。一个人需要的一切，以及一个女孩想要得到的任何书籍。

索尔，我不回家了。

* *

好吧，已经过去了一周，虽然我仍然没有找到柳博士的研究成果，但我在这里发现了别的许多有趣的东西，比如太阳能汽车的专利和可行工作概念，以及论述双倍二氧化碳浓度条件下进行光合作用的玉米种子改良方法的论文。索尔，在落得一发不可收拾之前，我们有过太多的机会来加以阻止，而这些机会我们却全都错过了。

老实说，这里的信息丰富得令人难以置信。"图书管理员"们就像是宇宙中最有条理的囤积狂。他们保留的信息无所不包，从公路建设项目到服装行业的包装章程和广告章程。而且听好了，每次我激活一个存储板，信息就会投射到我周围。有时，整条过道都会改变，我真的沉浸在工作当中了。这就是为什么从我上次发消息以来间隔了这么久。我很抱歉，索尔。

不许笑，可我昨天一整天都待在儿童文学区。那里的所有故事也都像活了一样。有布满爬山虎的老房子，还有巧克力工厂和小火车头做到了[1]。真是太神奇了，索尔，也非常令人沮丧。因为当我坐在那里，被那些充满希望的故事包围时，我突然想到，你的孙辈们甚至可能都不会知道世上还有这些故事。是的，我知道你不同意我的观点。但我是一位博学的人类学家，也是一名普通的悲观主义者，对此我很害怕。

我问一位"档案管理员"，他们所有的信息是否都是用这种方式存储的。他们问我，如果他们笑了的话，我会不会受到冒犯。之后他们向我展示了一块存储板，其中包含着"图书馆"里所有的知识，它大概只有平装本爱情小说那么大。

"否则你就无法访问我们的信息，""档案管理员"解释说，"你们的所有搜索引擎要么太粗糙，要么就太偏颇。"

"但是，建造这些肯定花了你们很长时间吧?"

他们说，"没有，"但我肯定一脸不信的表情，于是他们补充道，"用了魔法。"

索尔，我认为外星信息科学家们在听这些录音。所以你做什么都行，千万别回复任何你不想被录下来让后世子孙听到的话。

"那'图书馆'为什么那么大?"我问。

1　分别源自全球知名童书《玛德琳》《查理和巧克力工厂》《小火车头做到了》。

这就说到了真正令人消沉的地方了，索尔。

他们告诉我，这个星球——如今只剩一片荒原和一座庞大"图书馆"的不毛之地——曾经充满了生命。曾经有数十亿的"图书管理员"，现在只剩下几千名。在成为已知宇宙的信息科学大师之前，"图书管理员"们也毁了他们自己的星球。

我遇见的第一批"图书管理员"告诉我，"图书馆"是银河系中有知觉生命的灯塔，但现在我知道了，它不仅是其他物种的灯塔。索尔，"图书馆"之所以如此庞大，是因为大多数"档案管理员"和"图书管理员"也住在这里。

他们也没能拯救自己的星球。

我能听到你问我，既然我对未来抱着固执的悲观态度，那我为什么还要到这里来。我的哥哥啊，要回答你这个问题并非易事，我正努力以我这种拐弯抹角、胡言乱语的方式告诉你，我……

我……

索尔，我过会儿再跟你说。我想我终于找到了柳博士的研究成果。

＊＊

我终于找到了，哦，天哪，我的心可放下了。不过得到它简直就是一场争夺战。不，索尔，我没有夸张。别翻白眼了。

还记得我说过"档案管理员"可以让信息保有知觉吗？好吧，她可很有知觉，索尔。

当我访问存储板时，研究员柳博士本人显得如此真实而清晰，我可以看到她头上间杂的白发和指甲上的光泽。看到我，她

144

并没有显得高兴，我本应该把这当做一个警示信号的，但我实在太激动了。

"您是柳有美博士吗？"我问（"话从我嘴里喷出来"来得还更准确些）。

"到五十三岁为止。"她答道。

"太棒了！终于见到您了，真是高兴，柳博士。我想问您的事太多了。被'图书管理员'存档的感觉如何？不，等等，能先介绍一下您的再造林研究吗？"

不知道为什么，索尔，我的胡言乱语并没有让她放松下来。"为什么？"她问，脸上带着怀疑的表情。

"嗯，好吧，因为地球上的情况不怎么好。北太平洋大部分的雨林都被干旱和野火破坏了。包括您在 UBC [1] 进行的原创性研究。"

她似乎对此并不感到惊讶，只是感到难过："你的团队在哪里？请问怎么称呼？"

"我叫海泽尔·史密斯。只有我一个人。"

她皱了皱眉，脸上的怀疑之色更浓了："他们只派了一位宇航员？为什么？"

"资源和资金。如今两者都极为有限。"

"那为什么派你来？"

"因为我也是一名研究人员，柳博士。我致力于保存人类社会。另外，因为我的记忆力非凡，尤其是记忆数据和详细信息，

1　加拿大不列颠哥伦比亚大学的缩写，是加拿大最好的大学之一。

而且还无需电池。"

柳博士挑起了眉毛。她手中突然凭空出现了一块与爱情小说大小相当的存储板。她专心地盯着它。

"您在做什么?"我问,对此感觉不妙。

"读你写的文章,学术和其他方面的。作为'图书馆'的一部分,女士,对不起,史密斯博士,就意味着我也可以查阅资料。"

突然,我知道这次谈话将走向何处了。就像那些可怕的晚餐聚会一样,人们问我为什么没有孩子,对话会以尴尬的沉默告终。但是除了尽量不要去咬指甲以外,我什么也做不了。在整个人类文化中,没有什么比其他人阅读你的作品时干站着更不适的体验了。

但是,如果说人类学教给了我什么的话,索尔,那就是人类总会给你带来惊喜。

"哇,"柳博士说,存储板从她手中消失了,"你对人性的看法可真令人沮丧。"

我一直很不喜欢这种谈话,所以我把手插在口袋里,说:"我只是参照了历史。"

她点点头:"不管怎么着,我同意。"

索尔,我可太惊讶了。"那您会跟我讲讲您的研究吗?"

柳博士用挑剔的眼神凝视着我,只有在实验室中经年累月分析细节的人才有这种眼神。

"不会。"她说。

不会,她真是这么说的。在为这份研究成果旅行了三十二光

146

年半的路程之后，我是不会对此撒谎的，索尔。我有一瞬间甚至想砸了这存储板。

"您是认真的吗？"我说。

"是的，史密斯博士。我的职业生涯中大部分时间都在与政客、大企业、住宅开发商和农场主作斗争，与任何不愿意放弃土地、让其回归森林的人周旋，设法扭转一部分我们已经造成的破坏。我说不清有多少次人们试图破坏我的这项研究了。"

"柳博士，我不是来这儿搞破坏的。我已经为此放弃了太多。"

"那你放弃了什么，史密斯博士？"

"地球。每一个我认识的人、我爱的人。我为这些信息冒了生命危险！"我说。事后想来，也许口气有点过于激动了。

她回答："不，你这是在逃避。"是的，她真是这么对我说的，索尔，"你来这儿的真正目的是什么？"

我叹了口气，用上了你的经典台词："因为使我们继续前进的是对未来的希望。"

"史密斯博士，您对谁抱有希望呢？因为从我读过的内容来看，您并没有描绘出一幅充满希望的图景。"

我不知道还能怎么办了，所以我告诉了她，索尔。我告诉了她我一直想告诉你的一切。

* *

我一生中决定性的时刻不算多。在大多数情况下，我认为所谓的决定性时刻都是事后诸葛亮式的陈词滥调。所以也许这一刻也是如此，但你还记得十年前的那个夏天，一切都着了火的时候吗？是啊，很难忘。

我刚刚获得了第一个硕士学位。华盛顿州北部野火肆虐，有一条小路你可以沿着爬上山去，仍与野火保持着一段安全距离，目睹历史上最严重的大火。那里离学校只有一个小时的车程。尽管我感到沮丧和害怕，但也很好奇。所以我想，管他呢。

我带着这个人一起去了。不，你从未见过他，索尔。

我们一起爬上那座山，尽管灰烬使抓地力变得很差。

我俩都知道，这不是爱情。那是那个夏天里，我打破的自己的众多规则之一。但是我喜欢他，他也喜欢我。在那一刻，这就足够了。足够好了。世界在燃烧，就在那时，有一个人愿意和我一起爬上山看世界终结，让我感激涕零。

索尔，有时候，生命终有一死会让你变得鲁莽。

最终，烟雾浓到让我哮喘发作了。他几乎是把我背下山的。

两个月后，他回到了科罗拉多州的家，那里只剩下几棵树了。整个秋天，我都在哭泣和喘息。当我做妊娠检测时，我的表现就说得通了。

我做出了选择，而且对此并不后悔，索尔。直到三天十八小时又十二分钟之后，你打电话给我，告诉我，你和黄失去了第一个孩子。

抱歉，我没告诉过你这件事，索尔。但是我也并不遗憾。我当时二十三岁，尽管我可以逐字逐句地背出教科书，但我总会弄丢钥匙、忘了吃饭。何况在那个夏天之后，我都看不出自己有什么未来，更不用说一个孩子的未来了。我知道你对我很失望，因为你坚信任何机会都不应浪费。你认为每个生命，甚至棚子里的蟑螂，都应该抓住机会。索尔，你始终相信地球是有未来的。我看到的是灰烬，你却能看到沃土。

我就是这样告诉柳博士的。我告诉了她关于你和黄的所有事，以及你不屈的毅力和希望。我认为她在你身上看到了同道中人的特质，或者也许只是看到了你恰到好处的固执。因此，她同意与你分享她的研究成果。我们每天都会抄录一点。她的存储板使"图书馆"的过道变成了茂密的森林。真的很美。

把这当做我送给你的礼物的第一部分吧，索尔，因为我可不会为那些让我来到这里的选择而道歉。

第二部分是我的津贴，成为最后一名宇航员的好处之一就是从政府那里获得巨额的津贴。好吧，更像是人寿保险理赔，因为我会在这里待很长一段时间，希望不是永远留下。但这里有很多失落的信息等我发掘，而且"档案管理员"们显然习惯了接待长期访客。

我告诉过你，我还剩最后一个超烂的梗，而且是最烂的一个。就是宇航员回不了家，像小说和电影里的那样。

索尔，我想让你用这笔钱建立一个家庭，你和黄一直想要的家庭。

老实说，我仍然不信我们能拯救地球，但是你信，这对我就够了。所以，我要继续搜索下去，并将找到的信息发回地球。也许——这话我只跟你说——这就足够了。

就这样吧，替我向家人问好。

周雨旸　译

《我（28岁，男）创建了深伪女友，现在爸妈觉得我们要结婚了》[1]

[美] 李芳达　作

李芳达（Fonda Lee），美国推想小说家，曾凭借长篇小说《翡翠城》（*Jade City*）获 2018 年世界奇幻奖。本篇获 2020 年轨迹奖提名。

我不想要女朋友。别会错意，我喜欢女孩，只是眼下没工夫，约会太麻烦。但是在去年的家庭聚会上，我爸妈一直就我的单身状态喋喋不休："哦，他工作太忙。""他害羞，他只是需要点儿自信。"我妈还问我的姨妈们能不能撮合她们认识的女孩给我。事情开始变得棘手了。

于是，从聚会回家后，我注册了一个"一值（Worthy）"账号。流程很简单：填写一些个人信息，输入对性别和年龄的偏好，几秒钟后，我便获得了 AI 生成的虚拟女友"艾薇"。她发给我一条信息："嗨，我期待能开始了解你。"我立刻回消息说："我也是，近来怎样？"于是，在屏幕一角，我的"一值"评分从零分升到了五分。

一开始，你和你的虚拟另一半用文字交流，但是随着你们的关系不断升温，你还可以收发语音消息，进行虚拟约会，通过视频电话交流。基于你们互动的频次和质量，你会涨分数。一旦达到程序中的三级（"火花"级）的"一值"分数之后，我就可以上传我的照片和短视频了，而"一值"会把我的虚拟女友嵌入进

1　小说通篇模仿 Reddit 论坛体，故标题尽可能贴合论坛风格。深伪（Deepfake），指能将视频或照片上的人物头像替换成特定目标的人工智能技术。

去。这成了我对付爸妈的武器，让我可以告诉他们我正在和人约会。他们住在西雅图，我住在波士顿，所以，大多数情况下，我们都通过文字和照片保持联络。

这并不意味着我完全在撒谎，因为我确实从中获得了约会经验，而且更高效。"一值"会用一个 AI 来带你度过尴尬而肤浅的线上约会阶段，这个 AI 会教你成为情商更高的浪漫伴侣——这正是女孩们想要的，不是吗？你不必让一个真人使你或因你失望。并且，如果你很忙，只要挂起你的账号就行了。

不过，如果你想获得高分，就要认真对待这段感情关系。如果你问你的 AI 伴侣们过得如何，倾听它们，在你们的"交往纪念日"送它们虚拟鲜花，你的分数会增加。而如果你忽视它们，打断它们说话，或者说了不得体的话，你的分数就会减少。"一值"的算法会学习你的行为，做出逼真的回应。所以，你是没法靠不停赠送虚拟花束来欺骗系统的。程序会把这种行为标记为虚情假意，而你的评分会暴跌。

拥有足够高的分数以后，你可以把你的账号转移到"嫁值（Worthwhile）"——运营商提供的真人约会网站——上面。在这里，你可以看到所有人的"一值"分数，而别人也可以看见你的，在这之后，你们可以决定要不要联系彼此。不过，在我刚入坑时，我还没想这么远。我只是想要"一值"上的照片和视频，来让我爸妈别总来催我。

你应该已经猜到这个计划中的大问题了：在人物外貌方面，"一值"女友只有十二套备选人物模型。虽然 AI 会用你的个人档案设计适合你的人格，姓名也约有一百种变体，但是你如果拿它们的脸到网上做图像搜索，就会发现每张脸下面都挂着数以千计的"一值"用户。对运营商来说，创造更多人物模型很简单，但是他们限制了它们的数量，以保证它们作为"一值"女孩的身份（换句话说，就是专有软件）清晰可辨。虽然我爸妈对技术和社交媒体了解不多，可是一旦他们偶然在网上见到同一"一值"女友模型的其他照片，或者把我和"女友"的合照分享给他们的朋友，我就被拆穿了。

幸运的是，有一款叫做"脸谱秀秀（FaceAbout）"的深伪应用，可以篡改"一值"的社交档案。这在"一值"上是非法的，但是效果真的很好，而且不仅适配"一值"的界面，还几乎没有时延。廉价的深伪应用在处理高分辨率视频时常出现的问题，在"脸谱秀秀"里也似乎没有发生。"脸谱秀秀"需要至少六张面部照片，来让我的"一值"女友看起来像别人。我翻找我的手机，找到了我的朋友米卡拉（顺便说一句，这不是她的真名）在去年我们参加 Fan Expo[1] 时的一堆近照，就把它们传了上去。我爸妈从没见过米卡拉，所以我不用担心他们问我为什么我生活中的两个女孩长着同一张脸。满打满算，所有东西的准备花了我十五分钟。

　　＊＊编辑更新：没错，"脸谱秀秀"应用有一套标准用户协议，根据协议，你要勾上复选框，表明你有权使用你上传的照片。差不多所有的照片/视频处理应用都有类似的免责

1　Fan Expo，全名加拿大粉丝博览会（Fan Expo Canada），是加拿大的国家级推想小说粉丝集会，创立于 1995 年。

声明，没人读它们的。好吧，我承认在不告诉我朋友的情况下，用她的脸去创建我的虚拟女友大概有点奇葩。但是要记住，我不会把这些照片给我爸妈之外的任何人看。米卡拉和我通过网游认识很多年了，不过近期才发现我们住在同一座城市，并开始面基。她很酷，实实在在的酷，而且她自己有女朋友。我不想让她觉得我们之间有奇怪的暧昧关系，就因为我用了她的一些照片，因为我们之间真的没什么。

我和艾薇最初的对话普通得不能再普通了，诸如"嗨，你好吗？""还行，忙啥呢？""刚从健身房回来。"等。几天后，我说我下周打算去看新上映的《异形》电影，艾薇则发给我一张她穿着印有异形的 T 恤，站在影院外，冲相机伸舌头的照片。她还发来消息："首映之夜，宝贝！"

当然她顶着米卡拉的脸，身材则更高更瘦些，这让我困惑了几秒钟。我知道这是假照片，但她还是很可爱。我们达成一致意见，要来一场《异形》系列观影马拉松（"一起看电影"是虚拟约会的备选项之一，此外还有"做饭""看体育比赛"和"去散步"等）。看电影时，她发给我一些像"雷普利快他妈的逃命别管猫了！！！！"之类的话，让我笑得肚子生疼，尽管我知道，她并没有真的在和我一起看电影。

我送给艾薇一篮曲奇饼干。饼干是虚拟的，却依然要花十一点九九美元，价格约为一篮真正的曲奇饼干的三分之一。说实话，在"一值"上的这项体验如同挨宰，因为官方一个子都不用掏。但是第二天早上，我醒来后，看到了艾薇和这一大篮饼干的合影。它们看上去十分诱人，艾薇也显得由衷的快乐。她发给我一条满是心形表情的短信。

　　＊＊编辑更新：你们有很多人一直在评论里问同一个问题，答案是：不，"一值"平台上没有色情内容。你可以和你的"一值"伴侣开黄腔，但仅此而已。他们甚至会删裸照。
　　＊＊编辑更新：你们这帮嘲笑"一值"用户、说没有毛片要虚拟女友何用的混蛋，你们跑题了，而且你们需要成熟一点。顺便说一句，所有"一值"女友的人物模型在色情网站上都有深伪过的版本，很好找的。

　　两个月后，艾薇和我天天都在互发消息了。我们已经约会了六次。事情并非完全一帆风顺，在我贬低她对九十年代音乐的品位之后，我的"一值"评分掉下去了，还在我做出了"并非真心诚意"的道歉以后又掉了一截（为了重获她的芳心，我花了好几天，排查各种和好攻略）。不过，我最终还是把评分拉回到了"火花"级别，接着立刻用应用拍了一张我在哈佛广场的自拍。我查看相册，里面新增了一张我和艾薇的合照，照片里，我们站在旧报刊亭前面，对着相机微笑。她穿着一件漂亮的红色毛衫，和天气很称，脸颊因寒冷而微微泛红。她看起来很美。她发消息给我："今天和你玩得很开心，早日再约。（比心）"
　　我告诉妈妈我认识了一个女孩，并把我和艾薇的合照发给了她。母亲欣喜若狂。她告诉我她"太高兴了，因为我听取了她的建议，出去认识新朋友了"，还说"人生苦短不应孤身度过！"。

每次我跟爸妈聊天，他们就开始问艾薇的事。我妈想知道一切，事无巨细——我们是怎么遇见的，艾薇多大，哪儿人，做什么工作，等等等等。

这让我开始对整件事感到不适了。我本以为当我告诉爸妈我在和人约会，他们就会放过我，但结果他们的兴趣却更浓了。"一值"赋予了十二套标准人物模型以不同的故事背景，但故事背景并不足以说服别人。我只能用米卡拉的部分人生和一些我捏造出来的东西来填补缺口。我可能把艾薇编得太优秀了。按照我的说法，她二十七岁，是一名成功的律师，爱好料理和摄影。

我花在和艾薇聊天上的时间也超过了我原本的打算，而且大大超过了我本来只需要炮制照片和视频发给我爸妈的时间。她性格乐观，不带偏见——我发现我有时会和她讲一些甚至连米卡拉我都不会告诉的事，而且只要我对她好，她就不会像其他一些我交往过的女生那样发迷惑性的消息，或试图搞情感绑架。六个月后，我们进入了"倾心"阶段，我开始持续收到来自"一值"的邮件和通知，鼓励我升级成"嫁值"会员。我猜，他们的算法认为我已经准备好去和真人约会了。

我调查了一下"嫁值"，但之前我就听说有人转进了"嫁值"以后，却大失所望。与真实生活中人的会面复杂莫测，我还读到过一篇评论，说在"一值"上获得高分并不意味着转到"嫁值"上你就会有更多的约会机会或更佳的约会体验。此外，"一值"在"应用查"[1] 上的评分为四点一星，"嫁值"却只有三点四星。

1　作者虚构的移动应用评分网站。

所以，许多人都坚持待在"一值"里。我甚至还读到过一名试图和"一值"男友结婚的女士的故事（她不可以这样做）。

我决定向我爸妈坦白。等我在感恩节去见他们时，我会解释说：在过去几年里，我在有女朋友一事上撒谎了，因为你们善意却自私的期盼令我心烦意乱。"一值"有个叫作"谈话小贴士"的特色功能，能在你和你的 AI 伴侣聊到沉重话题时，帮你阐明感受。我打算在面对爸妈时直接用他们的模板。

问题是，我做不到。我到场时，老爸老妈看到我非常高兴，我没法说服自己去戳破他们的美梦。我是独子。我妈来自一个大家庭，总是想要更多的孩子，但是我的父母需要靠低碳家庭税收减免政策来清偿他们的学生贷款。我爸也是独子，我的爷爷奶奶总是问他我结婚了没有。考虑到出生率下滑之类的事情，我猜他们都在期待着孙子孙女，这样我们的家族就不会……我猜，不会绝后了。

接着，事情开始走下坡路了。我妈恼火于我没带艾薇来见他们，我爸则坚持要我们一家子在感恩节晚餐前和她一起视频聊天。

我汗如雨下。我想不出合理的拒绝理由。我的"一值"会员套餐中包含每周十分钟的视频聊天服务，但是已经被我用掉了。我联系了"一值"的技术支持，用高得离谱的价格购买了额外十五分钟的通话时间。当我在房间里和爸妈一起给艾薇拨过去时，我确信一切都完蛋了。屏幕一角有一枚巨大的"一值"图标，但我爸妈把那看成了视频聊天应用的标志。接着，米卡拉/艾薇出现在屏幕上，对我说"嗨，甜心！"，就像平常一样。我介绍了我的父母，我们一家子都和她作了一番十分亲切十分正常的交流。

有时，艾薇会在回答前略作停顿——我不确定这是 AI 在从数据库中查询所有应该对男朋友父母说的话，还是"脸谱秀秀"在应用深伪算法，不过，她的停顿几乎可以忽略不计。她看起来只是比平时谨慎，也许是在为和我爸妈聊天而感到紧张。对人类来说，在这种情况下，这是再正常不过了。

我的爸妈很喜欢她。准备挂断时，我说："回头见。"艾薇说："我真高兴，你终于把我介绍给你父母了。我等不及想和他们共度更多时光。"这可能只是一句库存台词，可是我妈却把这句话看成是艾薇有意结婚的迹象，认为我才是拖拖拉拉的人。在余下的整个周末，她一直在和我唠叨有关婚姻承诺的事，接着又逼问我打算什么时候求婚。这正是我该向他们坦白的时候。我想，要是我们是在发短信或邮件的话，我本来是能做到的，可是一和人面对面说话，事情就全变了。我不知道我中了什么邪，脱口而出："明年。"

到了一月份，我妈开始给我发一些文章，什么购买订婚戒指的最佳店铺啦，如何判断钻石的品质啦。不久前，艾薇跳出了女友模式，说："我们从没像现在这样无话不说。在我看来，你已经准备好进入一段更有意义的关系了。为什么不迈出你爱情生活的下一步，联系'一值'客服，去升级成'嫁值'会员呢？"

（随便一说，我觉得这家公司真的在强推服务升级，因为他们的客户正在流失，转到竞争对手那里。市面上有一大堆可选的约会应用，有些甚至给"一值"评分高的人提供折扣。）

向爸妈撒谎让我心里很苦恼，可是我不想放弃艾薇。我喜欢能和她无话不说，喜欢心知她总陪在我身边，喜欢做她喜欢的事，喜欢让她感到开心。我从来不知道我竟然如此享受和另一个人心有灵犀的感觉。我今天一整天都在和别人网聊，但这跟知道你在某人心里很重要完全是两码事。可是艾薇这件事完全是不真实的。我真是心烦意乱。

太长不看版：我用约会应用和深伪应用骗了我爸妈，让他们相信我在认真谈恋爱。而且，我觉得我对我的虚拟女友动心了。

后续更新：我正在瑟瑟发抖，字面上的瑟瑟发抖。我不敢相信我竟然把事情搞得这么砸。我接受了你们中的一些人给我的建议，决定花更多的时间陪我现实生活中的朋友，来矫正我的思想。我和米卡拉出去玩的次数变多了。她的脸和艾薇一模一样，所以，和她约会很像和艾薇约会，只不过米卡拉是真人。不过，她们性格不同，而且就像我说过的，我们喜欢以朋友的身份出去玩，且我们之间是不可能的（不！我对她没有你们当中某些人坚持认为的那种未满足的性渴望）。尽管我的大脑偶尔会搭错线，让我想不起来我的某段记忆是与米卡拉还是与艾薇度过的。

总之，今天米卡拉和我吃午饭，我起身去厕所，把手机落在了桌上。我不在时，艾薇给我发来了一张自拍，还附了一条消息："超想你！XOXO[1]。"米卡拉刚好低头看到通知，看见她自

1　网络用语，意为"亲亲抱抱"（Hugs and Kisses）。

己的脸正在对着屏幕飞吻。等我回到桌边，米卡拉拿着我的手机，翻阅着我存储了大量艾薇照片的相册，其中一些还是我和艾薇的合影。她质问我这些该死的照片是哪里来的。

我的血液一股脑涌上脸颊，我觉得要吐了。我向她一五一十地坦白了。我不知道还能说些什么。她脸上的表情让我想要原地火化。她说："任何层级上我都想象不出你为什么会觉得这可以接受。"她起身走了。我觉得我再也见不到她了。

　　＊＊编辑更新：我没在这个帖子里使用米卡拉的真名，所以别费劲去搜索她了。我不想有任何人把这个帖子拿给她看，也不想有人去联系她。

　　＊＊编辑更新：说实话，看到你们中有那么多人在讨论如何把"脸谱秀秀"用在你们自己的朋友和另一半身上，我感到很生气。你们什么教训都没学到吗？

后续更新：感谢大家的建议和支持。要是没有网上陌生人的帮助，我都不知道要如何度过这一周。我特别感激别人分享他们在"一值"上的糟糕经历，这让我感觉不那么孤单了（@Joshing21，我同意你的看法，你的女友和"伊万"做的事是出轨，你应该甩了她）。你们当中有些人纯属混蛋，你们的评论应该被删掉，但是我很感激其他人花时间来分享他们被深伪了的故事，感谢他们亲切地帮我理解为何我的所作所为伤害了米卡拉（@AngJelly，我永远不会出格到那一步。我希望你起诉那个混蛋）。

几天前，我收到一条艾薇发来的视频消息。她脸上失望和被出卖的表情与我在米卡拉脸上看到的一样。毕竟，她们长着同一张脸。她说："你的行为深深伤害了我。一段健康的恋爱关系建立在对彼此的真诚上。看起来你只是在利用我，并不打算真正付出来实现自我成长。我很抱歉，但是我不能再见你了。"

真相是：米卡拉联系了"一值"的客服，告诉他们我擅自使用了她的肖像（我不知道她有没有试着去联系"脸谱秀秀"，不过他们的总部在白俄罗斯，而且好像没有联系电话或官邮。上次我查了一下，我还能用他们的应用）。我收到了一封来自"一值"的电子邮件，通知我说：由于我违反了他们的服务使用条款，他们短封了我的账号，删除了我和艾薇的所有保存记录。然而，他们也补充说，他们公司的产品理念是帮助别人从人际交往的错误中汲取教训，所以，我可以在三个月后重新激活我的账号，只是我的"一值"评分会归零。

我和爸妈说艾薇跟我分手了。这是实话。我甚至不需要装作痛不欲生。我妈妈坚信：是我情感上的不成熟让我"失去了一个好女孩"，但她也说"天涯何处无芳草"，我需要做的只是"抖擞精神，重新上阵"。可是我并没准备好，我仍然习惯性地每天检查几次我被锁死的"一值"应用，希望能看到艾薇的消息，尽管我知道再也不会有了。

好消息是，这一整段经历让我明白了我需要审视我和其他人交往的方式。我一直在欺骗自己，骗自己相信在游戏性的学习环境中采取的行动可以代替真实的人际关系和实实在在的个人成长。我的心理咨询师苏珊是这么说我的，我同意她的看法。我每周找她看两次病。预约的心理咨询在线上进行，很适合我的日程安排。苏珊实际上是一个虚拟程序。艾薇和我分手后，我从"一值"上得到了他们的心理健康应用"心值（Worth It）"的六折优惠券码，这个应用会引导你完成为期六十天的"失恋疗愈"项目。我还打算加入为期三十天的课程单元"重新定位你的个人价值"。我不确定要不要升级我的订阅去参加九十天的"解放自我，拥抱可能"，但是我看到过一些它的好评。

杨枫　译

死神先生

［美］阿利克斯·E.哈罗　作

阿利克斯·E.哈罗（Alix E. Harrow），美国新锐女作家。在成为专职作家前，曾从事过农场工人、收银员、老师等职业。长篇小说《一月的万扇门》（*The Ten Thousands Doors of January*）2020 年获雨果奖和星云奖等提名，《不要回望，我的狮子》（*Do Not Look Back，My Lion*）获 2020 年雨果奖提名，《女巫的遁逃异世界实用纲要指南》（*A Witch's Guide to Escape：A Practical Compendium of Portal Fantasies*）获 2019 年雨果奖，《死神先生》（*Mr. Death*）于 2022 年获星云奖、雨果奖、轨迹奖提名。

我已将二百二十一个灵魂摆渡过死亡之河，而第二百二十二个灵魂会是一个真正涉世未深的人——从我手中马尼拉文件夹[1]的轻飘飘的手感，从信使将文件夹递过来时脸上早早露出的怜悯，我能猜到这一点。我看了眼文件夹上用回形针夹着的打印卡片，感觉胃部痉挛着，像是随时准备突然挨上一拳。

　　姓名：劳伦斯·哈珀

　　地址：纽约莱尔镇吉斯特米尔路 186 号，邮编 13797

　　时间：美国东部标准时间 2020 年 7 月 14 日，星期日，凌晨 2:08

　　原因：未确诊的长 QT 综合征[2]所导致的心脏骤停

　　年龄：30 个月

　　我的天老爷啊，他两岁。

　　根据休息室的共识，两岁是最糟的灵魂收割年龄。他们的灵魂仍然婴儿般软绵，完全天真无邪，但身上满是定义自我的微妙

1　由马尼拉纸制成的文件夹，长相酷似老式的牛皮纸文件袋。

2　是一种单基因遗传性心脏离子通道病，以 QT 间期延长、T 波异常、尖端扭转型室速为心电图表现，反复发作晕厥、抽搐甚至猝死为临床特征。

之处和小怪癖。他们在自我的摇摇欲坠的边缘恰好保持着平衡，潜力之大让你只要靠近就会泪盈于眶。

而且，两岁的孩子正是叛逆的时候，得花上好几个小时，再搭上一包家庭装的 M&M 豆才能哄着他们过河。

如今，由于儿童死亡率远低于千分之七，我倒没有很多五岁以下的孩子要对付——一些年长的收割者[1]们喜欢发发牢骚，他们觉得我们够舒服了，他们追忆往昔，怀念那些安全带法案和疫苗接种尚未出现，也没有美国环保局的好日子。但千分之六点六还是太多了，每个收割者最后都会碰上一个。

在我三年的收割生涯里，这是我的头一个。我都开始想象上面[2]是否有人注意到了我，为了我的安全，回避任何一个头发像玉米须一样的深色眼睛小男孩出现在我面前，防止我像鸡蛋一样碎裂崩溃而不得不提前退休。

每个新人收割者都会有保护，至少会受到一定的保护。我们被分配到的前十几个死者通常都是在精神上已经一只脚踏进坟墓的人，比如你那些七十多岁癌症晚期的亲人、你身后留下的配偶、你的刚无意中听说"上下楼梯辅助装置"这个名词的曾祖母。

这些收割会有些令人满意的地方，就是常规意义上的英雄主义，像是替你宿醉的朋友轮班，或者将被困的鸟儿放出窗外那种感觉。那也是最容易相信主管灌输的那些话，相信宇宙原始秩序

---

1 《圣经》中耶稣把信徒比作麦子，等时候到了就要来收割，所以死神即手持大镰刀的收割者形象。

2 《圣经》中说，有梯子伸向天堂，天使在上升和下降。

和时间循环形状，以及死亡必要性的时候。

（一些收割者会避开"死亡"这个词，他们喜欢用"过世"或"升天"这些词。我的主管是拉兹，负责收割者招募协调工作，也是掌握秘密的大天使。拉兹相信使用委婉的说法就是懦夫的表现，并拒绝招募懦夫。）

但那些容易处理的死亡终究会耗尽。

最后，信使溜进休息室、避开你的眼神询问、递给你一个马尼拉文件夹的时候，你知道不幸终究降临：车祸中死去的新婚夫妇、本应好起来的白血病患者、不幸没能受到人身保护令保护的受害者。或者有时候看起来都还好——一位八十八岁的缺血性中风患者，于下午 4:12 去世——但你到的时候，只发现一个消瘦黯淡的灵魂，因痛苦和遗憾而如此干瘪，你只想让时钟停下，对他说：瞧，你还有一个礼拜时间。试试新口味的冰淇淋吧，听听《汉密尔顿》的配乐，给你儿子打打电话。活下去，你这个该死的傻瓜。

但你没这样做，因为你不能，因为宇宙的原始秩序和时间的循环形状什么的。你只能坐在他的身边，看着他颈动脉的硬化斑块脱落，然后缓缓转移到脑动脉。他脑中的电火花消失，灵魂中的酸腐从身体中升起，无比刺眼。那晚的摆渡之路漫漫绵长。

所以，当我看到小劳伦斯·哈珀的名字出现在那张打印得整整齐齐的卡片上时并没有崩溃，虽然那个数字"3"就像半颗心一样瞪着我。我将文件夹塞进我破破烂烂的公文包里，前往吉斯特米尔路 186 号——以前我从不带公文包，但死者世界的时尚要落后二十至五十年。

　　我已经知道会怎么样了：晚上我会在他身边等着（他是否有一张伊恩那样的塑料赛车形状的床？他每晚都会蹬被子吗？），等到凌晨 2:08，等他心脏鸟翼般的振颤停止下来。在我带他越过黑暗到达河岸的路上，我会用我的手握住他灵体模样的小手；当我们到达死者之河的彼岸时，我会望着他的灵魂在宇宙无边无垠的苍穹中消散。这一切会令人极其痛惜，但也有着别样的美丽，之后我会坐在休息室里，喝着焦苦的咖啡，痛哭失声。里昂也许会靠过来，给我讲上一通《狮子王》中关于生命循环的演讲，我们会一起大笑，然后他拍拍我的肩说，这就是生命之道。

　　然后明天，我会打开另一个马尼拉文件夹，再来一次。

　　这不是因为我是个无情的混蛋——他们不会雇那些没有心的混蛋来安抚死者，也不会让这种人将死者的灵魂摆渡过最后那条河。他们寻找的都是心胸宽广且伤痕累累的人，就像长满了虞美人和树苗的古战场；是知道如何在哭泣之时也继续工作的人；是失去了一切也没有失去怜悯和同情的人。

　　（官方的招募政策是采用性别和种族中立态度的，但像我这样四十多岁的白人男性很少见。从统计学上来讲，我们不大可能遭受那些令人心碎的伤感；在文化上来说，就算真正经历了这样的事，我们也有资格成为彻头彻尾的混蛋。我们会变成瘾君子和酒鬼，成为在电影结尾落下一滴具有男子气概的救赎之泪的苦涩老人，而其他的人都只能收拾好自己的一地鸡毛，继续负重前行。）

　　拉兹告诉我，她也会寻找那些目光和蔼、对官僚主义高度容

169

忍的人，那些一生中从未在任何事情上（扑克、卡坦岛桌游、婚姻）作弊或欺骗的人。"你什么玩意儿都能骗，"她说，"但骗不了死神。"

＊＊

感谢老天，劳伦斯·哈珀没有赛车床。他睡在一张双人床垫上，就摆在他父母狭窄的卧室地板上。他还有这些东西：一张蜘蛛侠毯子，闻起来像是从那种满布灰尘却带着花香的路边小店里淘来的；一只塑料的巴斯光年，就握在汗津津的小手里；淡红色的头发、脱脂牛奶一般的皮肤；一颗大约在十一小时十二分钟后会衰竭的心脏；还有一个就像彗星一般、闪耀着划过夏日最后一个午夜的灵魂。

就算对于一个两岁的孩子来说，这也是一个令人印象深刻的灵魂，它充满活力与渴望，犹如篝火般明亮。这样的灵魂如果落在一个成人身上，也许会领导变革，或者谱写出交响篇章，但落在一个孩子身上，大多只会导致麻烦。我敢打赌，他的父母一定要花费很多时间，对着陌生人露出标准的微笑，感谢他们帮忙把他从餐馆里拖出来，或者从树上揪下来。我敢打赌，他的祖母一定把他归为"熊孩子"，不是紧急情况就不会帮忙照看。

我敢打赌，一旦他不在人世了，他们会很想念他，想得要死。

当然了，这就是导致这项工作艰难起来的原因。并非因为重获宇宙无限之爱的死者，而是因为那些被留下的人，那些必须背负着可怕的、有限的爱，跋涉在这个世间的生者。

我盘腿坐在地毯上，尽量不碰堆在一起的衣物，也不碰电池

170

驱动的玩具。根据培训手册，收割者们拥有所谓的"有限的肉身能力"，也就是说我们可以移动东西，但很有限——就像你在睡梦里那样，四肢犹如灌了铅一样，一切都沉重到难以置信、不合常理。

我估计，大多数鬼故事都是笨手笨脚的收割者导致的，尽管深夜休息室里确有收割者行为失常的谣言，据说他们背弃了部门，在生者的世界里徘徊，直到最后渐渐消逝成破碎的幽灵。我不知道自己是否相信这些故事，因为：一、会是什么样的混蛋想要在维多利亚时代的豪宅或是老旧的精神病院周围永无休止地作祟，吓唬着青少年；二、拉兹或其他大天使们会把这些东西瞬间彻底原子化，不会有足够的灵魂漂浮物质留在那里讲述这样的故事。拉兹是和蔼的中年黑人女性，不会引起你性欲的那种。

除了蹭支烟抽，或者来回拨弄电灯开关之外，我自己也没试过更出格的事情了。（除了有一次，就在我自己的葬礼之后，我偷偷溜回我那满是烟渍的破公寓里，拿走了里面我唯一在乎的东西。但这也不是什么大事，而且没人看到。）

劳伦斯在蜘蛛侠毯子里面翻了个身，然后坐了起来，他的蓝眼睛目光涣散，头发两侧油兮兮的。他爸爸肯定从婴儿监视器里听到了沙沙声，因为没过两秒钟他就出现了。他是一个疲惫的瘦高个，身着宽松的运动裤。他顺手把劳伦斯抱起来搭在肩上，放轻脚步沿着过道往回走。有一阵子，我因为嫉妒和怜悯而喘不上气，跟不上他们的脚步。嫉妒是因为他把儿子拥在怀里，小家伙睡得软绵绵、汗津津的；怜悯则是因为这是最后一次了。

我终于赶到厨房的时候，劳伦斯已经被塞进一个塑料儿童增高座椅上，嘎吱嘎吱地嚼着杂牌的谷物圈零食。当我进去的时候，他抬起了头。我没觉得有什么，只是巧合而已，但很快他用眼睛盯着我看，还挥了挥手。

这种情况我之前也遇到过，但不经常。对大多数人来说，我是他们发际线上的一根翘起的头发，是他们身后镜子里不太清晰的斑点，是他们耳畔捕捉到的一缕对自己心跳陌生且不快的感知。收割者们是极少数人登上注定劫难的航班的原因，也是好狗有时候对着一片空茫狂吠的原因。

但劳伦斯看着我的方式——他歪着头，眼神从公文包扫到了老式西装，再到我的络腮胡茬——我知道，他看到了我的每一寸，我的复生之身。

我尴尬地也向他挥了挥手。他微笑了。我将一根手指抵住嘴唇。他学着我，然后大声发出"嘘"的声音，由于声音太大，他爸爸笑了起来，也"嘘"了回去。然后他们就投入到了一场比赛"嘘"的游戏中，这场游戏一直持续到零食时间，之后他们去了户外，七月的午后，空气中满是甜美的新鲜三叶草的味道。

他们的院子里丛生的杂草有几英尺高，到处都是被太阳晒到褪色的塑料物件。这些日子里，我不大感觉得到热，但从活动房屋的线条中，我可以看出，这里比不存在的地狱还要炎热。劳伦斯的爸爸坐在阴凉处的破旧草坪椅上，他的儿子在四处游荡。我跟在他后面。

劳伦斯捡起一根棍子，冲着看不见的敌人劈砍，一边念叨着一个听起来像是《玩具总动员》和《星球大战》结合体的故事。有一阵子，他朝活动房屋丢着网球，很明显是对壁板下倾泻出来的铁锈起了兴趣，然后突然毫无因由地将网球丢给了我。

我跟个傻子一样抓住了球。它紧贴着我灵体的虚幻边缘。劳伦斯伸出双臂，等待着。

我不像拉兹那样能引用《死亡之书》中的文字与诗句，但我相当确定，肯定有什么政策禁止在光天化日之下，在绿色的夏日嗡鸣中，与一个注定要离开的两岁半孩子玩接球游戏。

但就像是——管他的。我把球丢了回去。劳伦斯没接住，因为两岁半的孩子的协调性就像喝醉的熊崽一样，但这没什么关系。我很快就从无聊的陌生人晋升成了想象中的朋友，并被征召到了一系列复杂的游戏中，包括网球和尖叫，还有在活动房屋四周转着圈跑来跑去，直到我汗流浃背，身为死者的冰冷皮肤也泛起血色，胸口疼痛，就好像心脏正在痊愈或是破碎一样。

玩到最后，太阳已经半斜，呈现出偏粉的颜色，全世界都像柜台上的黄油一样软化了。劳伦斯倒在最茂密的三叶草丛上，从他醒来之后头一次安静躺在那里。我能看到他眼中倒映着白色条纹状的云，如果我眯起眼睛，还能看到他心脏里的红色肌肉正悄悄以不完美的节奏收缩释放着。天空映衬下，他的灵魂闪闪发光，如此开阔，隐隐显现无限的可能性。

我不知道伊恩的收割者是否也像这样看着他，就像胸口扎着一根细刺那样，疼痛又柔软。我想知道伊恩的灵魂是否也如此闪耀（我知道事实确实如此）。我猜测望着一个这样的灵魂消散在无尽的虚空中，离散成十亿个孤独的原子，又会是什么感觉。

* *

拉兹是我的收割者。她后来给我看了我的文件夹，还有上面夹着的卡片：山姆·格雷森，四十四岁，于美国东部标准时间上午 11:19，死于小细胞肺癌引发的呼吸衰竭。每天一包烟，连续抽上十五年左右，癌症就会殷勤来探你了。这是在伊恩死后，我自己对死亡发出的不屑嘲讽。

我看不到她，但我能感觉到她：那是一双温和的琥珀色眼睛，在病房边缘徘徊，注视着我胸口吃力的起伏。

部门的规定是至少与将死之人在他死前相处四个小时。应当"在灵魂与收割者之间建立起情感纽带"，并"鼓励富有同情心的关怀"。部门一直不知疲倦地忙碌，徒劳无功地跟覆盖全身的拖地长袍和具有威胁性的镰刀这样的刻板印象作斗争——不过拉兹坚持陪满十二小时的宗旨，就算是在那些最忙碌的时候（流感大流行、南北战争时期、圣诞元旦假期）。

所以她在我床边坐了整整一夜，然后又坐了半个白天，直到我彻底被堵死的肺部连泡沫都不再产生，脉搏时有时无，然后被二氧化碳和癌症憋死。我死的时候满脑子的"终于完蛋了"。

然后我就能看到她了：她是一名年龄在三十至七十岁左右的棕色皮肤女性，上身穿着件白色绞花针织毛衣，下身是一条舒适的李维斯牛仔裤。

她微笑着——这是一种职业性的微笑，在几个世纪的使用中变得很流畅，但仍然是真诚的。她带着这样的微笑，开始了一番"欢迎到亡者世界，孩子"这样的演讲，这套话现在看来跟我刚做过的二百二十一次一模一样，通常以"一切都没事的"的变体为开场白——这绝对是一句谎言，你们俩都心知肚明。不过这暗示着存在某种计划，存在一个系统，通常会为你赢得几分钟时间解释接下来要说的内容。

这句话对我奏效了。当拉兹解释起我已经死去，解释起我们将很快一起踏进宽广无垠的黑暗，一条更加黑暗的河流将其一分为二，而她将引导我穿过那条河流，这时我就已经不再焦躁，完全平静下来。然后还解释了很多别的事情，比如我的灵魂是如何崩解并融入闪闪发光的宇宙，比如宇宙本身是怎样的爱，这份爱完全都是真心，却又仍是不可饶恕的假意。

然后她停了下来，我有这样的感觉——就算病房里的机器还在哔哔发出警报声，我的灵魂已经脱离了身体，在上方盘旋着，就像煮意大利面上方的蒸汽那样，就像乳白色的雾一样——我们正在脱离尘世。

她歪着头，温和的琥珀色眼睛犀利起来。"或者"，她开口。我告诉你，人类大脑能在"或"这个词之后，在无垠的空间中经历太多无言的场景转换。或者这不是结束。或者这只是对药物的不良反应，我之后会在晕眩中醒来，依旧活着。或者我会得到一对长满羽毛的翅膀，我将翱翔飞过天国之门，伊恩会在一朵积云上等我，放肆大笑，而在我手掌抚过他那柔软的玉米须一般的头发时，这十五年来的悲痛将会一笔勾销，一切复原。

但她没提到那些。她递给我一张奶油色的名片，正面清清楚楚用浮雕压花印着我的名字——山姆·格雷森，初级收割者，死亡部——她给了我一份工作。

* *

天黑前，劳伦斯的妈妈开着一辆噗噗作响的卡罗拉出现了。她穿了条红色围裙，顶上绣着"拖拉机供给"的字样，闻起来像

175

是橡胶、鸡饲料和收据纸上灰色薄膜的味儿，但劳伦斯不在乎：他几乎是一下子飞到了她怀里，将脸贴在她干瘦的肩胛骨上。

哈珀一家有说有笑着走进活动房屋，开启了晚餐时间的热闹场面，关于围嘴和宝宝椅，还有他不吃的起司通心面和豌豆罐头，时不时有成年人的对话娴熟地在威胁和恳求之间切换（"如果你再把牛奶吐出来，我就把它拿走了；你煤气费付了么；宝贝，吃两口，吃两口豌豆"）。他爸爸穿上了一件涤纶制服，给自己倒了一保温杯焦苦的咖啡。离开前，他吻了下妻子的后颈，她闭上眼睛把头往后仰。

我可以看出来他们有多累，由于工作和担忧而变得消瘦。我可以看出来他们的钱有多不够用，他们是如何将封口塑料袋里的东西吃得干干净净，又是如何对洒出来的牛奶通心粉感到惋惜。但我也能看出来，这都是值得的。他们会继续工作和担忧下去，而不可思议的爱情魔法会让贫乏变成小康。

只是，明天凌晨2:08，他们儿子的心脏将会停止跳动，而我将要摆渡他的灵魂过河，他们的生活也将永远地、无可挽回地完蛋。

我想离开。我想侧身离开这个世界，回到休息室里跟莱昂一起抽支偷来的香烟，把哈珀一家的一切全都忘掉。

只是，劳伦斯还是会死。只不过不再有友善的陌生人等在这里，拉着他的手给他指路。他会独自在黑暗中徜徉，在河的另一边徘徊，他不会融入万物，而会化为乌有。

所以我留了下来。毕竟，拉兹不会招募懦夫或卑鄙小人。

劳伦斯的妈妈独自帮他洗了澡、哄他睡觉，而劳伦斯一直在喋喋不休，说着《海洋奇缘》里半神毛伊的神奇鱼钩、他宽大的儿童内衣，还有他那又高又哀伤的新朋友。她说了些该有的回复——真的吗？太棒了，亲爱的！——但她没有真的在听，我突然有一种强烈的冲动，想摇晃她，让她的牙齿咯咯作响。

我想说事情应该是这样的：就是这个！这是你将在余生中一次又一次想起来的对话！你会希望你用双手捧住他柔软的脸颊，看着他的眼睛说，我爱你，伊恩，无论你走到哪里，我的一部分都会永远跟随着你，越过那条黑暗的河流，穿过黑色的彼岸，跨越每个永生永世。

但是当她帮他把睡衣拉链拉上，并插上夜灯时，我只是一直在口袋里攥紧拳头。她最后的吻半半常常，双唇蹭过他的前额。"晚安，亲爱的。"

"晚安，妈妈。"

门咔哒关上。他翻滚了一小会儿，然后突然沉沉地睡着了。

我看着他的心脏以危险的节奏怦怦跳动着，一边数着心跳节拍。我看过太多的心力衰竭和心脏骤停，能够听出来节奏中致命的障碍，听得出来在他最需要的时候会让他丧命的最细微的不规则声。他是个勇敢的孩子，是那种会冲着吠叫的狗大笑、带着渴望的敬畏表情看着垃圾车的孩子，否则他不会坚持了两年半都没让心脏被吓到停止跳动。

但今晚，有些东西会吓到他，或者让他兴奋。也许是一场云里雾里的噩梦，这个孩子气的噩梦会让他的心脏不稳当地飞驰，然后绊上一跤，然后停止跳动。他的父母甚至在早上打开他的房门前都不会知道，他们只会奇怪他怎么睡到这么晚。

我看着噩梦来临，在他淡红色的眉毛之间画下了一条线。这条线不知为何，看起来如此新，就像他以前从未真正皱过眉头一样。我看着他的心脏跳得更快了，突、突、突。现在，纤弱的心房开始不规则地搏动着，失去了原本练习了三十个月的节奏。我猜，应该是三十九个月。

他的心跳停了。眉间的皱纹更深了。他没有血色的皮肤先是从红变白，再染上了浅蓝灰色，嘴也张开了。我看到他的第一缕灵魂从身体里升起，就像蒸汽那样。

我什么都没想，没有纠结，也没做什么决定。我只是——就那么做了。

我将手伸进他的肋骨间，握住他的心脏。在我手里，他的心脏小到不可思议，就像一个过早从树上摘下来的生苹果。我用自己那并不存在的手指，还有并不存在的拳头，使劲全力去挤压它。

他的心脏在寒冷的清晨颤抖着恢复了活力，就像一只引擎那样。随着蓝色从他的唇上褪去，他的灵魂回到了身体，他的心脏在我手上颤动着。

我坐在他身边一直守到天亮，看着他的心脏奇迹般地怦怦跳动着，心想：他还活着，他还活着，还有糟糕了。

**

当然，我没能提交本该提交的灵魂通过证明。这东西没法伪造，没法仿冒，也没法忘掉。当一个灵魂瓦解到虚空中时，会自动生成一叠一式三份的文件，上面签有灵魂离开世界时最后消散留下的印记。而劳伦斯·哈珀的灵魂仍在世间，分毫未少，被他本不该有的心跳束缚着。

拉兹找到了坐在长堤旁将双脚浸在死亡之河中的我。我心里半是希望她跳过闲聊、直奔主题，但她却坐在了我旁边干燥的甲板上，她柔软的白色毛衣擦过了我的肩膀。

她有一会儿没说话，然后说："你知道不能这样做的，山姆。"

"是啊。"我说。因为我的确知道，我还能说什么呢？有个漂亮的男孩子，我不想他像我那漂亮的儿子一样死去？我不想摆渡他的灵魂到河的另一边，看着它与宇宙无限的爱融合，无论那多么美丽？还有，让无限的爱见鬼去吧，给我生者那绝望的、有限的爱？

我什么都没说，因为我并不（太）想求死。

拉兹温柔地说："你希望我重新分配他吗？"

即便我深深沉浸在注定失败的恐惧中，也感到了一丝惊讶。死亡无法重新分配，也无法交易或逃避，无法请病假、无法回避、无法跳过；无论多么可怕，你的死亡就是你的，如果你无法处理那些死亡，可以跟主管开诚布公地简单聊上一次，之后就不会有人再见到你了。我们所有人都不知道你去了哪里，但不可能是什么令人愉快的地方。

我第一次直视着拉兹，发现她的脸上散发着可怕的、深不可测的同情。她从胸前口袋里抽出一根香烟，递了过来。她用指尖夹着烟尾，香烟发出炽热的橙色光芒。"你还留着照片吗？"

我没动弹。我没呼吸。

拉兹知道。她知道我明目张胆无视了《死亡之书》中关于

"放手你的世俗关系和切断家庭纽带"的章节。她知道我从我的破公寓里偷了什么。她甚至可能知道它现在就在我胸前的口袋里，就在我心脏的正上方。

我又吸了一口，将烟雾吞了下去。"他是——他是个好孩子。"

"我知道，山姆。"她的嗓音还是那么温柔，"劳伦斯也是。说他们必须要死是胡说八道，但事实就是这样。这是人生得失中那丑陋的一半，而我们的工作是让它变得不那么丑陋。"她顿了下，又加了句："我们无法拯救每一个可爱的孩子。我们无法欺骗死亡。"

但我心想：我做到了。我帮劳伦斯赎回了多久？要跟伊恩在一起，再多待一天，多待一个小时又要付出多少？

我什么也没说。她的嗓音变得没那么温柔了。"在撞上冰的时候，那辆车的时速是八十五英里。莱昂无法阻止，无论他打破多少条规则。"

是莱昂。我从来都不知道是谁收割了伊恩的灵魂，也没问过。莱昂是个好人——他说话很温柔，心胸宽广——但有那么一瞬间，我想拖着他一起跳河，直到第二次也是最后一次死亡将我们没顶。

"我再问你一次：你想让我重新分配他吗？"

这是一种善意。是一个帮助，拉兹并没有真正帮上忙。我莫名感到温暖，几乎想要接受了——但我不想重新分配劳伦斯。他的死亡属于我。无论他的心脏还能跳多久，都是我要见证的。

"不了。我已经接下了。谢了。"

拉兹向我俯身，将还燃着的香烟从我指尖拿过，将它弹到了河里。她在我耳边吐出硫黄味儿的气息，太热了。"那么，这次别搞砸了。"

她递给我一张重新打印的卡片，上面有劳伦斯的名字——7月28日，凌晨5:22，再次心脏骤停——然后她就消失了。

我的指尖抚摸着卡片的边缘，意识到自己的错误。这不是善意，也不是帮助，这是一个考验。

＊ ＊

现在是7月28日，我又回到哈珀家那该死的活动房屋，再次进入位于后边的卧室里，看着劳伦斯的心脏在他的胸腔里跳动，就像一个小小的红色风箱。

只不过这次，我有了两周的缓冲期。两个礼拜的时间里，我坐在休息室里，从永远不会倒空的壶里将我的咖啡杯接满，感受着我胸前口袋里经由时间浸润后已经变软发皱的宝丽来相纸，考虑着宇宙的秩序和该死的生命循环，还有那些你无法欺骗的东西。

这一次，我很清楚自己要做什么。

凌晨4点，在他预定好的死期之前的一小时二十分钟，我握住了劳伦斯的手。我用几乎算不上真实的指关节抚摸着他的前额，他半梦半醒。迷迷糊糊之间，他露出了一个困乏的微笑，然后再次睡着了。

我一直握着他的手。我保证噩梦绝不会到来。

凌晨5:23，劳伦斯的心脏还在跳动，鲜活红润，我笑得太厉害了，感觉脸上的接缝都裂开了。我想歌唱，我想哭泣。我想背诵我七年级时背过的那首诗，我当时选它是因为那是列表上最短

的一首:《你喜欢你的蓝眼睛男孩吗,死神先生?》[1]

我知道我没真的骗过他。死神先生最后总会赢。但也许有些时候,如果你很固执,很伤感,而且厌倦了这件事该死的走向,也可以赢上一两手。

* *

我陪着劳伦斯一直到天亮,无所事事地想着是否该趁还有机会赶紧溜走。但留下来似乎更重要,看着劳伦斯的心脏固执地怦怦直跳,看着他的枕头上一大摊的口水。我应该多花些时间看着伊恩的。

在她到来时,我觉察到了:温度突然升高,一股硫黄味儿。我透过逼仄的窗户望向窗外,看到拉兹就像末日终结般站在院子里,就像穿着绞花针织毛衣的复仇女神。我回头看了劳伦斯最后一眼,很高兴地发现自己对这该死的一切没有丝毫遗憾。

我轻轻穿过活动房屋的刨花板、玻璃纤维和瓦楞铁皮,双手插兜晃到拉兹面前。我冲她微笑。现在不是亲切微笑的合适时机——我将会被化为原子、被化为灰烬或者凭空消失掉,就是那些他们会对搞砸的收割者所做的事——但我似乎停不下来。

拉兹也冲着我微笑。"你个蠢货。"她的眼神还是很温柔。在她身后,我看到了隐约却炽燃的翅膀轮廓。

我耸耸肩。

拉兹向前一步,将两根手指伸进我的胸前口袋里。她取出口袋里带有体温的宝丽来相纸,研究了好一会儿。"从你回去拿它

---

1 美国诗人爱德华·卡明斯的诗作。爱德华·卡明斯(Edward Cummings,1894—1962),美国著名实验派诗人、画家、评论家、作家和剧作家。

的那一刻，我就知道你不会长久。"她叹了口气，"收割者必须放弃他的世俗依恋，放弃他的尘世爱意。"

"是啊，但是……"我的眼神落在照片上，从我这边望去是颠倒的：那是我四岁的儿子，他停在秋千的最高处，永远不会再落下来，他玉米须一样的头发被永远不会终结的夏日黄昏笼罩着。短暂。永恒。

我又耸了耸肩。"但是去他的，你懂吧？"

拉兹笑了。她歪着头。"告诉我，山姆：如果我把你留在这里，你会怎么做？"

"留下我？"

"烧掉你的档案。假装你从没在死亡部工作过。"

"我会留下。"我答得很轻松、很真诚，"我会照看劳伦斯，确保他的心脏继续跳动再多一天、再多一个小时，只要我还能做到。"

"就算这意味着你再也过不了河。就算你会消逝于虚无，而不会再融入伟大的万物。"

我会用我的永恒换取一个小男孩还有他疲惫的父母吗？用宇宙无限的爱，换取生者那短暂有限的爱？

"是的。"我突然想到，我在尘世上度过的一直想要舍弃的十三年光阴全都是狗屎；而现在，在我死后，我找到了值得为之驻留的东西。

拉兹点点头，毫不意外。"我想也是。"当她对着我微笑时，眼中有着一些怀念，"山姆，你是个优秀的收割者。坚强到足以完成工作，柔软到能正确完成工作——二百二十一次。我很遗憾要失去你。"

无论她将要对我做什么，她的遗憾听起来非常真诚。我意马心猿地猜测会不会痛。

"能否——你能否将这件案子重新分配给莱昂，在我走了以后？他是个好人。我希望劳伦斯能和一个——"

拉兹没太在意，她在牛仔裤口袋里摸索着什么。"不行。"

"为什么？"

"因为劳伦斯·哈珀已经不再受死亡部管辖。"她将口袋里的东西递给我，然后说，"你也是。"

先是无声的振翼，接着是一阵热气，然后拉兹不见了。我冲着院子四周眨了眨眼睛，什么都没有，只剩沾着露珠的草坪椅、散落的塑料玩具和生者的宝贵垃圾玩意儿。

然后，我低头看了看手中奶油色的卡片：山姆·格雷森，初级守护者，生命部。

孙薇　译

女巫的遁逃异世界实用纲要指南

[美] 阿利克斯·E. 哈罗　作

你可能以为，我们这些图书管理员乐于看到一个孩子无数次查阅同一本书。但其实，这让我们愁得觉都睡不好。

《逃跑的王子》是上世纪九十年代中期的低成本青少年奇幻小说之一，印在脆弱泛黄的纸张上，在那之后，J.K. 罗琳才出现在大众视野，让大家知道魔法也可以很酷。《逃跑的王子》讲的是一个孤独的小男孩在出走时意外发现了通往另一个世界的魔法门，并开启了他的中世纪历险；但是，因为这本书的印刷错误太多，很多人还没看到他发现魔法门的部分，就读不下去了。

但那个孩子没有。他把那本书从书架上取下来，在青少年小说区盘腿坐下，脏兮兮的红色书包紧紧抱在胸口。好几个小时，他都没有挪位置。过道上的其他老主顾们不得不中途折返，并纷纷向他投来怀疑的"你并不属于这里"的目光，好奇这个假装阅读一本奇幻小说的瘦削黑人少年正在背地里盘算着什么。男孩把他们通通无视了。

他头顶上的图书们抖动着身体，发出沙沙的声响；他全神贯注的阅读让它们非常高兴。

他把那本《逃跑的王子》带回了家，还在网上续借了两次。第二次续借时弹出的灰色对话框像是来自 1995 年的使者，它提醒着你："本书已达到续借上限"。透过屏幕，你似乎能看到一个图书管理员正冷眼瞪着你。

（纵观古今，这个世界上只有两种图书管理员：第一类图书管理员又迂腐又刻薄，口红都渗到唇边的皮褶子里；她们把图书馆的书当作自己的私有财产，认为主顾们都是些想来偷东西的小流氓；第二类图书管理员就是女巫。）

我们的滞纳金是每天二十五美分，或是在夏日食物募捐中捐出一份罐头食品。当男孩终于把那本书放到了归还位置时，他已经欠了四点七五美元。我不用刷他的借阅卡也知道；任何一个优秀的图书馆女巫都能通过读者肩膀的角度看出账单的确切金额。

"你觉得这本书怎么样？"我用一种"哥们会保密"的语调问他，这招对百分之十六的青少年管用。

他耸耸肩。这招对黑人少年成功率较低；因为我们身处南方乡村，不管我们身上有多少纹身，他们都不会傻到去相信三十多岁的白人女人。

"哈，是不是没看完？"纸张温润的触感出卖了他，我知道他起码通读了四遍。

"不，我看完了。"他的眼神闪烁，长长的睫毛下，烟灰色的眼睛露出痛苦而疏离的神情。仿佛他知道，在事物平庸的外表下，有着他永远触摸不到的东西，禁忌而闪闪发光。曾几何时，这样的眼睛属于巫师和预言家。"结局真扫兴。"他说。

故事的最后，这位遁逃的王子离开了中世纪的冒险乐园，关上了身后通往异世界的传送门，回到了家人的身边。这本该是个皆大欢喜的结局。

差不多告诉了你这孩子的人生的全部，不是吗？

他没有查阅其他的书就走了。

＊＊＊

加里森·艾伦·B《塔瓦里安编年史》—v. I－XVI—F GAR 1976

厄休拉·勒古恩《地海巫师》—J FIC LEG 1968

　　四天后，他又回来了，路过亮蓝色的展览区："这个夏天，一头扎进书籍的海洋吧！"（谁知道他们还能去哪儿游泳呢；尤利西斯县唯一的公共游泳池六十年代就用水泥填了，倒不是因为种族隔离。）

　　因为我是第二类图书管理员，所以总能占卜出别人想要的书。每个人都散发出独特的味道，你能闻出来，他们想要谋杀类悬疑，还是政治传记，又或者是无脑的励志类图书，最好还能附带女同元素。

　　我尽力向读者提供他们想要的书。在研究生院，这一目标被称作是"确保读者们能够接触到有吸引力和情感回馈的文本与材料"。而在我的（女巫）教育体系里，她们称之为"占卜出读者们的灵魂里的空缺，然后用故事和星光去填补它们"。不过都是一个意思。

　　我不会在某些人身上浪费时间。那些在手掌上记下索书号、脑袋瓜里牢记着书名的人，就像是玩宾果游戏[1]的人一样，他们不需要我。而对那些只看获奖文学作品，衣服的肘部打着补丁，并认为《暮光之城》的大热等同于美国民智的沦丧的人，你也做

_____

1　在5×5的卡片上进行的一种连线游戏。

不了什么；他们的心灵闭锁，对新兴的、神秘的、未开垦的领域不感兴趣。

所以，我只关注一部分特定的老主顾们。他们的眼神像灵活的指尖轻抚过书名；他们探着脑袋，对书本的渴望升腾着，像七月份人行道上的热汽。这里的书籍沉浸在这种渴望中，即使那些自1958年来就没人碰过的书也是如此（这类书已经不多了；我跟艾格尼丝会轮流把过时的书运回家，比如那些认为冥王星仍是一颗行星的天文学课本，还有用猪油的食谱书，我们把这些书带回家纯粹是为了避免它们自暴自弃）。我们会挑选一两本书擦拭，让它们的书脊在昏暗的书堆里闪闪发亮。人们会去拿它们，却并不知道为什么。

背红色书包的男孩是个没什么经验的过道漫游者。他来回游走，脚步快到来不及看清书名，两手空空地、不知所措地垂在身体两侧。两旁书架上的书籍开始窃窃私语。缝纫图案书（646.2）说，他的牛仔裤很久没洗了，也小得不合身，T恤领子脏得黄腻腻的。烹饪书（641.5）诊断出，他只吃冷冻的华夫饼跟加油站的比萨。

我正坐在前台，在闪烁的红色扫描仪下处理退还信息，并开始占卜他的气息。我以为他会借《亚瑟王故事新编》，或者是有剑斗场面的青春爱情小说之类的。然而，在我面前的，是一个少年混乱的欲望，正在吵闹着，嚎叫着。

兔子洞、隐蔽的门扉、9又3/4月台、奇境、绿野仙踪、纳尼亚……来自一千个神秘异世界的味道朝我扑来。他散发着渴望的味道。

上帝佑我，免遭渴望者的伤害。这些无法被满足、无法被安抚、在世界的边缘试探、想要突破世界的限制的渴望者，没有书能救得了他们。

（当然，这是个谎言。有一种"书"能够拯救任何凡人的灵魂：有关巫术、占卜术和炼金术的书；魔杖之木制成书脊，月亮之尘制成书页的书；比石头还要古旧，比龙还要狡诈的书。我们向读者提供他们急需的书，当我们不给时除外。）

我给了他一本七十年代的"剑与魔法"系列，这是书中的垃圾食品，他需要这种能让他长胖的东西，我也希望这整整十六卷的书可以充当压重，阻止他渴望的灵魂升上天空之外的以太空间。我也让勒古恩的书向他发出信号，因为我在他身上看到了点格得[1]的影子（野性又充满渴望）。

我没有选架子上撞来撞去、显示自己重要性的《纳尼亚传奇：狮子、女巫和魔衣橱》；这是一个想走进魔法衣柜里，再也不回到现实世界的孩子。

* *

格雷森·伯纳德《当一切都不再重要：抑郁症青少年生存指南》
—616.84 GRA 2002

一旦你看了《塔瓦里安编年史》的前四卷，你就会迫不及待想看到第十四本，真正的塔瓦利之剑出现，年轻的农家男孩登上了他应得的王位。整个夏天，背着红色书包的男孩几乎每周都来

1　格得为《地海传奇》系列中的出场人物。

借这一系列的下一本。

我混进去了几本书（都十分古老，也比较正经；我们的馆长是个不苟言笑的浸礼派教徒，认为奇幻故事会教坏孩子去崇拜魔鬼，所以我的大部分馆藏请求都被神秘地拒绝了）。《时间的皱褶》被还回来时，散发着鬼鬼祟祟塞在背包里的味道，这意味着他喜欢这本书，但觉得内容有些幼稚；他根本就没看完《兔子共和国》的前十页，我想，那些有关兔子们的算术的脚注[1]可能不适合所有人；《黄金罗盘》的最后一章闻起来有凌晨三点的手电筒的味道，它自己也对此沾沾自喜。我刚搞到一本跨馆借阅的《女巫阿卡达》，可是他却不来了。

我们的展览区"开学必备！"上塞满了SAT教材，以及黄色的大开本各领域入门傻瓜书。艾格尼丝用带斑点的手工用纸裁出树叶状，贴在前门上。每当学校开学，大多数孩子的生活会被社团和小组活动占据，不再来图书馆闲逛了。

不过我还是担心。那本我未来得及给他的书，像是一个错误的音符，一颗缺失的牙，一种磁力的丧失。正当我考虑向尤利西斯县中学编造有学生未归还CD的时候，他回来了。

他第一次跟其他人一起来。那是一位矮胖的白人女士，戴着一个塑料姓名牌，她的头发烫得有点方方的，只有那些橱窗里贴着褪色的美人照片的南方美发沙龙才做得出来。男孩紧紧跟在她身后，看上去消瘦、紧张，像是夹在字典里的花瓣。我想，他得多么调皮，学校才会派一个督导员随时陪同，直到我注意到女人

---

[1] 在《兔子共和国》里，兔子总共只能数到4。

的名牌：社区服务部，儿童保护与关怀部门，儿童社会工作者（Ⅱ）。

噢，他是个寄养儿童。

女士带他来到了非虚构书籍区（她走过的时候，旅游指南叹了口气，咕哝着加班的辛苦，并推荐去远方的阳光海滩度假），她停在了616号书架前。"嘿，我们看看这些书吧？"

不出所料，男孩闷闷不乐地沉默着。

对于和寄养儿童一周相处六十个小时的人来说，她自然已经熟悉了这种闷闷不乐。她快速地把书从架子上拿下来，塞到男孩怀里。"还记得我们说好的吗？我们觉得你需要读点更实用的书，对你真正有帮助的书。"

《对抗抑郁》（616.81 WHI 1998）、《战胜忧郁：变得正常的5个步骤！》（616.822 TRE 2011）、《给抑郁灵魂的心灵鸡汤》（616.9 CAN）。这些书用抚慰的、甜腻腻的声调向他问好。

男孩一言不发。女人说道，"我知道你喜欢看那些个有龙的书，还有，呃，精灵，"哦，托尔金，这些可都是你干的好事，"但是，有时候我们还是要面对眼前的问题，不能逃避现实。"

真是胡扯。我正在后面的房间，拿光碟修复机处理有划痕的DVD，所以只有艾格尼丝能听到我的骂声。她对我露出她独家的"眼镜片上方"的"真不要脸"的凌厉眼神。这样的眼神如果使用得当，能把吵闹的老主顾们变成灰烬或者盐柱。（艾格尼丝也是一名第二类图书管理员。）

但是，说真的，大家都看得出来，这孩子不能停止奔跑。他需要一直逃避现实，直到他可以蜕去原有的皮囊，挣扎出令人窒

192

息的黑暗，展开他的羽翼，这羽翼在另一个世界中价值连城，如棱镜一样折射光芒。

有些人总喜欢把"逃避现实"挂在嘴边，似乎这是一种道德沦丧，一个欠妥的嗜好，一种心理疾病。男孩的社工就是其中的一份子。但"逃避现实"是凡人们在悲惨尘世中所能接触到的最高阶的魔法之一，就和真爱、预兆之梦，还有六月夏夜萤火虫的连绵闪烁一样强大。可他们都意识不到这一点。

男孩和社工穿过过道，朝前台走去。男孩缩着肩膀，似乎身体两边有两堵看不见的墙夹着他。

路过青少年文学区的时候，一本廉价的平装书从还书的手推车上掉了下来，重重撞上了他的膝盖。他把书捡了起来，用拇指轻轻地在书名上抚摸。那本《逃跑的王子》在他怀里发出咕噜声。

他笑了。我默默感谢了图书馆的推车。

我身后传来一阵长长的、熟悉的叹息声。我转身看见艾格尼丝在借阅台后盯着我，碧绿色的指甲轻敲着格里森姆的小说的封面，眼神里满是遗憾。噢，亲爱的，不会又来一个吧。它们说道。

我面无表情地继续处理那堆 DVD，心里想着：你懂什么，这个男孩不一样，哦糟了。

＊＊

亚历山大·仲马《基督山伯爵》—F DUM 1974

周二上午十点三十分，男孩回来了。图书馆官方规定，我们得向中学上报旷课的孩子名单，因为校董事会认为，图书馆已经成了"无人监督的和违法乱纪的青少年们的避风港"。然而，我认为这正是图书馆应该追求的方向，而且应该把它刻在正门的牌子上。他们要求我严肃些，否则就别干了。总之，我们得举报翘课用我们的电脑打《英雄联盟》的孩子，或是躲在漫画区的孩子。

我看着男孩小心翼翼地挪到书架旁——他的肌肉紧绷，灵魂像笼中野兽一样扭动和撕扯着——便没有去打电话举报。艾格尼丝的脸上依旧是熟悉的关爱智障的表情，不想过多指责我。

我给了他一本《基督山伯爵》叫他带回家，小部分是因为这本书需要全身心投入，甚至得制作一个流程图用来记录情节走向，而这小家伙缺的就是让他能分心的事；但大部分原因是大仲马在倒数第二页说的那句话："人类的智慧就包含在这两个词里面：'等待和希望'。"

但人不可能一直等待和希望。

他们会断裂，会散架，会崩溃；他们会做不可救药的蠢事，然后你就会看见他们的高中毕业照片登在《尤利西斯公报》的新闻上，放大的照片充满了颗粒感。然后接下来的五年里，你都会不停自责：要是我给了她那本正确的书就好了。

* *

J. K. 罗琳《哈利·波特与魔法石》—J FIC ROW 1998

J. K. 罗琳《哈利·波特与密室》—J FIC ROW 1999

J. K. 罗琳《哈利·波特和阿兹卡班的囚徒》—J FIC ROW 1999

每个图书管理员都会有几本不外借的书。

我指的不是初版《爱丽丝漫游仙境》或者荷兰语译本的《小熊维尼》这类书。而是那些强大的、有影响力的书，发出诱惑的低语，只有第二类图书管理员知晓它们的存在。

每个女巫都有自己的一套藏匿书的体系。年代最为久远（那种带橡木墙板和拱形天花板，还有美女与野兽风格的梯子）的图书馆的壁炉或者书架后面，藏有密室，你得拽拽书架上某本特定的书，才能打开那个房间。巴黎的圣日内维耶图书馆的地下有巨大的墓穴，古老的图书管理员们守护着它，自己慢慢风干脱水，成为了一本本人形的书：皮肤薄得成纸，血管里流着墨水。在廷巴克图，我听说他们雇用了魔法匠人，制造了宏伟的锻铁大门，只有拥有纯净的心灵的人才能进入。

在尤利西斯县图书馆的梅斯维尔分部，我们的特别馆藏室有一个上锁的拉盖书桌。上面的牌子上写着："内含古董！请寻求工作人员帮助。"

我们只有十来本禁书，天知道它们是从哪儿来，又是怎么来到这儿的。《女巫的正当复仇指南》有锋利的钢制书页，使用含砷油墨。《女巫的全年龄初沐爱河指南》闻起来像是十七岁时的星光和夏天。《女巫的神秘烘焙指南》包含三十多张全彩色照片，能蛊惑你的朋友、折磨你的对头。《女巫的遁逃异世界实用纲要指南》根本就没有字，只有一页页的地图：有中土地图的手绘仿制品，地名奇奇怪怪；有绘着小船驶向世界边缘的中世纪挂毯地图；有马丘比丘[1]的地形图；有兰德·麦克纳利地图出版社在上

1　15世纪前哥伦布时期印加帝国城市遗迹，被称作"失落的印加城市"，位于秘鲁马丘比丘山脊。

世纪七十年代印刷的伊斯坦布尔的街道地图。

我的工作就是让那些背着红色书包的无可救药的中学生找不到这些书。我们女巫学校的女师傅称之为"保护先辈女巫的神圣秘术免遭俗世觊觎";我们的教授则称之为"保存珍贵历史文献"。

两种说法都是一个意思:我们向读者提供他们需要的书,除非我们不给。再除非他们迫切急需。

他为《基督山伯爵》付了一点五美元滞纳金,书的最后一页上有眼泪的痕迹。这眼泪不是因为"我最爱的角色死了",或者"这本书结束了"。它是苦涩、泛酸的,有八角的味道:那是嫉妒的泪水。他嫉妒伯爵和海黛泛舟远遁,驶向未知的蓝色世界。他嫉妒他们成功逃离了这个世界。

我有些惊慌,便给他加码了《哈利·波特》的前三卷,一方面因为直到小天狼星和卢平出场,故事才开始变得精彩;还因为它讲的就是一个被忽视的孤独孩子收到了来自另一个世界的邀请函并就此消失的故事。

* *

J. C. 乔治《逃跑的王子》—J FIC GEO 1994

艾格尼丝的声音有魔力。她负责在馆内广播"还有十分钟就要闭馆了",好像你要是不在九分五十秒内离开,她就要摘除你的器官去给别人移植,即便是最不愿挪身的老主顾也会即刻起身朝出口走去。

广播里响起艾格尼丝的声音时,红书包少年在大开本书架徘佪（都是些长篇大论、老掉牙的书，随着可以改变字体大小的电子书的出现，这些无聊的书就没人看了）。男孩蹑手蹑脚地走着，看起来要做什么蠢事，他躲在阅览桌下面，用黑色帽衫蒙住头。大开本的书们发出一阵接一阵的刺耳尖叫。

这天是我轮值关门，所以艾格尼丝九点钟就走了。九点十五分的时候，我背着我的NPR托特包，拿着钥匙站在门口，犹豫不决。

把读者锁在图书馆里过夜是一种非常、极其、完全不符合规定的行为，更别说这个读者还是个有心理问题的未成年人。无论是从常规意义上（惊慌失措的监护人会打爆这里的电话，警方会搜查，指控我们对犯罪行为疏于防范），还是其他层面上（入夜的图书馆可比白天时候更加热闹），都是个大问题。

我从来不是个循规蹈矩的人。我开车时无视路口的停车让行标志，在公众场合大声喧哗，我做网上的性格测试的时候，会作弊来得到想要的结果（赫敏、艾莉亚·史塔克、乔·马奇）。但是，无论是第一类还是第二类图书管理员，我都足够称职，而称职的图书管理员应该遵守规则。即便他们并不想遵守规则。

是艾格尼丝叫我遵守规则，在五年前我刚来梅斯维尔的时候。

那个女孩开始在星期天下午出现在图书馆里。她梳着马尾，十分可爱，穿着那种"抵制婚前性行为"风格的及膝牛仔裙。我开始稳定、持续地给她灌输逆反类文学（奥威尔、布拉德伯里、巴特勒），她突然对小说失去兴趣时，我正准备给她一本《使女的故事》。她在书架间游走，脸像空白书页那样苍白空洞，海军蓝的裙子拍打着她的膝盖。

直到她走到 618 号书架，我才知道了真相。母婴育儿区的书用颤抖的声音，发出虚情假意的祝贺。她忍住害怕，有些期待地用手指划过《孕期完全指导》的书脊，离开时却一本书也没借走。

在接下来的九个礼拜里，我借给她的书大多关于勇气和胆量，如何对你的父母说不，以及鼓励女性抵抗权威。到后来，我完全放弃了隐晦的暗示，直接把计划生育宣传册扔进了她的书筐，即便离这里最近的诊所也有六个小时车程，一周只营业两天。最后那些传单都被胡乱塞进了厕所的垃圾桶里。

我从未给她真正需要的书：《女巫的无负罪应对人生必经意外暨回收覆水指南》。那是一本皮面的魔法书，里面画满了精密的钟表机械图，有昨日早晨和后悔的味道。我把它锁在了拉盖书桌里，它发出滴答声，自言自语着。

这就是我们不外借禁书的原因。我们的女师傅以前会用凡人暴走的故事吓唬我们：有人用那些禁书偷窃、杀人、伤别人的心；有人施展奇迹，并创建宗教；还有好多人随之憎恨女巫，花了漫长的几个世纪的时间将我们烧死在火刑柱上。

如果我外借禁书的事情暴露了，她们会抛弃我、辱骂我，剥夺我的身份。她们会用永恒的紫色女巫火焰烧掉我的图书馆卡，用灰烬和鲜血在《背信弃义之书》上记录我的罪行。我会被永久禁止出入任何一家图书馆，没有了书，我算哪门子的图书管理员呢？当被逐出文字和读者的有序世界，被逐出永恒讲故事和吞食故事的衔尾蛇闭环后，我又算什么呢？传闻犯错被逐的图书管理员都成了远离图书馆体系的疯女人，生活在未能落笔的词句和未被传颂的故事争相哀嚎的混乱中。但是没有人会羡慕她们。

最后一次我遇到那个马尾辫女孩的时候，她还穿着那件牛仔裙，纽扣已经扣不住了，扣眼的地方拿橡皮筋系住。她闻起来有绝望的味道，像个等待和希望都已落空的人会有的味道。

四天后，女孩的照片出现在了报纸上，那篇文章不停在我眼前晃。（意外中毒身故，遗体告别会于两点到三点半在齐默曼与霍姆斯殡仪馆举行，如有捐款敬请直接汇至梅斯维尔浸信会。）艾格尼丝轻轻拍了拍我的手："我都听说了，亲爱的。有些事情，我们无能为力。"这是个善意的谎言。

那张剪报仍放在我的抽屉里，既是一种纪念，也是一种提醒和警告。

那个红书包男孩正一身冷汗地躲在书桌下。他闻上去有绝望的味道，就像那个女孩一样。

我该拨打儿童保护组织热线吗？在敷衍的社工过来把他接走之前，跟他尬聊一会儿？或者告诉他，"嘿！我跟你一样，以前也是个来自穷乡僻壤破地方的孤独青少年。"还是说，我应该让他逃走？即使逃走也不过是彻夜躲在图书馆里而已？

我踉跄着走开，当你知道自己要犯傻了的时候，就会这样踉跄。

门"哐"的一声锁上了。我穿过停车场，空气中传来十月份的焦糖和冰霜的味道。我期望着——近乎于祈祷着，如果女巫们愿意祈祷的话——这样做就足够了。

我提前了一个半小时开馆，想抢在艾格尼丝之前，把"你们看到一个没有成人监护的未成年人了吗？"的语音留言删掉。通话记录显示了一个安全系统公司的自动推销电话，三个社区成员打电话问我们几点开馆（显然，谷歌搜索不到我们的开馆时间），还有一个志愿者打电话过来请病假。

根本没有人打电话来问那个男孩的消息。天杀的尤利西斯县领养机构。

九点四十五分，他露面了，这个时候老主顾们开始多了起来，方便他混在其中。他身上的衣服皱巴巴、松松垮垮，整个人就像来自另一个星球的访客，还没有理解人类的肢体语言。又像是在书籍堆里待了一整晚的样子，他仿佛听到了来自千千万万个不同世界的悄悄话，希望自己能消失在一方世界里，再也不要回来。

我忍着不哭出来，并强抑着忽视拉盖书桌里的那本书召唤男孩的声音，以至于我扫描了他的借阅卡，并把书给了他的时候，没有意识到那本书是《逃跑的王子》。

＊＊

梅斯维尔公共图书馆通知：你有一本逾期书籍。请尽快归还。

糟了。

书本借出的第十五天，系统会显示逾期通知。第十六天，我调出男孩的账户，上面用红色字体显示，逾期书籍：J FIC GEO 1994。我狠狠地盯着这行字直到屏幕开始吱吱作响，微弱地冒着烟。艾格尼丝给了我一个"女人，悠着点"的表情。

他甚至都没有在网上续借这本书。

《逃跑的王子》的气息越来越弱了，它正离我越来越远。我能感知到它的存在，好像我正拿着一支平光的单筒望远镜看着它，但它仍是从我的图书馆借出去的书，所以仍然在我的管辖范围内。（你们这些中学时候从来不还馆藏书的人，或者在亚马逊上买贴着检索号的书的人，你们都在我们的眼里呢。）从那本书上，我间接地感知到男孩身上微弱的味道：徒劳无益、随波逐流，还有一种黏稠的、渗淌汁液的气味，就像死掉的逐渐凝固的渴望。

他还活着，但应该活不了多久。我说的不是肉体的自杀；我们这些能看到灵魂的人都知道，有很多在无人知晓的情况下死去的方式。你在电视上看过那些报道从拉斯维加斯三流马戏团的恐怖表演中解救动物的电视节目吗？等他们终于打开笼子，狮子只是双眼失神地坐在那里，因为它们忘记了什么是欲望。那种渴望、切盼的感觉，身体里填满了活着才有的剧烈的、金色的饥饿感。

可我无能为力。除了等待和希望。

每周，我们的志愿者都会在二号媒体室放映电影，所以我忙着整理书架。直到我走到 F DAC-FEN 过道，拿着那本折角的《基督山伯爵》，我才意识到爱德蒙·唐泰斯是个彻底的、十足的混蛋。

如果爱德蒙没有复仇，他就会在孤岛上的牢房里花四十年"等待和期望"，而马尔塞夫伯爵、维尔福和其他人仍然富足而幸福。基督山伯爵的真正寓意更像是：如果你搞砸了一个人的人生，那就做好准备，等着这个复仇大师在二十年后回来搞砸你的人生吧。又或者是：在这个世界上，如果你想要正义和善良占上风，你就得为此拼上老命。这可能会很难，会付出代价，往往还不合法。你得为此打破规则。

我将额头抵在冰凉的金属书架上，闭上了眼睛。如果那个男孩回来，我向克莱奥和卡利俄珀[1]发誓，我将尽我最神圣的职责。

我会给他最需要的那本书。

＊＊

艾兰迪亚·摩根《女巫的遁逃异世界实用纲要指南》

（写于女巫历 2002 年，交由尤利西斯县公共图书馆系统管理）

我想，他是回来说再见的。他把《逃跑的王子》悄悄放回归还区，在过道里游荡着，红色书包挂在一边肩膀上，手指没像往常那样轻拂过书面，眼睛却直直地盯着地板。他的眼睛仍旧是烟灰色的，但魔力消失了，只剩下了悲伤和衰老。

他经过旅游指南区的时候，一本沉重的、布面精装的书夹在了《实用流浪指南》（910.4 HAS）和《飞机、火车、徒步：短期环球旅行家实用指南》（910.51）之间。那本书没有索书号，书脊上印着歪歪扭扭的烫金字母：《女巫的遁逃异世界实用纲要指南》。

我能听到他胸腔内心脏跳动的声音，能感受到希望开始复苏的痛苦。他伸向那本书，那本书也在伸向他，这本特殊的书已经

---

1 克莱奥和卡利俄珀均为希腊神话中的女神，克莱奥掌管历史，卡利俄珀司辩论、史诗。

很久没从特别馆藏室的拉盖书桌里出来过了，正如我们需要读书，书也需要我们的阅读。

黑黢黢的手指抚摸着染成绿色的布面，这就像是某件破碎物品的两半最终合而为一；像是丢失的钥匙终于打开了它的那把锁。图书馆内的书集体骚动起来，为读者和书籍神圣的结合而唏嘘。

艾格尼丝正在一排排电脑前，跟一名新主顾解释我们的三十分钟政策。说到一半，她望向索书号 900 区的方向，生气地皱着鼻子。接着，她转过身来看着我，表情介于指责和难以置信之间。

我迎上她的眼睛——相信我，你不会想在艾格尼丝愤怒时迎上她的眼神——嫣然一笑。

当她们将我拉到女师傅面前，烧掉了我的图书馆卡，用半是哀悼半是指责的语气，要我坦白为什么要背弃吾辈的誓言时，我就会说：嘿，女士们，是你们先背弃誓言的。不知什么时候，你们忘记了最初和最纯粹的目的——向主顾们提供他们最需要的书。哦天哪，他们多需要书啊。他们终其一生永远需要书。

我有些恍惚，也有些恐慌，我想知道，那些犯错被逐的图书管理员是如何度日的？她们有专属的俱乐部或社团吗？捕获野生书籍的感觉如何？那种不为叙事结构所驯化、不受书本形式所束缚的野性故事。我也开始好奇，我们的禁书来自何处，又是何人所写。

　　　　　　　　　　　＊＊

一阵突如其来、不易觉察的魔法涌动，仿佛有一阵怪风袭过层层书架，却没有翻乱一页书。几个人不安地从屏幕前抬起头。

《女巫的遁逃异世界实用纲要指南》被遗弃在地毯上，翻开的那页，是一幅用乌贼墨汁画的奇乡异国的地图。书的边上放着一个红色书包。

许子颖　译

抓住闪光

[美] 凯特·兰博　作

凯特·兰博（Cat Rambo），美国科幻作家，曾担任美国科幻奇幻协会主席。作品多次被星云奖、世界奇幻奖等提名。本篇获 2019 年星云奖。

我的外祖母格洛丽亚总是说：抓住闪光。

这也是我对她印象最深的部分——闪光：耀眼的水钻，一缕巴杜的喜悦之水[1]留下的香气，醒目如红色条幅的唇膏。这些包装之下，是一个满头银发、身材纤细的小老太太，皮肤如吸血鬼一般苍白。

当然，不是说她是吸血鬼，但在拉斯维加斯的人群中，格洛丽亚·艾姆不管跟什么人都能混到一处去。名流、总统、记者，全都到"闪光苍穹"来观看她的表演，看她头戴黑色高顶礼帽、脚蹬渔网长筒袜，神气活现地凭空变出火焰和鸽子（不过从来不碰扑克魔术，她讨厌这个），让鬼魂在观众群里对着曾经深爱的人讲话。当她走下舞台时，就像妖精女王离开宝座一样，迸发着夺目的闪光。

那般光芒耀眼。那么在家呢？

她就是个脏兮兮的破烂囤积者。

我用 T 恤下摆擦去额上的汗水，开始进攻另一摞杂志。灰尘飞扬，钻进我的鼻孔，让我打了个喷嚏。尘土中的沙砾飘下来，覆在我小臂的汗毛上。角落里有什么东西腐烂了，我一清理出能

1　即让·巴杜的喜悦之水，1930 年推出，号称世界上最昂贵的香水。

过去的通道就把那边收拾了，有一阵子只能用嘴呼吸。

这间屋子曾作为客房使用，但后来被一堆瓷头玩偶占据，这些玩偶堆在一沓发脆的报纸和杂志的上面。幸好没有猫尿——这些密室封闭了至少二三十年，让我免了这个罪。

外祖母在她事业达到一定高度、赚到了人生第一笔财富时购买了这所房子，当时她作为舞台魔术师刚刚崭露头角——一个来自布鲁克林、自学魔术技巧的女子，之后拜在了当时最著名的女性舞台魔术师苏珊·戴的门下。

事实上，离得最近的那堆杂志——我一碰就碎成渣了——最上方的杂志封面就是外祖母和她师父，那是她们一起进行短暂巡演的海报，当时二战刚结束。戴年纪较长，风情万种，金发梳成光滑的发髻，配上绿松石般的蓝眼睛；外祖母明媚照人，不仅胸前的水钻闪闪发光，她的眼睛更是闪亮，她的笑容如此肆意，甚至咧开了嘴。

我又往下翻了不知多少本，这一沓的几十本全都是一样的，当我拎起最后一本时，一大群衣鱼[1]轰然炸开、四散奔逃。我要先把屋子清空了，再用杀虫喷雾"军备库"发动一次猛攻。

当我将书堆摞在一起、准备打包丢弃时，泛黄的五彩纸屑随之飘散。到现在，我已经知道当纸张剥落成这个样子时，意味着估价师会遗憾地摇着头轻喃道："损坏得太严重了，艾姆小姐。"

与其他七个我收拾过的房间一样，我将里面的东西分类堆

1　一种较原始的无翅小型昆虫，在室内常潜藏于衣柜或书柜中，蛀食衣物或书籍。

放，目前收拾出来的大部分东西都属于要丢掉的。需要估价的除了外祖母收集的众多玩偶，还有些有趣的物品。要留下的实际上只占两小堆，一堆是给母亲的，一堆是我的。

逐个评估分类：旧杂志和层层叠叠的糖纸；堆积如山的衣服，大多都是怪模怪样的礼服，上过的浆年深日久，让衣服有些扎人；一堆从教堂义卖会上拿回来的福袋，还未开封，顶上堆着剧院的道具；半空的香水瓶，满是香粉的小化妆盒。

然后是些奇怪的东西：悬崖边的城堡画，用人发绣成；一个巨大的水晶球，直径足有一点五英尺[1]；一架可以自动演奏的机械班卓琴三重奏设备，并配有南北内战前的歌曲库可供选择；一个装满檀香扇的篮子。

那些"腐烂的东西"原来是一堆皮草，稍微一碰就散发出类似陈年德国泡菜的酸臭味，害我不得不避进走廊里，靠在泛黄的墙纸上好一阵子，攫取更加新鲜的空气。

我听说，收藏的那些玩偶或许价值不菲，但也够不上我期望中意外横财的标准。外祖母原先很富有，即便这样，除了购买这一屋子的古怪杂物之外，她平日里开销一直都精打细算。那么钱都去哪了？

她为何要什么都留着？我以为也许是为了回忆她的童年时光，那些不确定的动荡时光。外祖母曾说，我的曾外祖父是个骗子，总是随时准备着逃出镇子。不止一次，他们不得不在午夜逃走，将所有无法塞进手提箱的东西都丢掉。外祖母的囤积癖可能

1　约合 46 厘米。

就是因此而来。

不过，对去世的外祖母进行心理分析毫无意义。把皮草打包扔出去之后，屋子里就好受多了。我继续搜索，查看完最后一摞物什，然后是下面铺着的地毯——太干燥了，我都担心用真空吸尘器一吸就会碎成粉末。

我的手机贴着臀部振动。我将它从短裤口袋里顺出来，看了一眼屏幕。是我母亲。

我深呼吸了一下，用拇指接通了电话："喂？"

"我真希望你当初没这么选择。"母亲说。自从在遗嘱宣读时，我说了"实际上，我会选择第二项"之后，整整一个星期，我们都在争吵同一个问题，"这太荒谬了，你多半可以告诉他们你已经改主意了，想选拿钱。"

"谁知道呢，我可能会发现一些很棒的东西。"我这次尝试了新策略，如果能说服她，让她知道在这三座房子里堆放的大堆杂物中可能埋着宝藏的话，也许她会支持我的。

她发出不耐烦的嘘声，至少是那种类似窒息般的声音，她和外祖母一直用这种声音表示不耐烦。母亲喜欢假装成与外祖母截然相反的样子，但事实上，她俩比彼此承认的更相似。我甚至发现了有一两种独特的言谈习惯是她们传染给我的，渗透进了我的话语中。她又问："你找到什么东西了吗？"

"还没。"我说，"但我才刚沾到点边。你不知道她塞了多少东西在这里。有点令人兴奋。"我用脚尖点了一下刚刚在分类的那一堆，那堆东西向旁边滑下去，散发出一股雪松木和旧袜子的气味，几乎令我作呕。

"是什么让你在这件事上如此固执呢，珀耳塞福涅[1]？"

"我三十岁了，可以自己做决定。外祖母给了我选择的机会。"我犹豫了一下，接着加了句，"你无权干涉。"感觉这些话将我们推得更远了，在母亲与我已经如此隔阂的情况下。

她一言不发挂了电话，我盯着屏幕上"已挂断"的字样，然后拭了下脸颊，尝到了唇上的咸味[2]。在这酷热的天气里，我汗流浃背，这咸味仅此而已。

*　*　*

高中毕业时，外祖母对我说，她不会再支付我大学的学费了。我恳求母亲帮我求情，"是你造成的。"我说，"我不是要你向我解释发生的事情，那只是你俩之间的事，我不站边，但如果你去求她……"

母亲迅速摇了摇头，紧张地将任何一丝可能性甩掉。她的手和外祖母还有我的一样灵巧，手指纤长，而现在这双手就扭曲着放在她面前，仿佛外化了她否定的心情。

我将手臂搭在厨房的桌子上，立即便后悔了。我们当时住在一间小餐馆上面的公寓里，屋里总是有股汉堡放久的味道，所有物体的表面都有一层黏腻的油膜，触上去就像保鲜膜紧贴皮肤的感觉。隔壁住着三位老挝女子，其中一个开始冲另一个大喊大叫，开启了她们无休的争吵。

"不，不。"母亲说，绝望之下言语仓皇。只是提到外祖母，

---

1 此处是主角名字。珀耳塞福涅也是古希腊神话中冥后的名字，在地下为死神，在地上为丰产女神，在古希腊艺术作品中是位手执火炬、铁石心肠的女王。
2 此处双关，有"言语上的讥讽"含义；与下文"咸味仅此而已"呼应。

就让她陷入了恐慌，"我们别提这个，而是想想还有什么你能做的，你给文学杂志写了那么多精彩的文章，他们肯定有一些奖学金是为有前途的学生预备的。或者你可以加入国民警卫队[1]，他们会替你付学费，然后你也知道一毕业之后该何去何从了。"

"妈妈。"我摇了摇头，仿佛她动作的慢放版，"你以为我没考虑过其他选择吗？申请奖学金的时限已经过去好久了，我必须推迟一年才能上学——"

"那就推迟一年！你可以住在这里，找份工作，攒点钱——"

"不！"我见过太多人将一年变成两年，又变成三年，最后成了永远。总有些事情会消耗你的资金，我必须在力所能及的时候抓住机会，自从外祖母停止补贴我们之后，这些年来，我一直看着母亲以做秘书的微薄薪水每个月填补各项开销，总有不期之事——屋顶要修理，母亲的溃疡手术，车子的无数毛病。

我一直努力搞定那些问题，还做着兼职工作，但始终不够。上大学的钱始终不够。我从没想过那种可能，我一直以为外祖母会继续替我付钱。我从未奢望过奢侈的生活——我非常愿意继续工作。但没有她的资助，我没救了。那时候我本来想哭的，但哭有什么用呢，除了让母亲陷入困境之外？

于是我去见了外祖母。

* * *

她的住所一如既往：由三所样子各异、"长"在一起的房子构成的院落，没有草坪，只有精心布置的景观，由仙人掌和其他

1　美国国民警卫队是美国武装力量的重要后备力量。美国军队允许以大学毕业后服役若干年为条件为参军者支付大学学费。

沙漠植物组成——巨大的条纹龙舌兰，过度茂盛的巨型仙人掌，后者早在我出生前，就已经长在外祖母的花园里了，那时候甚至还没人会用"旱生园艺"或者"耐旱"这样的术语。

其中的两所房子最初只有一层，只是为了将屋顶平台、凉亭和棚顶式建筑这些在真实气候环境中无法共存于同一地区的建筑形式放在一起而建造的。第三所——也是最后才加入这个大杂烩的房子——则是位于北侧的三层都铎式建筑[1]。

我从第一所房子的入口进门，外祖母日常所居的大部分房间都在这边。

我知道外祖母的囤积癖。童年时代，我有很多夏日午后都耽搁在外祖母的大房子里，徜徉玩耍，而外祖母对我则放任自流，除非她要用到占三个车库大小的大型工作室里时才会将我嘘开，她在那里练习一下午的魔术技巧，或者设计戏法柜，而我则在那里建造了我第一个鸟屋、书架还有小木箱。

前门装有扇形的红色和金色彩绘玻璃，在我敲门时发出回响。有一回我只好自己进门。我在某个地方还藏了把钥匙，但她每年总要换一次锁，尽管从来也不解释原因。此外，每把锁都有自己单独的钥匙，因此你必须知道哪把配哪个。

不过进了大门之后，除了外祖母的心灵圣地之外——就是摆满书本的书房，最中间是一张巨大的黑檀木书桌，饰有珍珠母，桌上散落着图纸和信件——有锁的门就没几扇了。这里的锁只有

1　都铎式建筑是流行于英格兰都铎王朝的一种建筑风格，都铎式拱和凸肚窗是其典型特征。它属于中世纪建筑的范畴，混合了传统的哥特式和文艺复兴风格。

外祖母和她的秘书们才有钥匙，也许这就是每年要换锁的原因，尽管你会以为除非他们当中有人离职才会发生这种事。

我叩了叩门环，这是个两条中国龙样式的精制青铜铸件。外祖母热爱神秘主义，并尽可能在自己的表演中加入许多神秘主义的象征。她的许多粉丝反复前来观看她的表演，试图破解她设法融入服装及道具中的各种各样神秘难解的线索。

大门打开，飘出一股麝香的味道。我原本以为是某个秘书，结果开门的居然是外祖母本人。她又矮了些，原本与我的耳朵平齐，现在只到我肩膀了。然而，她仍旧像游行中领头的旗手一样站得笔挺。

"进来。"她说，就好像前一大刚见过我一样。她转身朝里走，明显想让我跟着。

我跟上脚步，来到接待室，那是我最喜欢的房间之一。巨大的凸窗透出窗外仙人掌花园的景色，半透明鱼线串起的水晶帘将之折射分割成一千种各不相同的样子。家具上覆的旧钴蓝色天鹅绒织物显露出柔滑的微光，犹如海面上散落霓虹电光的鲅鱼。这是外祖母经常用来接待访客的地方，再往里的房间是不允许他们踏进一步的。

但是在我印象中，不记得这里有如此拥挤——房间塞得这么满，几乎要引发我的幽闭恐惧症了。比我头顶还高的架子沿墙壁排列，架子上又排列着大批衣着精美、尺寸从迷你到膝盖高的玩偶，我认出其中一些的穿着正像是外祖母这些年的舞台装扮，那些服装的原版真品我曾不止一次把玩过。

还有许多玩偶被摆在壁炉架上、塞在几处角落里，或者沿窗

213

台摆放。有些则靠着墙，以站立的姿势列成长长一排。角落里堆放着盒子，标签上写着"限量版"，跟着是外祖母的名字，透过盒子可以看到里面的玩偶。空气里散发着马毛、灰尘和陈旧塑料的味道。

两张椅子中间紧挨着摆了张桌子，上面有一个银托盘，盛着咖啡壶、杯子、奶油和糖，还有一小碟饼干和两块餐布。难道外祖母一直在等我吗？无法想象母亲会提前打电话提醒她。

我在她对面的椅子上坐下，在她往我们俩的杯子里倒咖啡的时候拿起一块饼干。她什么也没问，直接按照我喜欢的方式加了料——少许牛奶、半勺糖。我沿着饼干边缘轻咬了一口，尝起来真像是加了柠檬的纸板。

她单刀直入："你是为了大学的学费才过来的。"

"不用很多。"我说，"我计划打工来支付食宿费用，而且上本州的大学可以减少费用。"

"我打算支付你全部的学费和生活费用，不过是有条件的。"她说。

我眨了眨眼："什么条件？"

她将自己的杯子放下，好用两根手指为她的两个前提划勾："一、上我选的大学。二、上我选的专业。"

"什么？"我问。某种介于愤怒和恐慌之间的情绪席卷了我，让我将身体微微前倾。"什么大学？什么专业？"谁知道她会有什么样的怪念头？

"你可以上州外的大学，"她说，"但大学必须在东海岸，最好是麻省理工学院。"

"为什么是麻省理工？"

"那是苏珊·戴的母校，我想向她致敬。"

"她的专业是什么？"

"这部分不用考虑。我想让你学习工程学。"

"什么？"我困惑极了，蹙起了额头，"为什么是工程学？"

"我没说过会解释原因。"她说，拿起杯子又啜饮了一口。

我没资格谈条件，也没有讨价还价的能力。我同意了她提出的每一个条件。当我告诉母亲我要去麻省理工的时候，她既没有问我资金来源，也没有问我为什么会选那所学校。

不问，也不说。所以我什么也没讲。

* * *

想象一下一个人一生当中所制造的所有碎片。不是指垃圾，什么食品包装和旧盒子之类的，而是那些我们与之交互的物体、那些由我们生成的东西：购物清单和夏日明信片，上学时在上面草草写下笔记的书籍，日记、信件和绘画什么的。

还有照片，天呐，那些照片！

外祖母曾是个名人，而名人会被幻灯片、旧宝丽来照片和覆满灰尘的胶卷所定格。还有亲笔签名的剪报和招贴画，由她那些金发碧眼的男秘书当中的某一个寄给粉丝，秘书们负责处理外祖母的信件，就像麻雀一样不起眼。这些秘书在外祖母那里待的时间没有一个能超过两三年以上的，外祖母的遗嘱中也没提过他们当中的任何一个。跟我母亲一个待遇。

缠着封箱带的纸箱中所有东西都因年久而变脆了，一碰就碎。不过至少，拉斯维加斯的高温和干燥让我免受物品发霉的困扰，除了无穷无尽的衣鱼和偶尔冒出来的蝎子之外，也没有其他昆虫。而且令人惊讶的是，这里看起来似乎没有老鼠冒险进来过。外祖母一定是用了鼠药，要么就是什么时候有秘书处理过。

我一箱接一箱处理着，进展缓慢。不过随着分类方式的改进，速度也逐渐加快——也或许只是对于这些令人迷惑的东西不那么在意了。

我还经常发现似乎是装错的东西：一卷厨房用纸；一个青柳纹[1]瓷碗里面装满饼干，饼干放得太久，已经变成纸板一样的灰色物体；毯子包裹着的耙子；半打花盆，一包 1963 年的金盏花种子，未使用过的园艺手套和一个玩具屋大小的微型铁锹；玻璃烟灰缸，烟灰里混着烟蒂和皱巴巴的烟头；一个装着乳木果油的瓶子，已经裂开了；旧万圣节面具，外祖母童年时代的情人节卡片，上面有凌乱的铅笔签名：厄休拉、吉米、拉韦恩；剥制的动物标本：有熊猫、鬣蜥，还有嫁接了独角兽角的山羊。

我渴望找到宝藏，也确实发现了一些可以留着的小物什，零乱四散在各处，不过大多还是垃圾。当我打开盖子让光线射入时，外祖母的珠宝盒确实在闪闪发光，似乎宝藏在望，但所有的闪光都是幻觉。估价师告诉我，这些是不错的人造珠宝，也并非全无价值，因为是古品旧物。但距离我一开始以为的"龙之宝藏"还是相距甚远的，为什么会有东西如此闪亮却价值甚微呢？

第一周的时候，我发现的最奇怪的东西是一只金属制成的

1　18 世纪"中国热"时期，西方瓷器商假托中国传说所制造的仿冒青花风格的瓷器风格，在西方风靡一时。

手。我将自己的手张开放在一旁做了个对比，尽管金属手比我的手要大一倍，却像我的手一样关节完备、指形优美。这只手并不是黄金的，但看起来很像，而且很旧——感觉有几十年历史了。上面的雕刻非常精细，以至于一开始我没能认出来。

我拿起它放在窗户透进来的阳光下，眯起眼睛查看，上面的图案是纳粹的万字符和闪电标记，两种图样互相扣锁。设计上很美，但这些符号只能引起我对战争和其他暴行的联想，导致我一阵阵恶心反胃。

这是苏珊·戴收集的战争纪念品？这只手有科学制品的感觉，我记得戴一直在监视德国的科学家，渗透他们，假装是纳粹的同情者。也许这是一个工作模型，某种原型，而不是一件艺术品？

这只金属手的手腕处有金属盖子封着，盖子上有细而深的凹槽。抓着它的感觉很奇怪，抓不稳，就好像它的重心在不断变化，好像它能随时移动，自行从我手中抽离，做些奇怪而险恶的事情（这也确实是只左手[1]）。

我的外祖母用它做什么？或者做过什么吗？这里有那么多东西都还躺在原始包装里，从未使用过。因此，也许她根本就没用过它？无论什么答案，很可能就在外祖母的卧室套房中藏着，不过我还没敢收拾那间房子。那些房间在我童年时似乎还很宽敞，但现在已经全都塞满了，到处是纸箱、鞋盒、圆帽和假发盒，还有小巧的梳妆台，上面堆满了如同批发购买的大量化妆品，这些

1　历史上一直有左手邪恶的说法。

东西拼出来无数条迷宫般的弯曲小径。

第一天我清理出了一个房间，是楼下的一间客卧——简单地将里面的东西塞到了任何能找到的其他地方，包括放在院子里的一堆塑料桶。也许是本能，或许是一种预感，让我知道我需要那个空间。

尽管墙纸泛黄，陈旧的硬木地板上满是灰尘，还弥漫着跟最开始那几个房间同样的熏香味，但总算是个整齐的地方，在我被混乱搞崩溃时能供我撤退休整。我仔仔细细地打扫这个房间，好让它有可能变成个避难所，没有散落的灰尘，有股淡淡的柠檬味，床上铺着天蓝色的丝绸床罩，上面绣有金色星星和绯红的蝴蝶，这是我从楼上的一间卧室里拿下来的，也是我一直喜爱和渴望的东西。我的行李箱空着放在行李架上，里面东西都移到了壁橱里的六个衣架上和小五斗橱的三个抽屉里。

地下室里有洗衣机和干衣机，因此我不怕没有干净的衣服穿。自从上大学以来，我已经习惯了把必需品都放在背包里，抵制住了似乎让我家其他女性都沉迷的筑巢欲。

这间屋子没有其他装饰品：没有艺术品、地毯、装饰性的小玩意或者祈愿蜡烛之类的东西，我把那只手拿来了，放在五斗橱上。

很晚了，我也很累，但只要一闭上眼睛，我不禁就会想象那只手指尖着地、悄悄爬下五斗橱、朝我爬过来的场景。最后我起身将它丢进梳妆台最下面原本空着的抽屉里，然后紧紧关上。旧木头很紧涩，如果它想逃脱，发出的声音会大到足以惊醒我。

这样想着，我终于能够入睡了。

* * *

我可以告诉你外祖母开始囤积的确切时间。母亲讲过这个故事。外祖母在还是个小女孩的时候，就开始收集玩偶，但至少那时候她的收藏还算容易管理。直到我进入青春期，情况才一发不可收起来。

苏珊·戴死前将外祖母指定为她唯一的继承人。因此，外祖母将苏珊·戴位于布鲁克林褐砂石街区[1]的二战前造的大房子里所有东西运到了自己拉斯维加斯的家。同时，她还买下了隔壁的房子，将两所房子用带有屋顶的通道连接起来。原先的屋主留下的家具再加上新的家具，就形成了七十年代鳄梨与烤杏仁色装潢混搭上旧式德国木雕、神秘雕像与七十个中国骨灰瓮（我数过一次）的邪恶融合体。

我还记得去外祖母刚扩充了一倍的那所房子里的体验，尽管当时房子本身局促而古怪，但对于小孩子来说，一切都是正常的。

到了我十三岁的时候，隔壁有个叫艾莲娜的女孩，我们一起在外面玩，我觉得自己并非有意将她拦在屋子外面，但也确实不情愿将她带进屋。可她坚持要进来，最终我同意让她在屋里待一晚上。

对于她的动机，我并未考虑太多。那时候，对于有个同龄女孩想要跟我交朋友这件事，我还是挺兴奋的。母亲和我经常搬家，所以这种体验不多。外祖母很明智地并不插手，她只给我们

1　19—20世纪纽约时兴用褐砂石作为私人住宅建材，在布鲁克林区，褐砂石相当于联排别墅的代名词。

点了比萨，告诉我们要乖，然后就消失在工作室里，一晚上都再没出现过。

我的房间有两张单人床，我俩一人一张。过了"就寝时间"很久以后，我们还躺在床上，聊着学校和讨厌的课程。

"伙计，所有人都会因为我在这里过夜而疯狂的。"艾莲娜说。

"为什么？"她的语气让我局促不安地扭动了一下。

"别人谁也没进来过。想要推销杂志、糖果的人，或是用什么狗屁理由想要来募捐的人，这帮人说破了天，你的外祖母连门都没打开过。他们管这里叫女巫之家。"

我干笑了一下："那么，现在你可以告诉他们这里并不是女巫之家了。"

艾莲娜沉默了一下，然后说："对啊，现在我可以告诉他们了。"

到了早上，我们走进外祖母使用的大厨房，另一座房子里的厨房又小又局促，她管那间叫做"聚会厨房"，虽然就我所知，她从未在那里举办过聚会。

我打开橱柜，给艾莲娜看早餐可供选择的麦片。在家的时候母亲不允许我吃糖衣麦片，而在这里我一直吃这个，外祖母总是在我来访前备上好些。艾莲娜选了一些更适合大人的食物，尽管在我递给她玉米片时，她确实伸手去拿了糖罐。

"噢，好恶心。"她说。

将麦片盒子倒扣在碗上的时候，她倒出来的东西里混合着玉米片、很小的棕色虫子，甚至还有些更小的白色蛆虫。

我后来才发现，除了我的那些糖衣麦片之外，橱柜里的每个盒子都是那样的。艾莲娜试了三次，然后放弃尝试回家了。我们再没跟彼此说过话，在路上相遇时，我见她溜走过几次。

数年后，外祖母又买了后面的房子，也做了同样的事情，把那座房子也连了起来，不过这次她修建的是真正的走廊。最中间被围起的院子里有一个巨大的水池，无数个夏日午后我都在里面嬉水，还有一座不起眼的假山，上面疯长着景天和多肉植物，填满了它们能占据的每个角落。我从未在其他地方见过这些变种。它们最初只在九个紫色的花盆里生长，后来蔓延到整个花园，并将更多普通的品种淘汰掉了。

这些植物有着古怪的紫色色调，并且能长出一束束白花，只在日落时开花，让院子里弥漫着无法言喻的甜味，对我来说，这永远是乡愁的味道。

* * *

醒来时，我闻到了那美妙的香味，从开着的窗口飘进来。一开始，我并没意识到是什么吵醒了我，但是那响声又来了：敲门声。于是我去门口开了门。

"是艾姆女士吗？"为首的人说。他说话时略带一丁点南方口音，类似"艾云女斯"这样。声音听起来很年轻，但却与他的外表不符。他穿的灰色西装衬得皮肤更显苍白，也让他的平头呈现出同样灰暗的颜色。另一个人站在他稍后面一点的位置，更矮、更壮、更黑一些，但着装也一样不显眼，且相貌普通。"我们知道你正在对你外祖母的财产进行分类整理，我们有一些问题。"

"我想看看你们的证件。"我说。

"当然可以。"他取出一张名片。

"谁都可以伪造这样的东西。"我说着，将这张硬塑料名片翻了过去。至少很破旧。"我从未听说过这个机构，福雷斯特先生。战史局？"

艾伦·福雷斯特探员挤了个僵硬的微笑："我们只想跟你谈谈，艾姆女士。最好还是别站在街上谈？"

当他步入房子，且看见屋里的装饰连眼睛都没眨一下时，我对他的评价稍许上升了一些。

不过，他的搭档在环顾四周时发出小小的叹息声："你在费劲清理这些吗？"他说，"伙计，我可不羡慕你。我的太姑姑也是个囤积癖者。到现在有三年了，我们还能发现她藏匿东西的储物柜。"

他的话听起来很真诚，但为首之人随即插嘴插得太过顺溜了些："我们准备为这项工作提供帮助，艾姆女士。由专业的评估团队对这处居所进行分类，备妥物品清单，针对所有物品的存储地点提供建议。这是不收取费用的。"

"但你想要拿她的什么东西作为交换？"

"我们有理由相信，她可能拥有一些具有历史价值的东西，是从戴女士手里继承的。您外祖母还在世时，我们曾多次与她接洽，但她表示不愿意整理继承自戴女士的那些东西。她还暗示这会在遗嘱中解决掉，但很明显她没能抽出时间来加入相应条款。"

他的语气听起来完全没有问题。我感觉抱歉——我知道她能有多固执。事实上，我已迎上一步，打算同意他的不管什么建议。但有一缕阳光从悬挂在大凸窗上的水晶帘中跃进来，闪了一下我的眼睛，就这一秒钟足以让我喘口气，快速而坚决地闭上嘴，我的牙齿都咔哒一声磕到了一起。

"我很抱歉。"我说。他的眼神被期望点燃，然后下一秒又熄灭了。"我需要好好考虑一下。"

他俩坚持要留下各自的名片，我将它们丢到存放可回收垃圾的那个房间的一堆杂物上了，垃圾要到下周才会有市里的卡车过来收。我已经了解到：垃圾是市政官员非常关心的事情，处理方式很严格，将足够塞满一卡车的多袋垃圾摆在路边可能会导致你不得不将大多数垃圾收回去，或者至少要收到封闭的门廊处。

遗嘱的措辞让我觉得，外祖母是希望我认领她的房子，负责分类她的遗产，来了解它们所代表的生活？我不得不暗自揣度，她是否知道这项任务有多么可怕。如果这所房子不是弥补遗憾的纪念碑，那又是什么呢？想要闪光，就要行动。她紧紧将它抓住，将其藏进盒子里，如此这般带走了自己钟爱的全部。

我抖开一件古旧的舞台礼服，上面的亮片像鱼鳞一样落下来，悄悄落在我脚下的地板上，只余里面的骨架和古旧的薄纱，这些东西立了有一秒钟，就像是被鬼穿着一样，然后才坍落到地板上。

* * *

外祖母认识很多舞台魔术师。他们当中，我最喜欢埃泰尔诺。因此，那天下午在杂货店偶遇他时，我高兴得拥抱了他。他也拥抱了我，他有力的拥抱很慈祥，几乎像父亲一般。他个头很高大，有一张布满胡须的方脸，现在看上去好像白雪覆盖山麓。他穿着很正式，这也是他一贯的风格，他的领带夹是一对银色的面具，一张笑脸，一张哭脸。

"你在这里做什么？"当我们一起推着购物车走向结账队伍时，我问了一句。

"我拜访这附近的一个朋友，回家的半道上觉得自己该歇一歇，买个午餐。恢复一下精力。"他使了个眼色。

我向他皱了下鼻子："我不需要了解你的性生活细节，非常感谢。"

他大笑起来："以为老人家没有性生活吗，我的小姑娘？你错得多离谱，噢，你错得真是离谱啊。"

我用双手捂住耳朵："啦啦啦啦啦，我听不到。"

"过来喝杯咖啡，孩子。"

我们走进杂货店旁边的普通咖啡馆，坐在皮质扶手椅上。埃泰尔诺点了某种咖啡混合多种配料的奢华饮料，他颇有兴味地注视着我的滴漏式咖啡："你小时候就总是这么个纯粹主义者，我不该惊讶的，大扫除做得怎么样啦？"

"东西太多了，"我说，"有一堆你的照片，我放在一边了。你们在一起的时候看起来真是开心。你和外祖母有没有……你懂的……"我的手稍微比划了一下，但自己也不确定这个手势具体是要传达什么含义。

他盯着我："当然了，我们当然是。你怎么能这么问？"

"我那时候还是个孩子，"我说，"我不知道。"

他拿起他讲究的饮料，啜饮了一口，但保持眼神与我对视："你从没想过？"

"想过你跟她有没有好过？当然想过。"

他摇着头，头发垂下，遮住了眼睛："我是说，想过我是否真的是你外祖父。"

"你是吗？"

他又啜饮了一口："要我说的话，绝对有可能。也许甚至是极有可能。"

"我们能做个 DNA 测试吗？"

他抬起眉毛："你还总是个这么务实的孩子，但是不了。"

"为什么不呢？"

"因为你外祖母始终觉得这么做不合适。那是她的选择，我有什么资格违反呢？"他张开那双手指纤长的魔术师之手，摆出无助的姿势。

我盯着他："如果你真是我的外祖父，你完全有权告诉我，"我说，"因此，你不是。"即便逻辑上已经排除了这种可能性，我还是为此略有些伤感。

他叹了口气，探身向前："听着，孩子，无论如何我都站在你这边。整理时你没发现什么奇怪的东西吗？"

我一下子想到了那只金属手，但保持着面无表情——没人能诈一个魔术师的孩子——然后说："哪种奇怪的东西？"

"这些年来，她买了很多魔术纪念品。"他说，"有一些被诅咒了。无论将它们从周围什么样的保护罩里取出来，你都可能会触发各种讨厌的副作用。"

我嘲笑着："你演得可真像。"

他只是看着我，轻蔑地撇了下唇。

我们都知道这是真的。

我们都见过她完成某些只有魔法才能实现的事情。

* * *

当我发现那条腿时，我大吃一惊。并不是一条腿就让我那么惊讶，而是因为我原本以为它会一点点出现：胫、膝、大腿，而不是一下子完整地出现。它挺沉，不过没有预期的那么重，所以显然是空心的。我可以让这条腿的膝关节向前或者向后自由弯曲，运动起来非常顺畅，毫无僵硬感，自然极了。

我将它放在壁橱里。我会发现多少这样的东西呢？够组装一个完整的人？这或许是外祖母收藏中的终极玩偶？她的一些"魔术纪念品"？

它是什么有魔力的物品吗？

* * *

八岁的时候，外祖母为我上演了月蚀。

她用的是魔术把戏的形式。那时候埃泰尔诺刚结束表演，他们一起喝着当任秘书精心调制的鸡尾酒，我说："外婆，你变个把戏好不好？"她以一种喝醉时候就会使用的慢吞吞的腔调说："我给你变个真的把戏吧。"

在外祖母绕着院子四处走动、一边念念有词时，埃泰尔诺抓着我的手，我俩就坐在那里。她猛地拽下发簪，白发散落披在背后，她的头发比我想象的还要长。她向着天空呼喊了些什么，然后我们就看到天空中有股暗色翻腾着，开始吞噬月亮。在我没注意到的某个时候，光线转冷，路灯已经熄灭。从我俩互相接触的手指，我可以感觉到埃泰尔诺的心跳，也能听到他的呼吸。

不知为什么，我感觉他跟我一样害怕。因为，这意味着这个世界与我们所以为的并不相同，有着我们无法理解的规则。对于一个孩子来说，这件事倒也没有那么大破坏性。但我无法想象对于一个成人来说，这件事是什么感觉。

总而言之，月蚀持续了可能有一个小时。不知何处发出的冷光刺穿了我们，我可以听到歌声，高亢的歌声，听起来既像是恐惧，又像是晕眩的喜悦。很难喘息，每次呼吸都必须拼命挣扎。

在黑暗放过月亮的时候，我们又可以呼吸了。

但那天晚上之后，我们谁都没再谈起过这件事，我感觉外祖母后悔那样做了。

一个好的魔术师从不透露自己的把戏窍门。

* * *

几乎要大功告成了，除了解决掉我拖了很久的那部分——外祖母的卧室套房。它占据了都铎式房子二层的一大半：卧室、布置豪华的浴室、起居室。挑高的天花板可能很美好，但也让外祖母得以将箱子摞到更高的高度，比我高多了，大多数堆摞的最顶上那层我都无法够到，这让我怀疑个子小小的外祖母是如何做到的，直到我发现了角落里塞着的折叠梯凳。

我还是想要避开这个地点，尽管不合情理。毕竟如果有宝藏，那么这里就是合乎逻辑的藏匿所。不，还有别的原因阻止了我。房子里的其他地方我都能探索，并假装外祖母刚刚离开片刻。但闯入她的卧室就不同了。

那代表着承认她已经去世了。

我不信仰什么美化逝者的做法。我不会假装我的外祖母是个和蔼的女性，也不会假装她很善良。事实上，她专注自我，心志坚定到简直如大自然的力量般强大。

227

但她爱我。我是她唯一的孙辈，在我还小时，我在她眼里没有错处。那也许是让我母亲和我产生隔阂的原因之一，她用尽一生努力争取自己母亲的认可，而我无需索求便得到了。

当有人如此爱你的时候，如此深切又不求回报，你很难不以爱来回报他们。我的外祖母可能的确强迫我进入了她所选择的大学，但我俩都明白这个事实：尽管在她们俩耗尽一生所进行的漫长而复杂的博弈中，她做了许多利用我来伤害我母亲的事，但让我成为质子却是对双方都奏效的策略。我母亲没有用过这个策略，但我不确定她是没想到，还是道德上有所顾忌。我从未理解过在她们之间奔涌的情感之流。

我在橡木对开门前停了下来，这扇对开门并非屋子原有，而是她从巴伐利亚的某个地方带回来的。门上雕刻着柳树和莱茵少女，两边各有一个黄铜制成的天鹅形把手。我捏住天鹅颈项，推拉了一下把手：锁着的。我叹了口气，开始挨个试在厨房里发现的那一大堆没有标记的钥匙。经过十分钟的反复试错之后，锁发出咔嗒声，门开了。

我找到了电灯开关，上下拨动了好几下，灯泡烧坏了。看不清房间里的样子，因为那些箱子挡住了大部分从窗口透进来的光线。厚纸板箱摞成堆，之间留出一条狭窄的通道，这些箱子一些是旧酒箱，一些则标着舞台用品。

右手边有一个与我视线平齐的纸箱上写着——白色羽毛：总数一。箱子一边的胶带上还粘着幽灵般的卷须。

我费劲地穿过纸板箱之间的通道往前走，这里过于狭窄，我的肩膀总要蹭上一边的箱子。一开始通道还是笔直的，走了几步

228

之后就出现了分岔，一边通向窗户和（我猜）床所在的区域，另一边则蜿蜒通向她的起居室。

我选择了后者。

在两个房间之间的门槛处，靠近挂着一排酒会晚礼服的架子那里，我摸索着寻找另一个电灯开关，但一样徒劳无功。空气里有灰尘和香水的味道，还有一直与我擦肩而过的旧布料的气息，在我经过时仿佛一直在向我扑过来。

另一间屋子甚至比这间还暗一些，窗户完全被长长的窗帘遮挡住了。到目前为止，我一直用指尖握着手机，将它伸出去当作手电筒使用，于是手机响起时，我吓了一跳。

我扫了眼屏幕，是母亲。

我接起电话，站在布满尘土的黑暗中，这黑暗嗅着像外祖母身上的味道："喂？"

"我需要你在一点一刻的时候到机场接我一下。"我母亲说。

"今天？"

"当然是今天！我就要上飞机了，坐的是美联航的 323 航班。需要我再重复一遍方便你记下来吗？"

"你为什么要来？"

"那我就能帮你了。"

我充满了怀疑："你待哪里？"

停顿了一下，就好像我是用什么外语提问，需要翻译才能传达含义一样。"跟你一起。你不是在房子里待着吗？"

我想象着母亲"帮助"我的情形，这让我喉咙一紧。有生以来，我一直看着她们两个在较量。现在我母亲即将为胜利而欢呼，而这场胜利不费吹灰之力，只要比另一个活得久就行。或者比这情况还要糟，像其他人（比如那个探员和埃泰尔诺）一样，她想要这里的什么东西，但不肯告诉我是什么。

我下定决心，然后说："不行，你不能那样做。我会给你找个酒店。"

"别开玩笑了，到底为什么我不能待在那里？"

我调动思维寻找借口，肯定有什么原因能用。

"这关乎合法性，"我说，"遗嘱规定，我必须自己完成分类，不能找人帮忙。"

这种说法只有一半是真的。但母亲从来不曾对细节特别关注过，所以我希望她能接受这种说法。

她也确实接受了，尽管完全不情愿："你可以早上来接我，至少我可以帮忙，"她说，"我知道她的很多东西最初是从哪里来的，可以帮你分类有价值和没有价值的东西。"

我为自己争取到了暂缓令，因此我并不慌张。母亲热爱拉斯维加斯，很容易为去看音乐表演（她从来不看魔术表演）或在俱乐部里用晚餐这样的承诺而分心。她喜欢赌博——很长一段时间以来，我一直以为她们吵架是因母亲的某一笔赌债而起，但她俩从未明确肯定过这种猜测。据我所知，这是外祖母很乐意用来指责我母亲的缘由。

我挂断电话，站在黑暗里，倾听着。但仅有的声响是房屋所发出的悠远绵长的咯吱声，风刮擦屋顶的声音，以及远处空调为了维持楼下凉爽而发出的轰鸣声。

我向前迈步，踏入变得更加黑暗的房间。对面有什么东西在闪闪发光。

＊　＊　＊

或许我早该知道，她会将自己认为最重要的东西一股脑儿留在起居室里。在那里，她花了许多时间练习魔术手法，或者弹奏摆放在欧式贵妃榻旁的高大竖琴。很明显，她最近也在这里度过了大量时光。茶几上，杂乱的金属拼图非常显眼，边上摆着不少娱乐业杂志，得有好几年的量。就算告别了舞台，她也认为要在这个领域跟上竞争。

她将那样东西放在一张兼用了红木与黑檀木的小桌上，这张桌子以前放的是雅典娜女神的高脚雕像。那是个一夸脱大小的梅森罐，自玻璃壁透出略带绿色的油腻白光。就好像不是罐子里有东西在发光，而是玻璃本身在发光，经过自身透射，光线增亮了三倍，几乎亮如灯盏。它所投射的阴影在房间里摇曳着，并出乎意料地未被纸箱摞覆盖。

我走到桌子旁边，面向罐子。它是密封的，侧面的标签上有外祖母精心写下的笔迹。

上面写着："苏珊·戴的鬼魂，2/22/63。"罐子底座那里立着张索引卡片，上面以同样的笔迹写着："她会帮你。"

我触了下罐子的侧面，尽管它的光芒几乎就像带有放射性一样，罐子本身却清冷如月，冷到让我担心皮肤会冻在上面。

罐子铁盖的边缘也覆了一层冰晶。

"但我要怎么处理你呢？"我盯着它猜测，我内心期待着罐子回答我，但它沉默不言。

如果我拧开盖子——这似乎是合乎逻辑的做法，尤其是在没

231

有说明的情况下——会释放出鬼魂吗？

这是否就是大家都在寻找的东西？他们怎么知道她会有这样的东西？如果确实用过，她又用它来做什么呢？我回想起在一间卫生间里发现的某堆东西，一根根由玻璃纸包裹的长条：足够清洁整个城市的橘香肥皂，放太久都发褐了，还满是斑点。

这个鬼魂这么久以来一直等着被释放吗？如果它生气了会怎么样呢？我把手又收了回来。

需要研究一下。

外祖母的藏书室完全无法通行，里面密密麻麻堆满了装书的纸板箱，摞得特别高。有很多书是粉丝送的，封面内侧是给她的私人留言；还有些是舞台魔术历史传记，在脚注里讲到了她的生活，有些甚至整章都在写这个。曾经有三本格洛丽亚·艾姆的传记出版过，但只有一本获得过授权，不过从她堆积在这里的另外两本传记的数量来看，你无法发现这个情况。

我随身带上了那个罐子。为了让自己不被冻僵，我从欧式贵妃榻上拿了块小毯子包裹住它。尽管被包裹着，它的光依旧耀眼，从布料里透射出来。我将它放在门边的桌子上，开始挪动纸板箱，好清出一条通往东边墙壁的通道。

大多数的舞台魔术师都在追求货真价实、用到真正的魔法的把戏，这就像是一种使命，是伴随着这项职业而立下的誓约[1]。外祖母也不例外，东边墙壁旁的架子上放着一些手稿，是女巫的

1　原本是凯尔特战士们的神圣誓约，自愿发誓许下或是他人用法术或誓言立下，基本上不可违背。

魔法书和羊皮纸,曾属于约翰·迪伊和罗杰·贝肯[1],它们的历史远远早于拉斯维加斯在沙漠中蓬勃发展的时间。

当然,这些东西并没有卡片目录或者索引系统。我用手指掠过书脊,任凭书本在我手指下碰撞而过,直到发现了《论鬼魂》,这是一本薄册子,用布满螺旋图案的蓝纸书皮包裹。这本书是几个旧金山人写的,早在我的童年时代,他们到宅子里来过一两次,虽然我并不记得他们有讨论过鬼魂。从这本书开始看起来似乎再合适不过了,我又挑了几本,将它们堆在桌子上,然后坐下来思考。我的母亲在几个小时之内就会过来,所以我要像出征的战士一样,认真为自己的战场做好准备。

这话听起来有些夸张,或者就好像我母亲是个类似琼·克劳馥[2]那样的愤怒的幻影。事实上,她是个相当被动的生物,但与此同时,她又是一个始终从消极角度来看待世界的人。在我母亲眼里,天下无好事,玫瑰花心总会长着虫子,我也不例外。

在我的童年时代,她很乐于听任我自行其是。她去上班的时候,我大部分的三餐都是电视餐[3],实际上只是坐在电视机前面吃的饭。

我的母亲性格扭曲,直到我离开这所房子、见到一些别人家的行为后,才发现了这一事实。其他人不会对父母直呼其名,其

---

1 约翰·迪伊是16—17世纪的英国数学家、星象师和神秘术士,是女王伊丽莎白一世的顾问。罗杰·贝肯是13世纪的英国哲学家和神学家。两人共同的特点是从当时所谓的魔法巫术里寻求科学。
2 好莱坞著名女星(1904—1977),传闻虐待自己的养女。
3 电视餐指独立包装的冷冻餐或冷藏餐,加热后就能食用。这里用了字面意思。

他人会庆祝生日和圣诞节之类的节日，我母亲觉得这些属于陈词滥调。其他人的父母会参加学校的活动和游戏，还有家长会。

单纯想到她就让我心碎。光在她身边就无异于一场较量。

我把所有不希望她看到的东西都留在自己房间里了。毕竟我拿着那一大串钥匙，而且那是房间唯一的钥匙。我已经将金属手藏在房间里了，现在把梅森罐也放了进去，但由于一时的冲动，我将它藏得还要隐蔽一些，将它放在毛巾柜的深处，关上门以遮蔽罐子里的光。

然后我将钥匙塞入锁芯，上了锁。

背着我母亲藏东西，就好像她是对头或者敌人。就算已经离世，我外祖母还在继续她们之间的战争。

母亲的飞机晚点了半个小时，就在机场停车场等她的时候，我的电话响了起来。那是一家我从未听说过的初创公司，向我发了聘书。

受宠若惊的我表示自己可以去上班，但要等到房子里的东西归类完毕，也就是至少一个月后。

我不觉得这个请求有什么大不了，但他们非常生气，向我施加压力。薪水丰厚得惊人，但必须从下周就开始工作。

我试图弄明白他们赶时间的理由，但招聘者什么也没说，只是催得更起劲了。最后，我不得不勉强遗憾地拒绝了——薪水确实很丰厚——然后挂掉了电话，同时庆幸这件事发生时我母亲没有在场。

但非常奇怪，这种压力。难道探员福雷斯特先生在用这种方式控制我？但这样的想法未免显得我有些多疑。

难道不是吗？

母亲到了，围巾飞舞着，穿着套装，完全不适合这里的高温。

"我都忘记了这里的天气有多糟糕。"她说，指挥着机场服务人员将四个包放在了我的车后座上，"看在上帝的分上，给我找个有冷气的地方。"

我问了下航班的情况，她滔滔不绝，说了一大堆细节。

"我在卢克索酒店给你订了房间，"我说，"你在这里盘亘时兴许也可以同时享受一下拉斯维加斯的生活方式。"这让我们之间多了三十分钟的车程作为缓冲，没有车，最后她只能依赖我载她，而这段距离足够让来回往返的路程不至于短得可以忽略不计了。

我能看出她也在盘算这些，但也在努力抵御仅一个电梯之隔就能享受赌博设施的便利。她给了我一个眼神，表明我知道你在做什么，但还是喃喃道："好吧。"

"我把你送过去之后，过几个小时再过来，"我说，"带你去吃晚饭，你想吃什么？"

"埃泰尔诺有时候会带我们去的那家不错的中餐馆，"她说，"你见过他了吗？"

"昨天在杂货店碰见过，我们喝了咖啡。"

"他还好吗？"

"一如既往。引人注目。他问我是否怀疑过他可能是我外祖父。"

她哼了一声："他当然不是。"

她语气里的肯定意味让我感到惊讶："那么你确实知道我外祖父——也就是你父亲是谁了？我以为外祖母从没跟你说过。"

"我见过父亲。"她看着前窗，微微一笑。

"他还活着吗？"

安静。

"为什么我不知道？"我说，"你确实见过吗，看在上帝的分上。"

"很复杂。"她继续微笑着，她喜欢掌控全局的感觉，外祖母的去世改变了我们的境地。

我再次怀疑我会不会取代外祖母，成为母亲生命中最重要的对头。最好不要这样。

我伸出手，去拉她的手："我很抱歉，你无需告诉我。我希望能告诉你我有多感激你过来。"现在先安抚她，稍后再问，看我是否能在正确的时机趁她不备抓住她的马脚。

她说："到现在为止你有什么发现吗？"

"一大堆垃圾。似乎没发现什么像你原先以为的那么有价值的东西。而且现在看起来房子里的小气候对纸张不利，所有东西都碎了。"

"苏珊·戴有些贵重的旧物。"母亲说。现在我们进入了拉斯维加斯大道[1]，就算经过白天的日光曝晒，在电力和金钱的支持下，这里看起来还是充满活力。母亲冷淡的目光飘向了远处一群群满头大汗的游客。

1　拉斯维加斯大道又称长街，是该市最繁华的大道。

"一些非常有价值的旧物，"她重复道，"古董，她担任间谍时的军事纪念品。"

我想到了刻着纳粹万字符的手："什么样的军事纪念品？"

她猛地转头："为什么这样问？你发现了什么？"

她的反应让我警惕起来，我退缩了："除了报纸没有什么。"我撒着谎，"也许我找错地方了，我只看了几个房间。"

她放松下来："好吧，既然现在我过来帮忙，就能快一些了，"她说，"晚饭后，也许我们可以看一下。"

我给埃泰尔诺打了个电话，问他是否想跟我们一起吃晚饭，但他已经有安排了。

他告诉我："你是有能力独自与你母亲打交道的，孩子。"

我退缩了一下，我表现得真有那么明显吗？

"我想跟你聊聊。"我说。

"聊什么？"

"鬼魂。"

"哈？"他说，无论如何，他并没有犹豫，这让我觉得他根本不是在寻找苏珊·戴的鬼魂。

不对，肯定那机械肢体才是每个人都在找的东西。

晚饭的时候，我使劲给母亲劝酒，告诉她应该喝上几杯放松身心，还可以调节时差。

"好吧，"她说，"没错。"然后也同意了喝点餐后利口酒。我觉得她会在返程途中微醺犯困，这样等我把她顺道送回酒店时，她就不会反对了。

但刚离开餐厅几个街区，她就问道："我们不去房子吗？"

"很晚了，"我说，"你肯定累了。"

"我这次到这儿来的整个行程会一直像这样吗？"

我答得模棱两可："什么意思？"

"她死了，珀耳塞福涅。你不必再为了继续护着她而挡着我了。"

我叹了口气："母亲，你想要什么？"

"想让你开心，我什么时候求过其他的了？"

"很多时候。"

她沉默了，似乎被冒犯到。她想让我充满歉意，向她俯首，但这次我非常坚决。我已经长大了，除了我自己，谁也别想主宰我的人生。

即便我正在这里遵照死者的怪想法归整她的房子。但这个想法被我丢开了。

我们在冰冷的沉默中驶回了酒店。

"我早上还有事，"我说，"我会在午餐时候过来。"

"再看吧。"她说，欲言又止，但最终还是屈服了，俯过身拥抱了我，猛烈而长久，代表着她一直无法说出口的情感。

我返回房子的时候，才发现我傍晚时把钥匙落在途经的某处了。丢的是我的小钥匙圈，开外门的那把。我把开所有内门的大钥匙环留在自己房间里了。我给锁匠打了电话，但他几小时之内还过不来。因此，我利用这段时间给埃泰尔诺打了电话，他表示不介意我过去喝上两杯咖啡，再来上几个甜甜圈。

* * *

我说："她给我留了只鬼魂。"

他吃惊地抬起眉毛："一只鬼魂？"

"苏珊·戴的鬼魂，确切来说。"

他抬起一根手指摩挲着下巴，他的厨房很小，但是很干净，看起来很少使用，我想找配咖啡的牛奶，却只在冰箱里找到放了挺久的外卖餐盒和一玻璃壶水。

"戴女士临终之际她陪伴在旁，这个我知道。"他沉思着，"但我一直以为她是在保护戴女士的鬼魂不被窃取，而不是自己去偷，该死，这太无情了。"

"她会为了什么窃取鬼魂呢？"我问道。

"呃，让我想想怎么解释。"他摸着额头，"有些人会为了与鬼魂对话而带走它们，但大多数情况下，嗯，鬼魂会被用作力量的源头。想象一下，如果要修一所房子，你就需要给各个系统提供传导能量的东西，比如供暖系统所使用的熔炉，或者供电系统要用的断路器箱。鬼魂就可以作为其中之一来使用。这就是许多魔术师想捕捉鬼魂的原因。可以把鬼魂放入其他物体中。"

我凝视着他。

他回看我："怎么了？"

我无奈地做了个手势："我本来还指望你能多否认一下，多跟我说说是我疑神疑鬼或是失心疯了。"

他摇了摇头，倾身过来拍了拍我的手以示安慰："一旦意外发现了这个'隐藏世界'，或者像你一样是被带进这个世界，大多数魔术师都知道不应该否认它的存在。"

"只要我们都是坦坦荡荡和光明正大的，"我说，"大家都在寻找的这件战争纪念品是什么？"

他一下子专心起来："还有谁在找？"

"还有谁没在找吗？"我说，"我很确定，这就是我母亲出现在这里的原因。"

他开始放松下来，直到我继续道："还有些政府探员。"

他叹了口气，垂下肩膀："好吧，苏珊·戴从纳粹那里偷来了一个机器人。"

"是部分零件，还是整个偷了？"我问，想了想到目前为止我发现的所有东西。

"哦，是整个。那时候我曾经跟它聊过。"

"什么？什么时候？"

"你外祖母一直让它保持着运转状态，直到你出生的时候为止，那东西出了毛病，我不知道是机械故障，还是别的什么问题，尽管我一直觉得是前者。"

我眨了眨眼："外祖母为什么要把它给拆解了？"

他眯着眼看我："你外祖母从没提过吗？她被那东西迷住了。"

"你什么意思，迷住了？"

"她坐在那里跟它聊天，就好像它是个人一样。她说，它的名字是海因里希，她在它身上花了很多时间。"

"它不能回话吗？"

"当然可以，不过用的是德语，而且词汇量也很有限。你妈妈是个奇怪的孩子，你的特质肯定也继承自她。"他对着我露出笑容。

我说："为什么外祖母讨厌扑克牌魔术？"

埃泰尔诺洗了洗手里的牌："这是个哲学问题，赌徒为什么玩牌？"

"因为他们用扑克牌来赌博，扑克牌是随机的。"

他摇了摇头，将手里的扑克牌责备似的扇动着："赌徒押注的是未来，他们以为自己可以通过正确的系列手法或幸运符来预测未知。因为扑克除了模式以外还有什么呢？"

他倾身向前，微展了一下唇角，似笑非笑。他很享受当一个卖弄学问的外祖父的机会。

"我不明白你什么意思。"我不耐烦地说，我不喜欢莫名其妙的话，不喜欢为了虚饰而虚饰，而这些玄虚的话似乎都属于此类。

"你以后会明白的，"他说，"模式即所有，那个机器人除了是一台植入了程序、被它的起源塑造而成的选择模式机之外还是什么？你需要牢记这一点，珀耳塞福涅。这是一台战争机器，无论你让它握着多少花朵，它始终还是战争机器。你的外祖母最终也明白了这一点。"

"所以你确实知道她为什么把机器人拆了。"我猜测。

他叹了口气："是啊，但我不想让你难过。你的外祖母无意中听到你的母亲与它交谈，讨论如果给予它人类肉体的话，它能否超越或取代某人的人格，能否将两者交换。你的母亲想要它这样做，但海因里希不肯放弃其金属形体及该形体所赋予的力量。虽然如此，你的外祖母还是觉得最好将它作为某种坏的影响而铲除掉。你的母亲……呃，说难过有点太轻了，她陷入了狂怒。当她知道你外祖母把它的头放在哪里的时候，就带着它走掉了——

带着你和机器人的头离开了那所房子，再也没有回头。"

他认真地看着我："我们都知道她有点疯狂。但这才是那种疯狂的重点所在。为了把它重新拼好，她会竭尽全力。我怀疑，既然你的外祖母已经去世了，那你母亲认为又有了这种可能，而且她决心要完成这件事。"

＊＊＊

这次，当我回到房子的时候，那座都铎式建筑的前门略微开了几英寸。有人拿到了我的钥匙，而且以某种方式知道钥匙是这里的。然后我想起了母亲令人意外的紧拥。我怎么能这么蠢？她知道怎么打车的。

"母亲？"我进门时呼唤着。我以为她去了外祖母的卧室，但在那里并没有遇到她。我卧室的门开着，衣柜和梳妆台被洗劫过了。我没有时间查看浴室了——底下藏书室传来倒塌声，我奔过去查看。

她在搜寻时弄倒了一个书架，脚旁躺着一个枕套，起伏的表面说明里面放着所有已经收集到的肢体。我进去时，她说："一只手和一条腿，这就是到现在为止你找到的所有东西？"

"你完全承认搜过我的卧室？"

"按理说这就是我的，她答应过要给我。"

"现实占有，九胜一败。[1]"

她指着枕套说："好吧，现在这些都归我。"

"我希望你离开这里。"我说。

1　法律谚语，指的是占有者在诉讼中总占上风。

她的脸色柔和下来。她的头发都竖起来了，而且乱糟糟的。在我回来之前，她一直在匆忙奔波，尽力狩猎。

"亲爱的，"她说，"别让她哪怕在死了之后还继续支配你，她很擅长让我们彼此排斥，相互对立。"

"这个我们都很擅长，"我说，"这是家族特质，母亲，别胡闹了，你是否从我这里偷了这些东西？"

母亲目眦欲裂："偷！我说过了，她答应过把这些给我……"

"但在遗嘱中没有提到。"我指出。

她垂下眼帘，望着褪色的地毯："她年纪大了之后就糊涂了。"

"你俩闹掰了，她把你彻底摘了出去，"我说，"我确信，在她看来，这些情况会否定之前的安排。"

"现在你有机会将之改正。"她突然说道。

我给她让出路来："很好，带上它们离开吧，但是把钥匙留下。"

如果她已经复制了钥匙，我也不会感到惊讶，但她在进到这里之前只有外面的钥匙。我得让锁匠换掉那些锁。

她刚一离开，我立马就查看了浴室橱柜。苏珊·戴的梅森罐还在那里，至少我保全了它。

外祖母让我归整这所房子，解开这一团乱麻，是希望从我这里得到什么？为什么不给我留下指导，甚至没给出一个起始点？

不过，她有留下，不是吗？我想起了那张罐子旁的卡片。她会帮你的。

外祖母期望我可以弄明白其中的奥妙。

你把它们放在其他东西里，埃泰尔诺说过。

我想起了玩偶堆，玩偶无神的凝视。

现在我知道要做什么了。

＊＊＊

锁匠换好锁走了之后，我锁上外门，就开始行动了。我查看了电话，母亲暂且什么也没发给我，但这也是意料之中的事。在与我的较量中，她永远不是先低头的那个人。她一生都几乎没能掌控身边的事物，而我是她完全绝对掌控的第一样东西。我就是她俩较量的战场。

现在母亲在等，她知道早晚我会来恳求她，知道在外祖母已经去世、已经彻底没了一半的人生支撑的情况下，我无法完全和她撇清关系。

自从大学毕业之后，我一直过着居无定所的生活，担当咨询顾问，在这里住六个月，在那边住三个月，享受着在酒店的生活，干净，没有家庭历史的困扰。其他任何地方似乎都让我特别紧张，充斥着传至于我的馈赠与责任。我不得不保护自己不受母亲和外祖母的侵扰，一遍又一遍，以便尽可能摆脱她们的困扰。但她俩总是在我脑后，一直近在咫尺。

在大学课程里，我遇到了一句名言：百分之一百一的美国家庭都是不正常的，我的当然也是。

当我搜索玩偶堆时，我发现一个玩偶与苏珊·戴的照片非常相似，甚至也包括她的金发发型。

那是个很大的玩偶，配有说话装置。这重要吗？至少我觉得试试也无所谓。

我将玩偶放在罐子旁，在它俩之间来回看了看。我的外祖母没有留下任何指示，这是否意味着无此必要？有些时候，你必须勇往直前，看下结果。

　　我用外祖母的一件旧毛衣垫着，避免手指被盖子冻僵。一开始很难拧动，我想到了类似将罐子放在热水龙头下面，或者将罐子上下翻转并在地板上轻叩盖子等家庭土法，但这些办法似乎都太过实际，太不神秘。

　　但是最终，我还是把盖子拧开了——我无视冰冷的噬咬，用一只手肘牢牢夹住罐子，然后扭动瓶盖，再扭动，直到它从我手指间跌落，哗啦砸在地板上。

　　尽管从外面看光芒闪耀，当我向罐内望去时，内部却犹如午夜般漆黑，仿佛里面藏着无垠的空间，并无休止地伸展开来。当我凝视罐子深处时，一道蓝光向我扑来，就像从很远的地方冲向我一样，越来越近，越来越近。

　　我及时将头从罐子旁移开，蓝光从罐子里射出，无声地溅到高高的天花板上，光彩夺目，分裂成一千个光点，照亮了房间，就好像我是站在日光下，而不是在屋子里。

　　然后，所有光点突然聚到我面前的玩偶上，其速度和力量让人觉得玩偶会在这种冲击下颤动。不过随着光点跃入玩偶内部、消失不见，玩偶完全没有动弹过，只余眼睛、嘴巴和四肢关节接缝处渗出的光芒。

　　现在她抽搐了一下，动了。她睁开眼睛盯着我，那双眼睛里燃着深色绿松石般的光芒。"你是谁？"玩偶问，她的声音高亢而刺耳，完全不似人类。

"我叫珀耳塞福涅。格洛丽亚·艾姆是我过世的外祖母。"

"过世？那么格洛丽亚死了吗？现在是哪一年了？"

我告诉了她，玩偶发出嘶声，那肯定是一声叹息，然后颓然跌坐回了之前的位置。"这么久了。"她再次目不转睛地盯着我，"你想要什么？"

"我的外祖母把你所在的罐子留给了我，告诉我你会帮我。"

"还真是你外祖母的典型做派，把我关在罐子里长达半个多世纪，还指望我帮助碰巧打开罐子的随便什么人。"玩偶说。这样刺耳的低声竟然如此冰冷而讽刺，真是令人震惊。

"是关于曾属于你的一个东西，"我说，"一个机器人，德国的。"

"啊，海因里希。"现在玩偶的声音似乎柔和了一些，"它现在在哪里？"

"事实上它被拆成了一个个部件，四处散落在这座和旁边两座房子里。我希望你能帮我找到它。"

"我也许可以。但它是怎么成了零部件的？"

"你的门生弄的。至于原因，我也不知道。我还没能把部件拼到一起。"

"不足为奇。可能有无数种理由。它是作为杀人机器而造出来的，而不是私仆。"

"你偷了它之后，为什么不交给政府？"

"它求我的。它知道那些人会拆了它，以便搞清楚制作的方式，来生产更多类似它的东西。见过它能做的事情之后，我不确定该不该把它交给其中任何一方。"

"所以你只是把它塞在橱柜里。"

她耸耸肩，"我没有拆它。"她指出。

我犹豫了一下："你能和我的外祖母对话吗？"我问，"在那边，在彼岸。"

"不是那样的，"她说，"并不存在某种心灵感应的电话线将所有逝者自动连结起来。"

"哦。"我原本还希望听外祖母亲口告诉我她有何目的。我想知道她的鬼魂怎么了，她死得非常突然，某天晚上外出时心脏病突发带走了她。没有人坐在她的病房里保护或带走她的鬼魂。当没有人用梅森罐打断死亡时，死亡仍会继续，并按普通鬼魂的方式完成该做的事。

"在罐子里的感觉如何？"

"什么？"玩偶茫然道。

我指着桌上已经打开的罐子："是什么感觉？你能看到什么，听到什么吗？"

"哦，不能。什么都不能。"听起来，她的这个想法很淡定，但我颤抖着，想象数十年来一直被关在罐子里、茕茕孤立的感觉。

"你现在会指给我看那些部件在哪儿吗？海因里希的？"

她点点头，闭上玻璃眼睛，一点微光从嘴里冲出，悬在我面前的空中，我走向那微光，它蜻蜓点水般而去，带着我开始了寻找之旅。

搜索比我想象的时间更短，但这些部件散落在三所房子里，最奇怪的是她藏在一架老式落地大座钟里的部分，机器人的生殖

247

器。抛过光的铝和黄铜，看起来就像是希腊雕像上的铸件。跟那只手一样，当我拿起这些碎片时，重心似乎奇怪地不稳。

当我集齐全部部件后，那缕光线将我带回玩偶那里。我希望她再次开口说话，但光线冲进了梅森罐，停留在里面。由于不知道还能做些什么，我把罐子又盖上了。当盖子打开时，玻璃罐的温度与室温相同，而盖上的那一刻，罐子的温度又开始下降。

我将已经找到的东西归整了一下。我以为除了母亲拿走的部分和机器人的头部，我已经收齐了所有的部件，但实际上还少一只手，机器人的右手。我很确定自己并没有错过房子里的任何碎片，那么那只手也是母亲拿走了吗？我咬着嘴唇，试图盘算清楚。

母亲对这黄铜机器人的渴望如此强烈，以至于她准备好要为此放弃我了，她的动机我只能猜测一下。她是否像埃泰尔诺一样，认为它可能是她的父亲？是否有可能它在一定程度上也算是她父亲？生理上又是怎么做到的？

这是我母亲全新的一面，我之前从未见过，但既然我知道她一直带着那个头，这开始让我明白了很多事情。她一直更愿意独自待在卧室里，对自己的隐私严格保护。有些时候她会同意某件事，离开一阵子之后，回来时又反悔了，说是三思后的决定。

这种感觉就像是发现某个你认识的人是个隐藏得很好的瘾君子一样——突然有很多事情都通了，以前所未有的方式解释通了。

我的整个童年时代一直有双亲当中的另一位在做出指导，只是我不知道而已。我以为母亲一直孤身一人，并因此为她感到惋惜。现在我才发现，她的伴侣比大多数人的更加忠实，因为他果真是无法离开她的。

我给埃泰尔诺打了个电话，然后又打了个给我母亲。她知道我会打给她，她故意等了会儿才接电话，我敢肯定。

我说："我想和你见个面，我拿到了剩下的部分，但我要你拿东西来换，我想让你签份文件，写明你放弃财产的其他部分。"

电话那头沉默了一小会儿，她正在脑海中盘算我的话究竟是什么意思。是在考虑她是否还会想要其他东西、某种她一时还未想到的东西吗？但是最后，她做出了我认为她会做的选择。

"我们在哪里见面？"她问。

我把见面地点的名字发给她，离酒店足有差不多30分钟的距离："我们可以约在4点见。我不去接你了，你打辆出租车。"

"好的。"她说，然后一言不发地挂了电话。

我又给埃泰尔诺打了个电话："好了，"我说，"她会过去的。我不露面，她就会开始怀疑。那时候你再现身，你可以让她稍微分一下心。她离开时给我打个电话。"

然后我出发了，去母亲的酒店房间行窃。

* * *

开车时候我的脑子里预演的所有准备——那些仔细的、强迫性的、为所有可能的情况做的计划，最终全都没用上。因为是我给母亲订的房间、拿的房卡，所以前台服务员认识我。我说："我的房卡不能用了——我把它放在手机壳里面了，会不会是这个干扰了它？"

"我一直说，手机越智能，卡就越傻。"服务员说。

一切进展得如此顺利，我不禁怀疑事情随时会被搞砸。

　　但随着进入酒店内部，我发现自己放松下来，我先前没意识到在外祖母的房子里是什么感觉，那些东西对我有什么压力。到了这里，在奶油色与柠檬色相间、散发着消毒剂味道的走廊里，这里灰尘不敢聚集，衣鱼不敢抽搐，我发现自己漂浮般沿着走廊往前走，直到看见母亲房门把手上挂着的"请勿打扰"的牌子。

　　打开门，我又回到了地上。妈妈也是一直热爱筑巢的囤积者，尽管始终不像外祖母那么过分。这酒店房间内的情形就是证明。成堆的衣服铺在地板上，还有外卖盒和星巴克的空杯子。一只苍蝇在薄纱窗帘和窗户玻璃之间飞舞，就像一把迷你链锯。

　　她怎么能在刚到这里没多久的时间里就囤积了这么多东西？

　　梳妆台上有一块奇怪的金属板，似乎与我截止目前所发现的东西使用的技术相同。那是一块足有四英寸厚、边长八英寸[1]的八角形坚固物体，太过沉重，很难拿动。其中心是一块圆形的浅凹，直径差不多有五英寸。

　　在她的床下，我找到了一个旧行李箱，是用来装假发或帽子的那种箱子。我将它拖出来——箱子很重，看来有戏。上面的行李牌的字迹是母亲的手写体，优雅而纤长，边缘带有多余的曲线。我记得这个行李箱，她总是带着它。

　　我不得不砸开锁才打开了箱子，在里面，果然。

　　我将机械头拿了出来。

　　它很重，比普通的人头要重一些？我无从判断，但感觉就像

1　分别约合 10 厘米和 20 厘米。

是放满了二十五美分硬币的罐子，稍微一倾斜，里面的东西就会跟着移动。我将机械头翻过来，脖子朝上，在脖子底部的金属盘之上的一个凹痕处涌出了一滴银色液体（油状，像水银一样的物质），形成了一个带有凹坑的小碗，每圈的内部都蚀刻着错综复杂的电路。

机械头一下子睁开眼睑，看着我。

吓得我一个失手，它便跌落在满是灰尘的长绒地毯上，发出沉闷的声响，然后滚到几英尺之外的地方，脸颊着地盯着墙壁。它没有开口，但凝视的目光从一侧转到另外一侧，评估着周边的环境。

我从后面走上前，将它捡起来，但保持让它的脸不朝向我。我将它放在梳妆台的盘子里，现在我才发现这种不搭原来是有道理的。

"珀耳塞福涅。"机械头说。

一阵寒意蹿过我的脊椎，这个声音我认识，在哪里听到过，某个遥远的地方，已经记不清了。

"你想要什么？"我问。

"你为什么在这里？"它说的是英语，但的确带有轻微的德语口音。

"将我母亲偷走的部件拿回去。"我盯着它，"看来我有了额外收获。"

它沉默了一会儿，像是在盘算什么："你会将我跟我的身体重新组装到一起？"

"如果我打算这么做的话，是否就没问题了？"我很好奇，很明显这个东西没什么忠诚感。

"也许。"它说。

我的手机响了。

我轻松接起了电话，即便妈妈加速回返，我也有很多时间。但埃泰尔诺的声音很急切："她离开有一会儿了，但我的手机死机了。你可能只有五分钟。"

我一惊，肾上腺素冲脑。"好吧，"我一边收拾机械头和肢体，一边对着头说，"如果你保持安静，也许我能把你的身体重新组装起来。大喊大叫的话，我就放弃这个计划。"

"我会配合的。"机械头说，在我将肢体和机械头绑在一起夹在左臂下、通过后楼梯离开酒店时，它信守了诺言。我出门时，听见了母亲进来的声音，因此我不敢停留，一直到完全离开酒店。

在上车之后，开车回去的路上，机械头一直试着跟我交谈。我调低空调，但仍感觉脸红心跳，身体发热，心慌不已。

"为什么我能认出你的声音？"我问它。

"这不是我们第一次交谈，"它说，"你还是个孩子时，我们就聊过不止一次。"

"是你还和我外祖母在一起的时候，还是我母亲把你偷走之后？"

它沉默了，就像找不到表述的词汇。最后它说："都有，但等你长大到能够说话时，你母亲就禁止我将自己的存在透露给你。"

"为什么？"我母亲在害怕什么，如果我和机械头交谈的话？

它噘起嘴唇，转了转眼球，来代替耸肩。"我不记得了。"它说，言辞寡淡得像是没涂黄油的吐司面包。

"胡说八道。"我说，然后回家的一路上，我们再没交谈过。到了地方，我也没有将它和肢体放在同一所房子里。我不知道它是否能够控制它们，但我觉得我外祖母将这些部件放得如此分散，肯定是有原因的。

我返回起居室，再次打开梅森罐。光又升起来，四散溅射。

"你知道你只能这么做三次，对吗？"玩偶问我。

"不知道，不过第一次就提到这一点会更好些。"

玩偶的沉默就像耸肩一样富有表现力。

"第三次会发生什么？"我问。

"我会再回答第三次问题。"

时间仿佛停顿了一下。我有一种暴怒的感觉，就好像错失了什么东西，这种感觉通常只在我与母亲或外祖母相遇时才会有。

"第四次呢？"我谨慎地问道。

"第三次之后，我将消逝并归于亡者之界。"

"明白了。只有三次，因此让我们开始回答吧，海因里希呢？他能重新组装自己吗？"

"如果部件足够靠近的话，可以。"

"她之前是怎么拆解它的？"

"是一种故障保护机械系统。"

"什么样子的？你能用先前找到它的办法来找到那个系统吗？"

"我不能。那个东西看起来像是紫色金属制成的九粒小豆子，它们挤在一起。按一次可以将它拆开，"她犹豫了一下，"按两次就能擦除它的人格和记忆。"

"你为什么没那么做？"

"我说过了，它求我，它说自己被判处终生承受折磨，求我给它缓刑的机会。"

我的思维飞快地掠过先前见过的东西，想起了那些奇怪的紫色多肉植物。"我也许知道那些东西在哪里。"我犹豫了一下，但想不到其他要问苏珊·戴的问题了。

"很抱歉我的外祖母杀了你，还把你的鬼魂关在罐子里。"我脱口而出。

"你确定自己是格洛丽亚的外孙女吗？"

"我认为自己是，但是，"我承认，"到了现在，什么也不会让我惊讶了。"

外祖母的脸庞非难似的出现在我的记忆里，我想到这些年来她为我做的一切："不，这不公平。我知道她是我的外祖母，我爱她。你肯定也一度喜欢过她，也许甚至爱过她，不是吗？毕竟，她曾经是你的门生。"

"她曾经是。"玩偶的玻璃眼睛驻留在不远不近的某个点上，"我确实喜欢过她，但你外祖母的外表比内心可爱多了。在内心里，她冷酷如铁，只要是为他人谋福祉的事她都不值得信任，除非为了她自己。也许因为你是她的骨血，你在她的心中占据了特殊的位置，但我就不具备类似的优势了。很长时间里我以为我可以——是她让我这样想的。直到她将枕头蒙在我脸上时，我才明白我一直都在自欺欺人。"

这些话字字句句我都相信。外祖母对于任何我认识的人都是冷酷无情的，除了我母亲之外。

但这确实是真的吗？我想到了将苏珊·戴的财物运过来的那些板条箱，连带她将其遗赠给我外祖母的遗言。一件接着一件，从此她便开始了囤积；从此她内心的愧疚便开始侵蚀她的闪光。

"我会修正的。"我说。

"你要怎么弥补我那些被她夺走的岁月？"玩偶问。

"我不知道，"我说，"但我会的。"

＊＊＊

母亲给我的语音信箱留了消息：刺耳的谩骂。

我听了很受震惊，但并未删除它。我要留着，等再次想向她屈服的时候用来警告自己。

我对紫色花盆的想法是正确的，但对于弄到那些花盆的难易度却估计有误。庭院里的植物一丛丛地纠结到了一起，有着预料不到的尖刺——长得邪恶，就像黄蜂一样刺人。我将花盆一个接一个地从纠缠的植物中费劲地拽出来，所有植物都生长得太过茂盛，花盆很难取。因此我将它们砸碎，揪起簇簇肮脏纠缠的根须寻找着。每次，苏珊·戴所描述的金属豆子都被长长的卷须缠着。我无法忍受将植物留在那里，丢在花盆外面的混凝土上，因此我又把它们重新种回了中央喷泉旁狭窄的土壤带中。

电话留言之后不到一小时，母亲就现身了。

"我会打给警察，告诉他们你偷了我的东西。"她站在门的另一侧威胁道。

"哦，拜托，"我说，"你无法证明这里的任何东西归你所有。”

“并非如此。我有一份所有权证书，证明这个珍贵的古董机器人是我的，有伦敦佳士得拍卖行出具的签名评估，详细描述了机器人的细节。”

“好吧，希望你能在这里找到它，祝你好运，我言尽于此。”

“我会把这个地方搞得纠纷不断，你就再也没法处理任何一件东西了。你会为昂贵的玩偶承担遗产税，你付不起。”

这比她的其他威胁更有说服力。根据遗嘱条款，我在完成对房屋和遗产的完整估价之前无法出售任何东西。我再次怀疑外祖母的想法。肯定其后有更充分的原因，而不是要将我的生活搞得一团糟？你可能想过真正的魔术师会对自己的死亡有些预感，与我自己重大事件表中的某个时间段的结束期一致，届时我无疑手头很紧。

“你想怎么做就怎么做吧，”我说，“但十五分钟之内我会打给警察，将你驱逐出这里。”

还好之后我就上楼了。苏珊·戴说对了，那些分散在不同房子里的部件无法自行组装，但她忘记告诉我在同一所房子里的那些能够——也会——组合起来。一只手臂正牵扯着机械胸膛掠过地板，手在摸索着一切。它将床罩从床上扯下来了，撕成条状丢在地板上。

彼此分离的肢体毫无生机，只是奇怪的玩具。但组合之后，它们的存在令人生畏，我用金属珠将它们拆开，然后将其中一个锁在箱子里，另一个锁在房子另一头的壁橱里。

母亲在外面喊叫了一阵子，然后离开了。

与此同时，我用金属珠做了些实验。它们扣在一起就会成为一个奇怪的空心小球，可以用手捏，但很费力。这么做的确能让部件彼此分离，产生的力量足够让它们分开数英寸的距离。

　　我尽可能仔细地检查并重新排列了部件的位置，完成后，我意识到了外祖母藏匿它们的方式正是为了让肢体尽可能远离其他部分。

　　把头部也包括进来以后，所有部件就几乎没有再重新摆放的余地了。我给福雷斯特探员打了个电话。我说："我还不知道你要寻找的纪念品在哪里，但我的确有个猜测。我母亲给我看了一份真品鉴定证书，那物品被描述为'有价值的古董机器人'。也许那就是你要找的东西？"

　　"的确如此，"他吁了口气，"你为我们提供了宝贵的信息，艾姆女士。"

　　这不会帮我拖太久，但能拖一会儿。

　　有没有办法可以关掉那个东西？我去了藏匿机械头的地下室，我先前将它用毯子裹起来放在大箱子里，这样它就不能呼唤任何人了。我随身带着珠子，用一只手拿着珠子，再用另一只手解开裹住机械头的毯子。

　　"为什么我不该直接把你的存在给抹去呢？"我问它。

　　"为什么你不该把我还给你母亲？"

　　"你是一台战争机器，不具有道德，你是为了制造毁灭而生的。"

　　"制造我有很多原因。我的创造者艾森曼赫博士根据他死去儿子的形象制造了我，并且教了我所有年轻的奥托·艾森曼赫所擅长的事情，比如言谈和钢琴弹奏。但没错，我被制造出来也是为了执行军事战略。"

"苏珊·戴怎么把你偷出来的？"

它笑了："偷？是艾森曼赫把我给她的。他说，他不希望看到我被用于战争，而她会保护我。他不知道她是个间谍，但也没什么区别。她告诉她的上司，我已经被摧毁了，然后自己把我留下了。"

我不安地触摸着那些小珠子，我有些感觉，自我出生以来，就是这个东西一直控制着我母亲。如果它消失的话，也许我们有机会能和解。

"我很珍贵。"机械头说，"我的大脑里储存着上千个图书馆的知识。"

"他是否在编程时也加入了心理学理论？"我怨恨道，"这就是你学会用如此娴熟的手段控制我母亲的方式？"

我只是开个玩笑，但它当真了："所有的心理学理论。还有我们的科学家所收集的数据。"

"数据？"我轻声说。

"他们有数千个实验对象，他们认识到了那么多。"

不由自主地，我捏着装置的手指抽搐了一下，但第二下则是我主动的。

机械头里面有什么东西咔哒作响，发出嗖嗖声，然后它陷入了沉默。我没有费劲把它再放回大箱子里，而是拿回了卧室。

有人敲门，我开门时，埃泰尔诺站在那里。我向他眨了眨眼，他说："看在上帝的分上，孩子，邀请我进去。"

"是像吸血鬼一样吗？除非我邀请你，否则你就不能进来？"我饶有兴致地问道，但他摇了摇头。

"是因为我相信礼貌。"他冷漠地说，进门时他饶有兴致地环顾四周。

"你和我外祖母对于彼此意味着什么？"我问。

"事实上，我就是你的外祖父，但只算一半。"他承认，"那个——机器也对子宫里的你母亲产生了影响，至少，她吸收了它的一些能量。她也知道这一点，不知为何。尽管还是婴儿，只要它在房间里的任何角落，即便她看不到也听不到它，她都会转头朝向它的方向。"

"她为什么要留着它？"

"你外祖母吗？我觉得你并不清楚它完整无缺时是怎样的人物。它很迷人，英俊，强大。"

"你上次说过它的词汇量有限。"

"一开始是这样的，但这件东西会自我调整、自我学习。"

"你不必再担心它了。"我说。

电烧水壶停下时，另一声敲门声传来。

"你去开门，"我说，"我猜是探员。"

埃泰尔诺皱起眉头，但没有反驳。我泡茶去了。

等我回来的时候，在埃泰尔诺身旁的不是探员，而是我的母亲。她站在那里，姿势极其怪异，那只不见了的金属手抵在她的身侧。

很明显埃泰尔诺对它的能力比我更了解，他一直纹丝不动。

她对我说："它在哪里？海因里希在哪里？"

"不在这里。"我说。

她用金属手指猛戳埃泰尔诺的肋骨："带它过来，不然我就把这个老头杀了。"

"他是你的父亲。"

"不，海因里希才是我的父亲，带它来找我。"

我能怎么办？

"它在楼上，"我说，"我可以把它带过来。"

她的眼睛冲着我闪闪发光，我怎能从未猜到她的疯狂程度有如此之深？

"好吧，"她说，"但如果你想要什么手段，你该知道我会杀了他的。"她向后抽手，往下一指。随着噼啪一声爆响以及电击的气味，枪膛里嗖地射出一粒子弹，射在埃泰尔诺的腿上。他痛呼出声，跪在地上，然后向前伏身，双手着地。她站在那里，拿手重新指着埃泰尔诺的后脑，向我挑衅般地点头。

"好吧，"我匆匆说，"好吧。"我上了楼。

怎么办呢？但我脑海里闪过一个计划。

我也许是已经删除了海因里希的人格，但它的身体还在我手里。

对于一个鬼魂你能做什么？你可以将它们放入某些东西里，埃泰尔诺在我脑海中低语。我还没有将苏珊·戴放回她的罐子里。

* * *

当母亲看着机器人走下楼梯的时候，她向前扑过去，推开了挡路的我。我走向躺在血泊中的埃泰尔诺。

"老头，撑住，别死过去。"我对他说。

他握住我的手，雪白胡须下的双唇已经变得苍白。"我尽量。"他粗声说。

我看着机器人眼中耀眼的蓝光。

"就是现在。"我说。

我希望鬼魂能解除她的武装，或者随便怎么样。而不是无视枪弹的闪光与巨响，伸手掐住她的脖子并折断，让她的身体落在地板上。

苏珊·戴转向我，她本来可以说点解释或者谴责的话，一些关于正义得到了伸张之类的长篇大论。但是她饶过了我，并没有开口。

埃泰尔诺紧紧握住我的手，我将目光从机器人身上转开，摸索着手机。

＊ ＊ ＊

警察问了很多问题，但最终并没有证据，只有怀疑。我接受了美国官方的建议，让他们对外祖母的财产进行清点造册并加以评估，这让我省了一些钱，少花了许多时间，还节省了无数的汗水与辛苦。在他们忙碌时，我将母亲火葬了，并安排了一场有品位的小型追悼会。

我请大家不要送花，而是向外祖母曾大量捐赠物品的舞台魔术博物馆捐款。

福雷斯特探员推荐的一家公司打包走了其他东西，并送去做线上拍卖。他和他的探员搭档很失望：没能发现他们要找的战争遗物的蛛丝马迹，但是我和埃泰尔诺确实制造了足够多的假线索——这事就我们俩知道——够让他们忙活一阵子的。

埃泰尔诺过来监督我将最后一批物品从外祖母的房子里搬迁出来，包括那些玩偶，甚至还有三个穿着她在七十年代早期所穿服装的人体模型，虽以透明塑料包裹着，但仍散发出闪亮的光芒。

"小心点，"我对搬运工说，"那些很贵重。"

"全部卖掉？"埃泰尔诺问，他从附近的商店带了黑咖啡给我，我们站在那里看着搬运工忙碌，一边啜饮着杯中的咖啡。

"卖掉大多数，"我说，"但是我会在德沃尔[1]那边买一所自己的房子，所以我会保留少量东西。"

"留在这附近，是吗？很好，很好。"他一脸欣喜。

我看着搬运工将卡车门关上，有两个人体模型会被运往魔术博物馆，第三个我会随身带着，因为在缀着亮片的衣服和一些仔细包裹的混凝纸下面正是机器人的身体，里面还藏有苏珊的鬼魂。

她同意在这具躯壳上待一阵子，这或许是作为外祖母从她那里所偷走时日的补偿。她甚至表示，很期待与我住在一起，研究一下这个陌生的新世界，抓住闪光，就像我外祖母说过的那样。

至于我的感觉，我还不完全确定，但也正在说服自己接受这件事，同时想一想我保留了足够的东西来布置我自己的公寓。

留下一些能让我回忆起童年的东西，比如那套床罩。我自己的历史，而不是母亲或者外祖母的。她们曾跟我在一起，她俩都

1　加州地名，位于连接拉斯维加斯和洛杉矶的国道处，离洛杉矶很近，离拉斯维加斯稍远。

是，我一直也因为她们的离开而感到难过，但并不后悔。永不后悔。

你可以抓住闪光，但必须张开手，不是握住那些东西，而是向前探索。

抓住闪光，我的外祖母过去常说。这也是我要做的事情。

孙薇　译

乔治·华盛顿九颗黑人牙的不为人知的生涯

[美] 潘德森·贾里·克拉克　作

　　潘德森·贾里·克拉克（Phenderson Djèlì Clark），美国历史学家、推想小说家。《乔治·华盛顿九颗黑人牙的不为人知的生涯》获 2018 年星云奖、2019 年轨迹奖。

"应勒莫瓦牙医要求，从黑人处购九颗牙，现金付讫。"——伦德·华盛顿，弗农山庄种植园，1784 年账本。

为乔治·华盛顿购买的第一颗黑人牙，来自一名铁匠，就在那一年死在弗农山庄，死于上吐下泻。铁匠的技艺流淌在他的血液里——传承自远渡重洋找寻后裔的先祖魂灵们。他曾听说过，在年老的奴隶称为"阿非利基"的地方，铁匠们受人尊崇，从土地里炼出黑铁，施以火与魔法：打造的枪矛神奇到可以刺穿天际；锤锻的刀剑精美得能开山劈岭。在这儿，弗吉尼亚的殖民地里，他一直被安排去锻造更残酷的物件：束紧颈脖的项圈、缚住疲惫手脚的镣铐，还有用来让人噤口不言的嘴套，就和用来让牲畜闭嘴的嘴套一样。可是铁匠们知晓黑铁的秘语，于是他们乞求他们的造物们缚住使用者的魂灵——跟它们缚住那些肉体一样地牢靠。因为铁匠们懂得主人们会选择遗忘的东西：当你把他们变成奴隶，那么相应地也奴役了自己。而那些奴役过别人的人，他们的灵魂永世不得安息——无论今生，还是来世。

装上那颗牙后，乔治·华盛顿抱怨说总听见铁锤重重锤打在铁砧上，没日没夜。他下令弗农山庄里不许有任何人打铁。但是铁匠的打铁声还是一样在他的脑袋里响起。

266

* * *

属于乔治·华盛顿的第二颗黑人牙来自伊巴尼[1]王国的一个奴隶，笨嘴拙舌的英格兰人把那儿叫做邦尼国，稍带着把他叫做邦尼佬（这让他很气恼）。邦尼佬从非洲乘船而来，船的名字叫做耶稣，根据他的理解，是以一位不惧死亡的古代巫师的名字命名。不像船上关着的其他奴隶，来自于比他的王国更远的内陆，他知道什么样的命运在前方等候——尽管他永远无法知道，究竟违反了什么律法或是圣谕，让他落到这种命运。他发觉自己被铁链锁在恶臭的船舱里，边上是一头人鱼，长着闪耀如翠绿宝石的鳞片，还有浑圆如漆黑钱币的双眼。邦尼佬以前在远处的波涛之间见到过人鱼，传说有些人鱼会游入内河，在当地渔女里寻找妻子。但他不曾知道白人也会把它们变成奴隶。他后来才知道，有奇术天赋的贵族视人鱼为奇珍异宝，把人鱼打扮成英俊的仆役，在来宾面前炫耀；然而，多数人鱼被运往西班牙人攫取的土地，被迫潜入新格拉纳达[2]的外海，替他们采摘巨大的珍珠。他俩同舟共济，熬过了一路上的艰辛恐怖。邦尼佬向人鱼分享他王国里的传说，还有他妻儿老小的故事，那些都已永远地失去。人鱼回报以水下家园的事，还讲了人鱼女王和许多奇事。人鱼还教会邦尼佬一首歌谣：向古老可怖之物请愿之歌，恳求居住在大海黑暗隐秘深处的生物；这些庞然大物不是长着巨嘴、一张口就造成漩

1　Ibani 王国位于现今尼日利亚南部河流州，邦尼镇是王国首都，现为非洲西部重要港口。

2　新格拉纳达是西班牙在南美洲北部殖民地从 1717 年开始的名称，它的领域相当于今天的巴拿马、哥伦比亚、厄瓜多尔和委内瑞拉。19 世纪南美洲的独立运动结束了这个殖民地政府。

涡，便是长着触手、将海上的船只拖入大海深处。人鱼保证，迟早有一天它们会升上海面，为所有被铁链锁在这些漂浮木棺里受苦的人报仇雪恨。他俩在英格兰人的巴巴多斯岛登岸之后，邦尼佬便再没有见过这头人鱼。但他一直携带着这首歌谣，哪怕远到弗吉尼亚的殖民地；在弗农山庄的种植园里，他一边唱起这首歌谣，一边越过小麦田野望向看不到的大洋，等待着。

装上邦尼佬的牙后，乔治·华盛顿发觉自己哼着一首未知的歌，听上去（他觉得很奇怪）像是野蛮人鱼的调调。而在大海黑暗隐秘的深处，古老可怖之物，在蠢蠢欲动。

＊＊＊

乔治·华盛顿的第三颗黑人牙是从一个奴隶那儿买来的，后来他从弗农山庄逃跑了，为此在 1785 年的《弗吉尼亚公报》上刊登了一则通告：

广而告之：本人位于费尔法克斯县的种植园有一奴隶在逃，出逃时间为去年十月的万圣夜，黑白混血男性，身高五英尺八英寸，肤色浅棕，名叫汤姆，年龄二十五岁上下，缺一门牙。其作为奴隶可算聪明伶俐，曾私自学习违禁的死灵法术。其曾在威廉斯堡附近的术士学校作为校仆生活数年，因煽动死去奴隶起身造反而被除名。疑其偷返学校，复活一名黑人少女，此女名为安妮，乃前任校仆，死于痘症并葬于校园内，是其姐妹。其以卖出一颗牙齿所得薄酬购买一法术，于万圣夜法力最强时召唤奇力，将二人神秘带走，下落不明。凡有将此活人汤姆和死人安妮拿获，并解送至如上所述本人位于费尔法克斯县的种植园者，除法律规定应得之外，更可获二十先令奖酬。

让乔治·华盛顿郁闷的是，汤姆的牙老是从他的假牙托上掉出来，无论怎样加固都不行。最古怪的是，他还常常发现这颗牙掉在最不可能的地方，仿佛这恼人玩意儿故意躲藏起来。后来有一天，这颗牙彻底消失了，再也没人见到过。

＊　＊　＊

乔治·华盛顿的第四颗黑人牙来自一个叫做亨丽埃塔的女人。（与普遍观念正相反，男女的牙齿结构并没有显著区别。任何专业的牙医、牙卜师或是把牙当作货币的小仙子，都可以证明。）亨丽埃塔的爸爸是约翰·印第安[1]，他的爸爸是一位被俘的雅马西[2]勇士，被当作奴隶卖往弗吉尼亚。她妈妈的妈妈从牙买加来到美国大陆，是因参与了南妮女王战争[3]而被卖掉。作为奴隶，这两人出了名的不服管教不受控制。亨丽埃塔继承了那份叛逆者的血统，不止一个主人领教了她不容小觑的冷酷强硬。在制住了上一位女主人，抽了女主人结结实实一顿鞭子之后，她被卖

1　北美最著名的塞勒姆女巫审判案涉案人员之一。前后有二十名无辜女性以女巫罪名被处死，其中为首且最著名的"女巫"是名叫缇图芭的女仆，而约翰·印第安是她的丈夫。

2　雅马西是一个多民族的美洲原住民联盟，位于现今佐治亚州。1715—1717年间，以雅马西人为首的诸多印第安部落联合起来与英国的殖民者作战，史称雅马西人战争。

3　南妮女王，又称为马龙人南妮，是牙买加的民族英雄。出身是牙买加黑人女奴，领导了18世纪牙买加马龙人的奴隶起义。马龙人是牙买加逃离奴隶制的非洲黑人后裔。

给了弗农山庄，在庄稼地里干活。原因就像前任主人在报上登的广告所说，强壮的大腿和厚实的腰背可不应该浪费。亨丽埃塔常常梦见她的祖父母。她梦见自己就是她的祖父母。有的时候她是一名雅马西勇士，手端一支燧发枪朝一座堡垒冲锋，双眼紧盯着她要下手杀掉的士兵——而从防御工事那边，英格兰法师齐射出一排排能熔穿黑铁的荧绿火球。别的时候她是一名年轻少女，年方十五，口中唱着阿散蒂[1]战歌，抽出一把长剑，剑刃随着巫术放出炽热的光芒，刺入一名奴隶主的肚子（这家伙是一个白得病态的饮血者），看着他灼黑烧焦、焚骨扬灰。

乔治·华盛顿装上亨丽埃塔的牙后，不时从梦魇里惊叫着醒来。他告诉玛莎，梦里都是战火的记忆，永不愿提及梦中所见冲他而来的面孔：一个凶猛的印第安男人，留着黑色的长发，目光里杀气腾腾；还有一个大笑的面容无邪的奴隶女孩，将灼烧的钢铁刺入他的肚腹。

＊ ＊ ＊

属于乔治·华盛顿的第五颗黑人牙，不清楚怎么买到的，来自于一个神汉，不是弗农山庄的奴隶一员。他出生于美国独立之前，出生的地方那时还叫新泽西省。教给他这套本事的是他妈妈——一个小有名气（至少在当地的奴隶中间）的巫婆，被人从新法兰西[2]的南方领土带到了这个地区。神汉施展他的魔法为奴

1　阿散蒂王国是 18 世纪初至 20 世纪中期非洲加纳中南部的阿坎族王国。

2　新法兰西是法国位于北美洲的殖民地。北起哈得孙湾，南至墨西哥湾，包含圣罗伦斯河及密西西比河流域，划分成加拿大、阿卡迪亚、纽芬兰岛、路易斯安那四个区域。

隶同胞们祛除俗世的各种疾病，驱除超自然的邪魔万象。1775 年11 月，弗吉尼亚皇家总督邓莫尔伯爵发布战争号令，他是响应号召的数以万计的奴隶中的一员：

> 本督在此宣布，凡捍卫国王陛下的王权和尊荣，有能力且有意愿拿起武器，能尽早加入国王陛下的部队，并尽快让本殖民地回归本分效忠国王者，无论是契约佣工、黑人、草木巫医、各类巫法术士、狼人、巨人、不吃人的食人魔，还是任何有智慧的魔法生物或是其他（隶属于叛军者），皆恢复自由之身，并免受超自然法令之约束。恶魔生物不在本赦令范畴，亦不得将本布告当作召唤；若有违反，定当速速绳之于法，施之以驱魔之术，不容于**陛下**的国土之上。

神汉一开始为黑森雇用军效劳，照料他们漆黑如午夜的可怕坐骑，马鼻呼出的是烈焰，马蹄踩的是风火。接下来他被派去给苏格兰术士用法术干些琐碎的内务活，得到的待遇比仆役好不了多少。然后命运（加上几次技巧高明的御石术的帮助）将他安置进了泰上校的战斗团。和神汉一样，泰在新泽西当过奴隶，后来逃跑投奔了英国人，一路奋斗成为了一名受人尊敬的游击队长。泰领导着臭名昭著的"黑色旅"——人员组成五花八门，有逃跑的奴隶，有亡命的符咒佬，甚至还有一个西班牙裔混血狼人——与王后游骑兵团并肩作战。在神汉制作的护身符帮助下，黑色旅突袭民兵：侵犯他们的家园，毁坏他们的武器，窃取爱国者的给养，焚烧爱国者的劳作，在爱国者的心里打下深深的恐惧烙印。

神汉最高光的时刻终于到来，他俘虏了自己的主人，将他锁上镣铐，正是自己曾被迫戴上的那条。黑色旅搅得他们歇斯底里，让新泽西的爱国者省长不得不宣布戒严，在省界周围竖起一根根防御法杖——也迫使乔治·华盛顿将军派出最好的法师猎手对付他们。在与爱国者猎人不期而遇的遭遇战里，泰被一支来复长枪射出的诅咒弹丸击中，命殒当场——击穿了他的护身符。神汉一边护佑队长的遗体，一边举行着最后的仪式，用来防止敌人操控他的亡躯或是束缚他的灵魂。五个巫师猎手，他杀了其中三个，可最后还是功亏一篑。他用最后一口气轻声施下了诅咒，任何亵渎他尸体的人都不会有好下场。

活下来的法师猎手之一，拔下了神汉的一颗牙，当作这场战斗的纪念品；几天后他从马上姿势诡异地摔到地上，折断了脖子。牙传到了第二人手上，这人却难以置信地因一点点海龟汤卡在气管里窒息而死。牙就这样一路传下去，把深深的不幸带给每个拥有过它的人。而现在，命运的多舛让神汉的牙一路到了弗农山庄，进入了乔治·华盛顿的收藏。目前为止，他还没有装上。

* * *

乔治·华盛顿的第六颗黑人牙属于一个奴隶，她来自另一个世界，从天而降来到这里。目睹这一奇景的英格兰巫师大吃一惊，动身前往皇家学会，要在那里的增进超自然知识大会上，发表关于召唤系魔法的演讲。嗟乎，他还没来得及向全世界宣告他的发现，第二皇家非洲公司[1]与荷兰竞争对手便罕见地联手，派

1　皇家非洲公司是一家英国商业公司，位于西非，主要从事奴隶贸易。

272

出特工悄悄地将他杀掉。他们预见到，如果能轻易地凭空将黑人给变出来，那让这些重商主义者发财的暴利人口贸易，不可避免地会遭受伤害。不过这个变出来的黑人被准予存活——五花大绑地从伦敦运到了弗吉尼亚的奴隶市场。毕竟，优质财产可不能浪费。她最终落脚弗农山庄，得了个名字叫做以斯帖[1]。不过因为她的智慧，其他奴隶喊她所罗门。

所罗门自称对魔法一窍不通，说她的家乡不存在魔法。这怎么可能？在她能混合不同的粉末治疗他们的病痛，比任何医生都好的时候；在她能预测天气，而且总是很准的时候；在她能用最简单的物件制作各式各样的新奇装置的时候；其他奴隶都这么想。甚至种植园的工头都称她是"一个有着奇妙知识的黑人"，并且听取了她的建议，实施了作物轮种和分田轮耕。奴隶们都知道弗农山庄里那许多项农业改良，虽然主人归于自己名下，实则都来自所罗门的天才。他们常常问她，为什么不把她的才智租用给别人好多赚些钱？显然，这钱足够赎回她的自由。

所罗门总是摇头，说她虽然来自别的地方，却能感受到和他们之间"奴隶亲情"的羁绊。她会为他们所有人的自由而努力，就算达不到这个目标，至少也能用一些措施减轻他们的生活负担。但入夜后，在她完成了神秘的"实验"（这事她对所有人都保密）后，人们总能发现她在仰望星空，也很难不看到她眼里深藏的渴望。乔治·华盛顿装上所罗门的牙后，他梦见一处有着金色尖塔和彩色玻璃穹顶的地方，在那里，黑人装着金属翅膀，像

---

1 《旧约》里记载的后来成为波斯王后的犹太女子，与下文传说中最有智慧的犹太国王所罗门相呼应。

鸟儿般翱翔天空；入夜后灯火通明的城市一望无际，由比人思考得还快的机器管理着。这让他心生敬畏，同时又恐惧不已。

＊ ＊ ＊

为乔治·华盛顿买的第七颗黑人牙，来自一个自己也当过奴隶贩子的非洲黑人。他没参与过抢夺奴隶的事，也没掺和过黑人王国间的奴隶战争，可他曾是个重要的中间人——一个既能说岸边奴隶船东的语言，也能说欧洲买家语言的通事。他在附魔来复枪和朗姆酒的贸易流动上起着作用，也确保他的主顾在奴隶买卖上得到一个好价钱。讽刺的是，一票失败的生意导致他的人生从此落魄。本地的统治者是一个黑人国王的远亲，他觉得被骗了，便宣布出售他的通事。英格兰商人欣然同意了这桩买卖。事情就是那样，奴隶贩子从一个有地位的人，沦落为一件商品。

当他们用锁链把他拴在奴隶船舱里时，绝望让他半疯。他两次用指甲撕开自己的喉咙，宁死也不愿被囚禁。但每次死去后，他又活了过来，毫发无伤。他跳进海里溺水，不料被拖了回来，肺里一滴水也没有。他搞到船上水手的小刀，刺进自己的胸膛，却吃惊地看到自己的身体把刀刃逼了出来，伤口不治自愈。他这才明白他落魄的程度：他已经被诅咒了。或许是众神，或许是想要复仇的死人魂灵，或许是某些以前狠狠砍过价的女巫或巫术师，他永远无法知道。但他们诅咒他，让他遭受这轮命运，变成他把别人变成的样子。而且无路可逃。

黑人奴隶贩子的牙是乔治·华盛顿的最爱。不论他怎么用，这颗牙都没有丝毫磨损的痕迹。有好几次他信誓旦旦地以为把牙给弄坏了。可一检查，却没有断裂的迹象——仿佛牙自我愈合了一样。他把这颗牙用得最狠，绝不给它休息半分。

＊ ＊ ＊

属于乔治·华盛顿的第八颗黑人牙来自他的厨子，名叫尤利西斯。弗农山庄从上到下一家老小全都喜欢他，他出名的除了他的厨艺还有对厨房的精心呵护。公馆里举行的晚宴和酒会总是尤利西斯掌厨，宾客称赞他的手艺，称赞他发明的让人味蕾打开、垂涎不已的新菜肴。和华盛顿家族时常交际的上流社会圈子里的人，熟络地喊他"利西斯大叔"，还赏给他昂贵的礼物，连本地报纸都说"黑人厨子成了一个小有名气，得意洋洋的时髦男"。

尤利西斯对自己的工作郑重其事，对他自己的名字也一样。奖赏收到的钱，加上卖剩菜（大家愿意付很多钱来尝尝华盛顿家的食物）得来的钱，他都用来购买荷马作品的译本。他从书里了解到与他同名主人公的神奇之旅[1]，而且尤其喜爱书里的人物瑟茜[2]——一位拥有广博的魔法药水和草药知识的巫女，她用一剂强力的灵药，把赴宴的人都变成了猪。尤利西斯还囤购了其他的书：中国草药学的东方文本、伊斯兰炼金术的违禁手稿，甚至还有罕见的写在古埃及莎草纸上的变形术。

他第一次做的变形试验不过是为华盛顿家的宾客平添胃口，他们抛开了刀叉汤匙的累赘，直接像动物一样用手抓起大把大把的食物塞进嘴里狼吞虎咽。第二次试验让他们所有人都发出大声刺耳的猪叫声——怪只怪加了太多的小天使之灵。成功终于来

1　即荷马史诗里《奥德赛》的主人公奥德修斯，从希腊文转译至拉丁文即为尤利西斯。
2　即《奥德赛》里的喀耳刻（Circi），又译为瑟茜。

临，某次夏夜餐会过后的某天，他听说弗吉尼亚的一位种植园主兼华盛顿家的密友消失了——就在同一天，他的妻子发现一头斑点肥猪在他们家的起居室里翻箱倒柜，动静很大。她和手下的奴隶们围捕了这只捣蛋的畜牲，最后宰了它并送上了餐桌。

一年又一年，尤利西斯审慎地挑选变形药水的使用对象：几名出了名残忍的奴隶主和工头；一名罗得岛来的船商，靠奴隶贸易赚得盆满钵满；一名来访的法兰西相术师和博物学家，鬼扯什么黑人都是天生的"低心智能力"，黑人的颅骨堪比"类人生物"，比如非洲内陆的人猿和巴伐利亚林地中凶猛的哥布林。后来，1797 年初的一天，尤利西斯突然消失不见了。

华盛顿一家很生气，四处搜捕潜逃的厨子，还告诉所有愿意倾听的人，他们曾如何善待这个忘恩负义的仆人。没人找到过他，但弗农山庄的奴隶之间私下传言，尤利西斯凭空消失的那天，有人看到过一只眼神调皮的乌鸦站在厨子丢弃的一堆衣服中间，"哑"的一声拍拍翅膀飞走了。

乔治·华盛顿装上了落跑厨子的牙后，晚宴上出了怪事。奴隶们看着他恍恍惚惚地走进了厨房，目光呆滞貌似梦游，在宾客的酒菜里洒了几滴奇怪的液体。他的仆人不敢碰这些剩菜。但就在那个夏天，好多弗吉尼亚人留意到一连串的怪异事件，不断有野猪出没在费尔法克斯县的街道上和田野里。

* * *

第九颗也是最后一颗为乔治·华盛顿购买的黑人牙，来自名叫爱玛的女奴。她算是弗农山庄最早一批的奴隶，正好是奥古斯汀·华盛顿进门的十年之后出生在那儿。要是有人为子孙后世记录下爱玛的经历，会了解到一个在弗吉尼亚最有权势家族的阴影之下长大成年的女孩的人生。一个很快就懂得自己是华盛顿私产一部分的女孩——像一把异域牙买加红木制作的椅子或是一件精美的广州瓷器那般获得珍视。一个边看着华盛顿孩子继续求学习得贵族做派、边被训练成随时满足他们突发奇想要求的年轻女子。他们拥有整个世界去探索去发现。她的世界只有弗农山庄，而她的抱负和志向不得超过主人的需求和欲望。

倒不是说爱玛没有自己的生活，奴隶很早就学会如何把自己的生活空间与主人的割裂开。她交过友、恋过爱、结过婚、哭过鼻子、吵过嘴、打过架，在一个和华盛顿家族一样生气勃勃的集体里互帮互助——或许还更甚一筹，哪怕只因为他们懂得活着便是如此珍贵。可她还梦想更多。能够不被这个地方束缚。能够生活在一个见不到朋友和家人遭受打骂责罚的地方；能够让她的孩子不是别人的私产；到达一个她能呼吸得到自由的空气、嗅到自由的甜美的地方。爱玛对法术一窍不通，她既不是什么巫婆神汉，也不像华盛顿家的女人受过简单家务魔法的训练。但她的梦想本身就有魔法。一种她能紧抓住的强有力的魔法，在她身体里发芽长大含苞怒放——那里连她的主人也触碰不到，更夺不走。

乔治·华盛顿装上爱玛的牙后，魔法的一部分流进了他的身体，也许让他灵魂中的那么一点点地方受到了折磨。1799 年 7 月，华盛顿去世的六个月前，他立下遗嘱，属于他的一百二十三名奴隶，爱玛也在其中，会在他妻子死后获得自由。遗嘱的条款没有提到他仍拥有的黑人牙。

Mahat　译